plaisir
d'amour

SAWYER BENNETT

ARIZONA VENGEANCE

Ins Deutsche übertragen
von Joy Fraser

Sawyer Bennett
Arizona Vengeance Team Teil 8: Kane

Aus dem Amerikanischen ins Deutsche übertragen von Joy Fraser

© 2020 by Sawyer Bennett unter dem Originaltitel „Kane (Arizona Vengeance, Book #8)"
© 2022 der deutschsprachigen Ausgabe und Übersetzung by Plaisir d'Amour Verlag, D-64678 Lindenfels
www.plaisirdamour.de
info@plaisirdamourbooks.com
© Covergestaltung: Sabrina Dahlenburg
(www.art-for-your-book.de)
© Coverfoto: Shutterstock.com
ISBN Print: 978-3-86495-574-7
ISBN eBook: 978-3-86495-575-4

Alle Rechte vorbehalten. Dies ist ein Werk der Fiktion. Namen, Darsteller, Orte und Handlung entspringen entweder der Fantasie der Autorin oder werden fiktiv eingesetzt. Jegliche Ähnlichkeit mit tatsächlichen Vorkommnissen, Schauplätzen oder Personen, lebend oder verstorben, ist rein zufällig.
Dieses Buch darf ohne die ausdrückliche schriftliche Genehmigung der Autorin weder in seiner Gesamtheit noch in Auszügen auf keinerlei Art mithilfe elektronischer oder mechanischer Mittel vervielfältigt oder weitergegeben werden. Ausgenommen hiervon sind kurze Zitate in Buchrezensionen.

Kapitel 1

Kane

"Ich muss jetzt wirklich gehen, Süßer", sagt Nalia und versucht, sich aus meinen Armen zu schälen.

Obwohl ich ihr körperlich nichts mehr geben kann, weil wir fast das ganze Wochenende im Bett gewesen sind, ziehe ich sie dennoch eng an mich und kitzele ihren Hals mit meiner Nasenspitze. „Melde dich krank und bleibe noch einen Tag."

Ihr Lachen ist rau, doch ihre Haltung entsprechend ihrer britischen Erziehung strikt. Sie tätschelt meine Wange. „Ich kann mich nicht einfach krankmelden, Kane. So geht das nicht. Außerdem ist das meine letzte Möglichkeit, nach Raleigh zu kommen."

Ich lasse sie los und habe nicht wirklich damit gerechnet, dass sie bleibt. So etwas sagt man eben, wenn einem etwas an einer Frau liegt, die dabei ist, zu gehen. Und mir liegt etwas an Nalia. Man weiß nie, wann wir uns wiedersehen. Es könnte Wochen dauern, vielleicht Monate, doch so hält unsere Beziehung schon zwei Jahre an.

Nicht, dass man es wirklich eine Beziehung nennen könnte.

Es ist mehr ein regelmäßiges Sextreffen, das entstanden ist und wunderbar funktioniert hat, als ich bei den Carolina Cold Fury in Raleigh gespielt habe. Nalia ist Flugbegleiterin. Sie fliegt oft internationale Routen und häufig zwischen Raleigh und London. Dann hat sie meistens einen Tag oder eine Nacht frei, bevor sie zurückfliegt, und dann nutzen wir ihre wenige Zeit, um es wie die Karnickel zu treiben.

Das klappt wie gesagt super. Nalia liebt das Reisen und ist viel zu unabhängig, um sich in einer festen Beziehung niederzulassen. Und ich … ich habe noch keine Ahnung, was ich will. Bis es so weit ist, sind heiße Aufrisse und Freundinnen mit gewissen Vorzügen genau das Richtige.

Unglücklicherweise haben Nalia und ich uns nicht mehr oft gesehen, nachdem ich zu den Arizona Vengeance gegangen bin. Doch jetzt haben wir es endlich geschafft, uns auf ein Wochenende zu verabreden, an dem sie mich besucht, und konnten einiges nachholen. Ich weiß nicht, ob ich jetzt noch zu einem Ständer fähig wäre, denn wir haben uns schwer verausgabt.

Nalia nutzt ihre neue Freiheit und steht auf. Ich rolle auf die Seite, stütze den Kopf mit der Hand ab und sehe ihr ungeniert zu. Sie sieht unglaublich gut aus. Ihre libanesische Herkunft macht sie exotisch, das Haar ist schwarz, die Augen sind mandelförmig und ihr britischer Akzent und der trockene Humor machen sie noch attraktiver.

Nackt ist sie unbeschreiblich schön.

Ich mag Nalia.

Sehr sogar, aber nicht genug, um mehr daraus zu machen. Ich glaube, wenn ich es darauf anlegen würde, wäre sie bereit, über Exklusivrechte und

Treue zu sprechen, doch in diesen Dingen höre ich lieber auf meine Intuition. Meine Instinkte schreien, dass sie noch nicht bereit dafür ist, dass ich noch nicht bereit dafür bin und dass unsere Berufe uns nicht viel gemeinsame Zeit lassen. Nein, es ist besser, wenn wir nur unsere Zeit zusammen ausgiebig genießen und wissen, dass nie mehr daraus werden wird.

„Magst du mit unter die Dusche kommen?", fragt sie und sieht mich neckend über die Schulter an.

Sie erwischt mich dabei, wie ich ihren Hintern anstarre. Sie lächelt und ermahnt mich nicht. Schließlich sind wir das ganze Wochenende nackt herumgelaufen. Sie ist daran gewöhnt, von mir begafft zu werden.

Ich denke über die Einladung nach, denn sie ist verführerisch. Zwar habe ich gedacht, dass mein Schwanz durch Überlastung verstorben wäre, ich wette aber, dass er mit einer nackten, eingeseiften Nalia in meinen Armen sofort wiederauferstehen würde. Doch sie hat wenig Zeit. Sie muss ihren Flieger nach Raleigh erwischen und ich muss ins Stadion. Heute Mittag findet das erste Teammeeting statt, bei dem Teamfotos gemacht werden, und nächste Woche beginnt das Trainingslager. Vor dem Meeting möchte ich noch ein Work-out machen.

Während der Off-Season im Sommer habe ich mit ein paar Jungs meiner Second Line trainiert und bin jetzt in besserer Form als je zuvor. Fünfmal die Woche treffe ich mich mit Jim Steele, Jett Olsson und Bain Hillridge im Fitnessstudio des Stadions und wir arbeiten zwei bis drei Stunden wirklich hart. Den anderen Defenseman aus unserer Line, Riggs Nadeau, haben wir noch nicht getroffen. Er kam als Spätsommer-Deal von den San Diego Renegades zu uns. Ich habe gehört, es sei etwas schwer, mit ihm auszukommen, was schade ist, denn Jim, Jett, Bain und ich verstehen uns super, und das wirkt sich erfolgreich auf dem Eis aus.

„Duschen?" Nalia steht vor dem Badezimmer und schnippt mit den Fingern, um mich aus den Gedanken zu holen.

Ich blinzele, grinse und schüttele den Kopf. „Ich sollte uns lieber ein schnelles Frühstück machen."

„Wunderbar", antwortet sie und geht ins Bad. „Für mich bitte zum Mitnehmen, denn ich muss echt los."

„Alles klar." Ich ziehe eine Jogginghose über. Nackt in der Wohnung herumzulaufen ist jetzt erst einmal vorbei.

Ich hole die Eier und eine Tüte Toasties aus dem Kühlschrank. Ein Frühstückssandwich sollte ihrer Bitte entsprechen, es mitnehmen zu können. Ich weiß genau, wie Nalia Eier am liebsten isst. Witzigerweise erst seit diesem Wochenende, denn es ist das erste Mal, dass wir so lange am Stück zusammen sind. In Raleigh ist es stets nur für eine Nacht gewesen und morgens blieb keine Zeit für Frühstück, weil sie schon aufstehen musste, während ich noch schlief.

Ich befehle Alexa, meine Playlist zu spielen, und

die Musik der Arctic Monkeys inspiriert mich. Ich schlage sechs Eier auf, mache Rührei daraus und würze es mit Pfeffer und Salz. Danach sprühe ich die Pfanne mit Öl ein, stecke die Toasties in den Toaster und setze Kaffee auf. Als ich die Eier in die inzwischen heiße Pfanne gieße, kommt Nalia mit ihrem Rollkoffer aus dem Bad. Sie hat die Haare auf dem Kopf zusammengebunden und sich nicht mit Schminken aufgehalten, außer um die Augen, was diese stark betont. Sie trägt weiße Jeans, ein blaues Tanktop und wirkt, als wäre sie bereit, in ein schönes Wochenende zu jetten, anstatt von einem zu kommen.

Ich rühre weiter in der Pfanne und stelle fest, dass ich sie genau so mag, wie sie ist. Genau so, wie *wir* sind. Treffen, wenn es geht, und ansonsten keine weiteren Verpflichtungen.

„Kaffee ist fertig", verkünde ich und nicke in Richtung Maschine.

Sie rümpft die Nase und tritt näher. „Ich hoffe, dass du das nächste Mal einen anständigen schwarzen Tee da hast."

„Versprochen." Ich grinse, rühre die Eier noch einmal um und nehme sie von der Platte.

„Und wann wird das sein?", fragt sie und öffnet den Kühlschrank. Sie nimmt die Milch heraus, dreht sich zu mir um und lässt die Kühlschranktür von allein zufallen. „Ich meine, wann soll ich dich wieder besuchen kommen? Oder vielleicht passt mein Flugplan zu deinem Spielplan in Raleigh? Du hast die Termine schon, oder?"

Ich halte inne. Normalerweise planen wir nicht im Voraus. Wir küssen uns zum Abschied nur zu vagen Versprechungen, irgendwann über unsere Termine zu reden.

Doch jetzt bittet Nalia um ein Date.

Sie schüttet Milch in ihren Kaffee, nimmt die Tasse an den Mund und pustet über die dampfende Oberfläche. Sie nippt vorsichtig daran und sieht mich dabei an.

„Ist das nicht okay?", frage ich zögerlich und deute zwischen uns hin und her. „So, wie es zwischen uns ist?"

Nalia neigt den Kopf zur Seite. „Wie meinst du das?"

Irgendwie finde ich es peinlich, es laut auszusprechen. Nicht meinetwegen, sondern weil ich nicht möchte, dass Nalia sich wegen der lockeren Beziehung erniedrigt vorkommt.

Als ich zu lange zögere, rät sie drauflos. „Du meist, weil wir uns nur zum Sex verabreden?"

Ich verziehe das Gesicht. Doch genau so ist es. Ich nicke. „Das funktioniert bei uns gut, oder?"

„Absolut." Sie lächelt mich zufrieden an. „Anscheinend habe ich deinen wunderbaren Schwanz nur sehr vermisst, seit du umgezogen bist. Und ich kann es kaum erwarten, ihn wieder zu reiten."

Ich verdrehe die Augen, doch auch damit hat sie recht, denn wir passen im Bett super zusammen.

„Okay. Ich sehe mir meinen Spielplan später an und schicke dir die Daten, wann ich in Raleigh bin. Ich gebe dir auch die Daten, wann ich freie

Wochenenden habe, aber das wird selten sein und unregelmäßig."

Noch ein Grund, warum es mit uns nie klappen würde. Zu versuchen, unsere beiden Terminkalender aufeinander abzustimmen, wäre ein Albtraum. Langzeitbeziehungen funktionieren selten, und besonders nicht mit zwei inkompatiblen Berufen.

Nalia tippt auf ihre Armbanduhr. Schnell mache ich ihr das Sandwich und sie ruft sich inzwischen ein Uber zum Flughafen. Als ich ihr das Sandwich in eine Serviette gewickelt reiche, stellt sie ihre leere Kaffeetasse in den Geschirrspüler.

Sie legt das Sandwich neben ihre Handtasche auf den Tresen, schlingt die Arme um meinen Hals und neigt den Kopf zurück. „Vielen Dank für ein wunderbares Wochenende."

„Gern geschehen." Lächelnd küsse ich sie. „Ich verspreche, das nächste Mal Tee dazuhaben."

„Dann bis nächstes Mal." Sie lässt mich los.

Ja, das ist doch die beste Art von Beziehung. Besonders, weil ich ehrlich gesagt kein bisschen traurig bin, sie jetzt gehen zu sehen. Ich mag Nalia, aber ich verzehre mich nicht nach ihr. Das sollte ich jedoch, wenn die Frau geht, oder?

Egal. Was weiß ich schon darüber? Ich bin zufrieden mit mir, wie ich bin, und nur darauf kommt es an.

Ich ziehe ihren Koffer für sie bis an die Tür. Sie gibt mir einen letzten Kuss, dauerhafter und mit dem stillen Versprechen, bald wieder so ein schönes Wochenende miteinander zu verbringen.

Vage – aber das funktioniert bei uns.

Ich öffne die Wohnungstür, will Nalia vorgehen lassen, doch da steht schon jemand.

Nicht nur irgendjemand.

Sondern sie.

Mollie Callister.

Sie hat die Hand gehoben, als wollte sie soeben anklopfen. Ich muss sie überrascht haben, denn sie quietscht und tritt zurück. Ihr Hund Samson sitzt neben ihr und ist voll auf sie eingeschwungen. Selten ist er an der Leine und ist dennoch der am besten trainierte Hund, den ich kenne.

Gott, Mollie sieht gut aus. Wie eine frische Brise. Doch das tut sie immer. Wie Sonnenschein, warme Meereswellen und frische Blümchen im Frühling.

Ja, mein innerer Poet erwacht bei dieser Frau. Meiner besten Freundin auf der Welt.

Ich gebe einen überraschten Laut von mir, lasse Nalias Koffer fallen, stürme vorwärts und umarme Mollie, hebe sie hoch. Sie schlingt die Arme um mich und ich wirbele sie herum.

„Was machst du denn hier?", frage ich überrascht, doch eigentlich ist es mir egal. Ich freue mich total, sie zu sehen. Es ist neun Monate her, seit wir uns bei einem Spiel gesehen haben, für das sie extra nach Raleigh geflogen war.

Mollie lacht, und verdammt ... dieses Lächeln. Strahlend weiß, mit zwei niedlichen Grübchen neben den Mundwinkeln.

Ich beuge mich vor, um sie wieder abzusetzen, da

nehme ich im Augenwinkel eine Bewegung wahr. Nalia hatte ich total vergessen. Ich sehe sie an und sie lächelt aufrichtig. Da weiß ich ganz sicher, dass zwischen uns nie mehr als Sex sein kann. Nach dem sehr intimen Wochenende zeigt sie nicht die geringste Spur von Eifersucht, weil ich eine andere Frau umarme.

Trotzdem fühlt es sich ein bisschen peinlich an, dass Mollie ausgerechnet in dem Moment kommt, als eine andere Frau geht. Deswegen wird Mollie allerdings nicht schlecht von mir denken, denn wir sind Freunde und über die Jahre haben wir uns von unseren Erlebnissen mit anderen erzählt.

Das ist normal unter Freunden, nicht wahr?

Ich stelle die beiden einander vor, damit sich Nalia nicht wundert. „Nalia, das ist Mollie Callister, meine Freundin aus College-Zeiten. Mollie, das ist Nalia Raymond. Sie ist … äh …"

„Eine Freundin", antwortet Nalia und reicht Mollie die Hand.

„Schön, dich kennenzulernen." Sie deutet auf ihren Hund. „Und das ist Samson."

„Oh, hallo, Samson", sagt Nalia höflich und streckt ihm eine Hand hin.

In der anderen hat sie das Sandwich, das sie außer Reichweite hält. Samson leckt ihre Handfläche, behält das Sandwich jedoch im Auge. Da passiert allerdings nichts, denn er ist zu gut erzogen, um danach zu schnappen.

Nalia wendet sich mir zu und gibt mir einen schnellen Kuss auf die Wange. „Mach's gut, Kane.

Bis hoffentlich bald."

„Ja, gern. Pass auf dich auf."

Nalia lächelt Mollie an und dreht sich zum Gehen um. Sie nimmt ihren Rollkoffer und geht den Flur entlang zum Aufzug, der sie auf die Straßen der Innenstadt von Phoenix bringt.

„Eine schöne Frau", sagt Mollie.

„Yep", antworte ich. „Und jetzt sag mir, wie du hierherkommst. Du wolltest mich doch erst im Oktober besuchen."

Wir sind erst in der zweiten Septemberwoche, und doch steht sie ohne Ankündigung plötzlich vor meiner Tür. Nicht, dass es mich stören würde. Kaum jemand darf das bei mir, aber für Mollie steht meine Tür immer offen.

Mit einer kurzen Handbewegung erlaubt sie Samson, aufzustehen, und er trottet in meine Wohnung. Mollie folgt ihm, und mir fällt auf, dass sie ziemlich zerknirscht wirkt.

Ich schließe die Tür. „Mollie, echt jetzt ... ich liebe Überraschungen, aber das passt gar nicht zu dir. Was ist los?"

Das Lächeln verblasst auf dem schönen, sonnengebräunten Gesicht und sie verengt die blauen Augen ein wenig. Dann seufzt sie. „Ich bin einfach nur erschöpft, Kane. Ich bin so lange herumgereist und brauche eine Pause."

Verblüfft sehe ich sie an. Das klingt gar nicht nach Mollie. Sie ist eine reisende Bloggerin. Die Landstraßen auf der Suche nach Abenteuern zu befahren, liegt in ihrer Natur. Mollie blüht auf bei dem

Gefühl, nicht zu wissen, was der nächste Tag bringt. Sie lebt von einem Augenblick zum anderen, hat mehr Energie als alle, die ich sonst kenne, und ihre Begeisterungsfähigkeit ist einmalig.

Doch wenn ich sie so ansehe, die dunklen Ringe unter den Augen erkenne und merke, dass ihre gebräunte Haut dennoch blass wirkt, frage ich mich, ob sie irgendwie gebrochen ist.

Mit einem tröstenden Lächeln nehme ich sie in die Arme. Diesmal drücke ich sie an meine Brust. „Du kommst zur rechten Zeit, Nudel. Ich habe ein schönes Gästezimmer, mit sozusagen deinem Namen an der Tür, und hier kannst du dich ausruhen, so lange du willst."

Ihr Seufzen gibt mir ein beklemmendes Gefühl. Der Klang sagt mir, dass sie vielleicht zusammengebrochen wäre, hätte ich eine andere Antwort gegeben.

Kapitel 2

Kane

Ich öffne die Gästezimmertür und bin froh, dass die Wohnung frisch renoviert ist und es keine quietschenden Türangeln gibt. Samson, der auf Mollies Bettende zusammengerollt ist, hebt jedoch den Kopf. Als er sieht, dass nur ich es bin, legt er den Kopf wieder auf die Pfoten und schließt die Augen. Er kennt mich seit Jahren und weiß, dass ich ein guter Freund seines Frauchens bin.

Ich mache mir Sorgen um Mollie und sehe sie an. Sie liegt auf der Seite, hat die Knie angezogen und umarmt eins der Kopfkissen. Ich gebe ganz offen zu, dass ich mir Gedanken um sie mache. Nachdem ich ihr gestern Frühstück gemacht habe, taumelte sie sofort ins Bett. Gegen Mittag weckte ich sie und fragte sie, ob sie etwas brauche, doch sie bat mich nur, mit Samson spazieren zu gehen. In einer ihrer Taschen fand ich seine Leine und machte einen schönen Spaziergang mit ihm. Nur seine Scheiße einzusammeln, fand ich nicht so prickelnd.

Später am Abend kam Mollie für das Abendessen aus dem Bett. Wir unterhielten uns, aber ich spürte, dass da etwas in ihr ist, was mehr bedarf als ein paar müden Worten beim Essen. Sie sah erschöpft aus. Nach dem Essen ging sie wieder in ihr Zimmer und schlief die ganze Nacht durch. Ich kümmerte mich um Samson, fütterte ihn, ließ ihre Tür einen Spalt offen, damit er bei ihr schlafen konnte, und lauschte, ob er an der Haustür kratzte, weil er rausmusste.

Jetzt ist der nächste Tag und wieder fast Mittag, und ich weiß nicht, was ich machen soll.

Ist sie krank? Ist sie zum Sterben hergekommen? Das klingt wie ein blöder Fernsehfilm, und ich habe keine Lust, darin eine Rolle zu spielen.

Natürlich würde ich mich um sie kümmern, wenn etwas mit ihr nicht stimmen würde. Für diese Frau würde ich alles tun. Ich will sie nur noch nicht verlieren.

Doch das kann es nicht sein. Molly ist voller Leben und sie kann gar nicht sterbenskrank sein. Es ist dumm, das auch nur in Erwägung zu ziehen. Diese Frau ist um die Welt gereist. In nichts anderem als einem gebrauchten, zum Wohnmobil umgebauten Mercedes-Minibus und mit ihrem Hund. Das könnte ich nie tun. Ich habe weder das Gehirn, um so ein Abenteuer zu planen, noch könnte ich so lange derartig eingeschränkt leben.

Ich gehe aus dem Zimmer und lasse sie noch eine Weile schlafen. Im Wohnzimmer öffne ich Instagram und suche ihren Account. Sie nennt sich dort „die Reisehexe". Das ist albern, denn sie hat nichts von einer Hexe an sich. Mollie hat mir erklärt, dass sie den Namen gut fand, weil sie so genügsam lebt. Sie trägt kein Make-up, schneidet sich die Haare selbst und kauft ihre Kleidung in Secondhandläden. Sie benutzt auch keine teuren

Kosmetikprodukte. Wenn sie nicht in eiskalten Bergflüssen badet, dann benutzt sie die Duschen auf Campingplätzen. Sie besitzt nicht einmal einen Föhn, sondern bevorzugt es, die Haare lufttrocknen zu lassen, egal ob im Sommer oder Winter. Sie erzählte mir, dass ihr einziger Luxus Rasierer sind, denn auch wenn sie eine Reisende ist, mag sie keine haarigen Beine oder Achseln.

Ich scrolle durch die Fotos, die sie vom Blog ihrer Webseite kopiert. Auf ihrer Webseite veröffentlicht sie ausgiebige Artikel über ihre Reisen, während sie auf Instagram vor allem die wunderbaren Fotos postet. Sie ist nicht nur wortgewandt, sondern auch eine erstklassige Fotografin, und das nur mit dem Smartphone.

Lächelnd betrachte ich die Fotos, die ich bereits alle kenne und mir sicherlich nicht zum letzten Mal ansehe. Die meisten zeigen Landschaften. Bergketten, Strände oder Felder voller Wildblumen. Manchmal benutzt sie den Selbstauslöser und erscheint mit auf dem Foto. Sie liebt Yoga und postet Selfies in einer Yogaposition vor atemberaubender Landschaft. Zwar bemühe ich mich, nicht auf sexuelle Art an Mollie zu denken, aber ich kann nicht übersehen, dass sie eine fantastische Figur hat. Rank und schlank, aber an den richtigen Stellen kurvig. Sie hat eine gute Muskulatur. Die Haut schimmert golden und das karamellfarbene Haar ist von der Sonne gesträhnt. Auf einigen Fotos ist sie mit Samson zu sehen und man merkt den beiden ihr inniges Band an. Vor sechs Jahren, als sie mit dem Reisen begann, holte sie ihn aus einem Tierheim.

Viele ihrer Artikel handeln vom Reisen mit wenig Geld. Ihr größter Besitz, den ihr ihre Eltern gekauft haben, ist der umgebaute Minibus, der alles enthält, was sie zum Leben auf Reisen braucht. Stauraum für Lebensmittel und Kleidung, ein Bett, das man tagsüber hochklappt, sodass man dann in der Küche steht, und auf dem Dach befindet sich eine Solarzellenplatte für die eigene Stromversorgung.

Mollie Callister ist eine außergewöhnliche Frau.

Ich werfe das Handy neben mich auf die Couch, lege die Füße auf den Couchtisch und denke darüber nach, wie unsere Freundschaft begonnen hat. Vor zehn Jahren, als wir beide achtzehnjährige Studenten auf dem Boston College waren, sah ich sie über den Campus gehen, während ich mit meinen Eishockeykameraden dort entlangging. Sofort fand ich, dass sie die schönste Frau der Welt ist. Mit der Absicht, sie um ein Date zu bitten, sprach ich sie an und erkannte bald, dass sie sich verloren fühlte und Mühe hatte, sich einzugliedern.

Man könnte es für Schicksal halten. Wir sind beide in Südkalifornien geboren, in Kleinstädten, die nur eine Fahrtstunde auseinander liegen. Unser gemeinsamer Hintergrund, an den kalifornischen Stränden aufgewachsen zu sein, führte letztendlich zu einer guten Freundschaft. Ich fand sie wahnsinnig attraktiv, begriff aber schnell, dass Mollie mehr einen Freund brauchte als einen Liebhaber. Und ich war seltsamerweise zufrieden damit, ihr nur ein Freund zu sein.

Im ersten Studienjahr waren wir nur im Fach Englisch zusammen, doch wir verbrachten viel Zeit beim gemeinsamen Studieren in der Bibliothek. Ich hatte stets weniger Zeit als sie, denn ich musste trainieren, und die Eishockeysaison dauert von Oktober bis März. Aber bei jeder Gelegenheit hingen wir zusammen ab. Mollie kam zu meinen Heimspielen und feuerte mich an. Sie wurde zum Ehrenmitglied des Teams, weil sie immer bei mir war. Wir vertrauten uns einander an und konnten stundenlang reden.

Den Spitznamen Nudel bekam sie von mir, als sie sich auf einer Party restlos betrunken hat. Ich musste sie drei Blocks weit nach Hause tragen, weil ihre Gliedmaßen schlaff wie eine gekochte Nudel waren und sie total weggetreten war. Das war, nachdem sie von einem Kerl belästigt worden ist. Ich musste ihn erst verprügeln, bevor ich Mollie nach Hause bringen konnte. Die ganze Nacht saß ich auf einem Sessel neben ihrem Bett, falls sie aufwachte und brechen musste.

In dem Studienjahr entstand die Basis unserer Freundschaft. Nach neun Monaten Studentenleben in Boston kehrten wir beide in den Sommerferien nach Hause zurück und verbrachten mehr Zeit denn je zusammen. Zwar hatten wir beide Sommerjobs, aber an den Wochenenden befanden wir uns mit Freunden am Strand und feierten Partys.

Die nächsten drei Jahre auf dem College in

Boston vergingen wie im Flug. Ich spielte Eishockey und erlebte die besten Jahre meines Lebens, die mich in die Profiliga brachten. Mollie und ich gingen aus – nur nie miteinander. Wir waren beste Freunde und dabei blieb es. Wir verbrachten unsere Sommer an den Stränden und aßen gemeinsam jeweils beim anderen zu Hause. Ihre Eltern wurden zu meinen und meine zu ihren. Alle behaupteten stets, dass Mädchen und Jungs nicht nur Freunde bleiben können, aber wir schafften es. Alle sagten, wir sollen mehr daraus machen, aber wir ignorierten das Gerede.

Nicht, dass wir es nicht versucht hätten. Zumindest ein Mal.

Als einmal Mollies Freund mit ihr Schluss machte, war ihr Herz gebrochen. In meinem Studentenzimmer tranken wir eine Flasche Wodka und waren dementsprechend sehr betrunken. Sie küsste mich und wollte wissen, ob sie eine schlechte Küsserin sei.

Weil sie meine beste Freundin war und ich sie sehr liebte, sagte ich ihr, es sei der schönste Kuss meines Lebens gewesen. Wir küssten uns weiter und es wurde mehr daraus. Alkohol erhöhte unser Verlangen und wir schliefen miteinander. Es war unüberlegt, trunken und wir kicherten die ganze Zeit, aber … wir kamen verdammt heftig.

Und dann schämten wir uns und es wurde peinlich. Doch unsere Freundschaft war stark genug, dass wir es als Fehler abhaken konnten. Wir stimmten überein, es zu vergessen und nicht mehr darüber zu reden. Eines Tages, wenn ich alt und grau bin, werde ich vielleicht zu dem Schluss kommen, dass diese Entscheidung der größte Fehler meines Lebens war. So zu tun, als wäre es falsch gewesen, und es zu vergessen.

Ich höre ein Geräusch aus Mollies Zimmer, als ob Samson vom Bett gesprungen ist. Ich erhebe mich, um ihn Gassi zu führen, aber dann geht die Tür ganz auf und Mollie kommt mit dem Hund heraus. Ihre Haare sind zerzaust. Mit einem Knoten auf dem Kopf ist sie schlafen gegangen, und nun sind die Haare nach Stunden des Herumwälzens derartig verwuschelt, dass ich mir Sorgen mache, ob da je eine Bürste durchkommen wird. Es wäre schrecklich, wenn sie sich die schöne braune, karamell- und honigfarbene Pracht abschneiden müsste.

Mollie gähnt und ihr Blick aus den blauen Augen schweift durch den Raum, bis er bei mir landet. Sie kratzt sich am Bauch und schwankt auf mich zu. Mit einem verlegenen Grinsen lässt sie sich auf die Couch fallen und stellt die Füße auf den Couchtisch. Sie trägt Shorts und betrachtet ihre nackten Beine, streicht über ihre Wade.

„Ekelhaft, ich muss mir die Beine rasieren."

Samson legt sich mit einem „Wuff" auf den Boden, als ob er ihr da zustimmt.

Ich schaue auf ihre Beine. Okay, Mollie könnte eine Rasur gebrauchen. Und eine Dusche. Und gründliches Zähneputzen, schätze ich mal. Aber ich behalte diese Gedanken für mich.

„Bist du sicher, dass du nicht wieder ins Bett gehen und noch mal vierundzwanzig Stunden deines Lebens verschlafen willst?", frage ich neckend.

Sie nickt und lehnt den Kopf an ein Kissen. „Ich wusste gar nicht, dass ich derartig müde war. Danke, dass du dich um Samson gekümmert hast."

„Bist du krank?", platzt es aus mir heraus. Zwar habe ich mir diese Vermutung bereits ausgeredet, aber verdammt … falls dem so ist, will ich es lieber früher als später wissen.

Mollie rollt mit den Augen. „Natürlich nicht, Dummerchen. Wenn, dann wäre ich jetzt in einer berühmten Klinik und würde mich einer lebensrettenden Therapie unterziehen."

„Warum dann der Winterschlaf?"

Sie zuckt mit den Schultern und spielt mit dem Saum ihres T-Shirts. „Ich vermute, dass mir alles zu viel wird. Ich bin schon so lange unterwegs, lebe schnell und aktiv, kümmere mich allein um mich und habe Angst vor dem großen Unbekannten. Ich komme mir vor, als wäre ich gegen eine Wand gerannt. Ist das verrückt?"

Ich greife nach ihrer Hand. Mollie sieht mich an und ich schüttele den Kopf. „Nein. Vielleicht sagt dir dein Körper, dass du eine längere Pause brauchst. Du kannst so lange du willst bei mir bleiben."

Mollie lächelt mich so dankbar an, dass mein Herz klopft. Aber sie muss mir nicht so dankbar sein. Ich würde ihr sowieso alles geben, was immer sie braucht.

„Und jetzt geh erst einmal duschen", befehle ich ihr. „Putz dir den Pelz von den Zähnen. Zieh dir etwas an, was zumindest sauber ist. Knitterfalten sind erlaubt, bei deinem Nomadentum. Und dann führe ich dich zum Essen aus."

Ihr Lächeln wird breiter und sie nickt. „Das klingt wunderbar."

Ich erwidere ihr Lächeln.

Noch erwähne ich nicht, dass wir uns unterhalten werden. Sosehr sie auch hofft, dass ich ihr die vage Ausrede abkaufe, sie scheint vergessen zu haben, dass ich sie besser kenne als jeder andere Mensch.

Sie verheimlicht mir etwas.

Kapitel 3

Mollie

Seit langer Zeit fühle ich mich mal wieder wie mein altes Ich. Wie eine Frau, der das Lächeln leichtfällt, weil sie keine Sorgen hat. So ging es mir, als ich mit achtzehn nach Boston aufs College ging. Es war schwer, den Busen der Kleinstadtfamilie zu verlassen und auf die andere Seite des Kontinents zu ziehen, in eine laute Großstadt voller Fremder.

Für Boston entschied ich mich aus verschiedenen Gründen. Erstens wegen des Abenteuers. Das ist schon immer ein fester Bestandteil meines Wesens gewesen. Zwar liebte ich die Sicherheit meines Zuhauses, aber ich sehnte mich danach, die Welt zu sehen, und Boston war ein guter Anfang. Dass mein Vater ebenfalls am Boston College gewesen ist, war der zweite Grund. Es bestand sozusagen eine Familientradition.

Doch als ich dort ankam, fühlte ich mich total verloren. Einsam, verängstigt, und ich vermutete, einen Fehler gemacht zu haben. Ich zweifelte daran, dass ich je auf mich allein gestellt leben könnte.

Kane Bellan änderte alles. Zwar kann ich nicht genau sagen, wie sehr er mir half, mein Selbstbewusstsein wieder aufzubauen, doch ich weiß, dass ich ihm zu verdanken habe, mein Leben selbst zu bestimmen. Über die Jahre im College und in den Sommern zu Hause half er mir dabei, zu entdecken, dass ich eine Abenteurerin bin. Er tat das auf so simple Weise, dass ich an mich selbst glauben konnte. Nur durch das Selbstbewusstsein, das er in mir aufbaute, indem er mich bei meinem Wunsch ermutigte, eines Tages eine reisende Bloggerin zu sein, war ich in der Lage, mich in das Abenteuer des Reisens zu stürzen. Das kann ich ihm niemals zurückzahlen.

Interessant, dass ich mich an einem Tiefpunkt im Leben nicht an meine Eltern wende. Sosehr ich sie auch liebe wie die Luft zum Atmen, ist es doch Kane, dem ich nah sein will.

Heute war es schön und stressfrei. Ich habe geduscht, meine Beine rasiert und mir natürlich die Zähne geputzt. Ich benutzte sogar seinen Föhn. Kane ist ein Mann, der sich nichts dabei denkt, eitel seine Frisur zu stylen. Als ich zum Abendessen erschien, kam ich mir fast hübsch vor.

Zu Fuß gingen wir zu einem Tapas-Restaurant und tranken Sangria zu den verschiedenen Tapas. Ich wusste, dass er sich Sorgen um mich macht, doch er hielt die Unterhaltung locker und unbeschwert. Dafür war ich dankbar, aber ich bin nicht blöd. Ich sehe die Sorge in seinen Augen und weiß, dass er mich früher oder später bedrängen wird. Und da er mein bester Freund ist, werde ich mich ihm anvertrauen.

Ja, ich reise beruflich. Ich schaffe es kaum, Kane zweimal im Jahr zu treffen. Ich versuche immer, wenigstens zu einem seiner Spiele zu gehen, und wenn er Sommerurlaub hat und seine Familie besucht, lege ich meine Reisen so, dass wir Zeit miteinander verbringen können. Wir telefonieren oft und schreiben uns fast täglich mit dem Handy. In den über zehn Jahren unserer Freundschaft hat es nie eine Funkstille zwischen uns gegeben, und ehrlich gesagt weiß ich nicht, was ich ohne ihn machen würde.

Nach dem Dinner machen wir einen schönen Spaziergang zu seiner Eigentumswohnung zurück. Die Sommernacht ist perfekt. Wir führen Samson noch Gassi, und dann schlägt Kane vor, auf seinem Balkon zu sitzen, von wo aus man Phoenix überblicken kann, und eine Flasche Wein zu öffnen. Der Balkon ist recht geräumig. Dort stehen ein Gasgrill, ein Gartentisch und vier Stühle. Es fehlen nur ein paar Blumenkübel, aber bei Kanes vollem Terminkalender würden Pflanzen wohl elendig verdursten.

Wir setzen uns an den Tisch, trinken Wein und betrachten die Straßen unter uns. Samson legt sich neben das Geländer, steckt die Nase zwischen die Gitterstäbe und schnüffelt die Luft.

Kane kommt zur Sache. „Erzählst du mir jetzt, warum du gekommen bist?"

Mein Besuch war erst für Oktober geplant, aber die Umstände haben mich einen Monat früher hergeführt, und ich weiß, dass Kane besorgt ist.

Ich weiß nicht genau, wo ich anfangen soll. „Wärst du zufrieden damit, wenn ich sage, dass ich eine Existenzkrise habe?"

Er lacht leise. „Nein. Viel zu vage."

Ich trinke einen Schluck Wein, der größer ist als nur ein Nippen. Ein klares Zeichen, dass ich Ermutigung brauche. Kane verengt die Augen. Ich schaue wieder auf das Lichtermeer der Stadt. „Es gab einen Zwischenfall. Ich bin angegriffen worden."

Schweigend setzt er sich aufrechter hin. Ich spüre seine empörte Ausstrahlung. Das erinnert mich an eine Party auf dem College, auf der ich mich betrunken habe. Ich weiß nichts mehr von der Party, aber am nächsten Tag erzählte er mir, dass er einen Kerl auf mir erwischt hatte und ich wahrscheinlich beinahe vergewaltigt worden wäre. Ich habe nie erfahren, was er mit dem Typen gemacht hat, aber er versicherte mir, das Problem sei erledigt. Er trug mich nach Hause und blieb bis zum Morgen bei mir, bis ich aufwachte, einen Kater hatte und mich schrecklich fühlte. Als er mir die Geschichte erzählte, fühlte es sich an wie jetzt. Energetische Wellen der Wut schwappten zu mir herüber, und ich spürte sein Verlangen, demjenigen wehzutun.

Ich nehme meinen Mut zusammen und schaue ihn an, um ihm klarzumachen, warum ich eine Krise habe. „Ich habe alle fünfzig Staaten bereist", beginne ich und er hört mir zu. Er kann sehr geduldig sein. „Plus Kanada, Mittelamerika, Lateinamerika und zweimal Europa. Ich war an so vielen Orten, dass ich eine Excel-Liste brauche, um noch alle zu wissen."

„Ich habe eine digitale Landkarte, auf der ich alle Orte eintrage, an denen du warst", sagt er.

Der Stolz in seinem Ton verursacht mir einen Kloß im Hals.

„Wirklich?", frage ich angenehm erstaunt.

„Ich habe immer ein Auge auf dich, Mollie", antwortet er, doch seine Stimme klingt hart.

Das zeigt seine Enttäuschung, aus der Distanz nicht viel mehr tun zu können.

Ich nicke und verstehe sein Dilemma. Er war schon immer mein Beschützer und kann bei der Entfernung diesen Job nicht wirklich ausführen. Und das tut ihm weh.

Ich fahre fort. „Noch nirgends habe ich mich in Gefahr gefühlt. Du weißt, dass ich vorsichtig bin. Ich habe Samson und eine Waffe, zumindest hier in den USA, mit der ich umgehen kann. Ich suche mir die Camping- und Rastplätze genau aus, um gefährliche Gegenden zu meiden. Nirgends bleibe ich einsam und allein, denn ich weiß, dass belebte Orte sicherer sind. Und stets mache ich nur nette Erfahrungen. Ich habe die freundlichsten Menschen kennengelernt. Leute wie ich, die ständig auf Tour sind, und wir halten zusammen und achten aufeinander."

Kane schweigt, doch an seinem Kiefer zuckt ein Muskel. Das verrät, dass er sich auf den schlimmen Teil meines Berichts vorbereitet.

„Es war kein Fremder", sage ich leise.

Kane beugt sich leicht über den Tisch. „Spuck's schon aus, Mollie."

Ich wende den Blick ab. „Es war Matthew."

Matthew ist der Mann, mit dem ich ein paar

Monate zusammen gewesen bin. Kane weiß Bescheid, denn ich erzähle ihm praktisch alles. Aber Moment mal ... interessant, dass er mir nichts von der schönen, exotischen Frau erzählt hat, die gestern aus seiner Wohnung gekommen ist.

Jedenfalls habe ich Matthew Brighton vorigen Sommer in Dakota kennengelernt. Er war am Ende einer zweimonatigen Fahrradtour. Ein Freigeist wie ich. Ebenfalls ein Blogger. Gut aussehend, humorvoll und gesellig. Wir hatten so viel gemeinsam, dass wir unweigerlich zusammenkamen, und ich fühlte mich absolut sicher, als ich ihn einlud, mit mir weiterzureisen.

Er folgte meiner geplanten Route, und ich passte sie so an, dass er kilometermäßig mit dem Rad auch mitkam. Morgens wachten wir in den Laken meines Bettes im Minibus zusammen auf. Dann fuhr ich weiter zur nächsten Sehenswürdigkeit und traf ihn abends am vereinbarten Ort wieder.

Das war cool und echt schön.

Er gab mir etwas, was mir so langsam im Leben gefehlt hat. Kameradschaft in der Isolation, die mein Leben ausmacht.

„Aber ihr habt Schluss gemacht", knurrt Kane verärgert.

„Ja. Vor vier Monaten. Und das war nicht schön."

„Das hast du mir gar nicht erzählt", sagt er vorwurfsvoll.

Ich zucke mit den Schultern. „Weil es mir nicht so wichtig war. Zumindest nicht zu dem Zeitpunkt."

In Wahrheit habe ich immer mehr Matthews

wahres Ich erkannt, je länger ich mit ihm zusammen war. Er wurde kontrollierend und manipulativ. Er schränkte meine Freiheit ein, die ich sehr liebe, und es wurde beängstigend, als ich nicht tat, was er verlangte.

Als ich Schluss machte, sprach er gemeine Drohungen aus und ich bekam Angst.

Glücklicherweise kam ich mit dem Minibus viel schneller voran als er mit dem Rad. Ich fuhr direkt vier Staaten weiter, bevor ich erleichtert aufatmen konnte.

In den folgenden Wochen belästigte er mich mit Anrufen und Nachrichten. Ich reagierte nicht darauf und irgendwann ließ er mich in Ruhe.

In Kanes Ausdruck zieht ein Gewitter auf. Nicht gegen mich, sondern gegen den Kerl, der mir Angst gemacht hat.

„Ich dachte, er sei nur noch eine schlimme Erinnerung. Es war zwei Monate her, seit er mir das letzte Mal eine Nachricht geschickt hatte, und daher habe ich nichts ahnen können."

„Was ist passiert?" Wenn er sich so fühlt, wie er klingt, dann ist ihm zum Kotzen zumute.

„Letzte Woche war ich in North Carolina." Ich greife nach dem Glas und trinke noch einen Schluck. „Auf der Topsail-Insel. Da gibt es einen schönen Campingplatz an einer Wasserstraße. Ich führte Samson Gassi, frühstückte und räumte im Minibus alles weg, um weiterzufahren."

Dafür musste ich nur das Geschirr wegräumen und das Bett umklappen, das dann zur Sitzbank wird. Wenn ich die Tischplatte herunterklappe, kann ich dort sitzen und bloggen.

Ich tauche wieder in die Erinnerungen ein. „Samson bellte. Viele der anderen Camper waren schon abgefahren, daher wunderte ich mich. Das Bellen war kein warnendes, sondern eher ein erfreutes, was noch seltsamer war, denn Samson vertraut nicht vielen Menschen. Du bist einer davon."

Kane lächelt nicht einmal bei der Aussage, dass Samson ihn mag.

„Ich war im Minibus auf allen vieren, faltete die Matratze zusammen und schaute über die Schulter, um zu sehen, wen Samson da begrüßt. Es war Matthew."

„Himmel noch mal", murmelt Kane beklommen.

„Er war so schnell über mir, dass ich keine Zeit zum Reagieren hatte." Erstaunlicherweise kann ich ganz ruhig darüber reden. Denn jetzt bin ich in Sicherheit, und es gibt keinen Grund, in die Angst zurückzufallen. „Bevor Samson merkte, dass etwas nicht stimmte, schloss Matthew die Wagentür. Samson bellte und knurrte und sprang gegen die Tür. Matthew war über mir und presste mich auf den Boden."

Kane springt so abrupt auf, dass er sein Weinglas umwirft. Es zerbricht auf dem gekachelten Tisch. Rotwein fließt auf mich zu. Ich stehe auf und der Wein rinnt auf den Balkonboden. Kane umfasst das Geländer und starrt auf die Stadtlichter.

Ich gebe ihm Zeit, sich zu fangen. Er atmet tief durch.

Noch einmal.

Und noch einmal.

Endlich dreht er sich zu mir um. Wut und Sorge sind ihm ins Gesicht geschrieben. Schweigend wartet er darauf, dass ich ihm das Schlimmste schildere.

„Ich glaube nicht, dass er mich vergewaltigen wollte", sage ich leise. Ganz offensichtlich gehen seine Vermutungen in diese Richtung. Er hat die Schultern hängen lassen. „Ich glaube, er wollte mich umbringen."

„Fuck!", ruft er aus und stürzt auf mich zu.

Das macht mir keine Angst, denn ich vertraue Kane. Innerhalb von Sekunden befinde ich mich in seinen Armen und er hält mich fest. Ich spüre die Wut in ihm vibrieren, aber auch seine Erleichterung, dass ich offensichtlich weder vergewaltigt noch ermordet wurde.

Ich lehne mich zurück und sehe ihm in die Augen. „Ich habe mich wie verrückt gewehrt. Meine Waffe war unter dem Fahrersitz und unerreichbar, aber ich habe ihn geschlagen, getreten und gekratzt. Ich hatte Glück und konnte mit dem Knie seinen Schritt treffen, ihn von mir schieben und die Tür erreichen. Er zerrte mich am Fuß zurück, aber ich habe es geschafft, die Tür aufzumachen."

Kane blickt Samson an, und der Hund erwidert den Blick, als ob er sagen will: „Ja, Mann, ich habe meinen Job gemacht."

Ich lächele meinen besten pelzigen Freund auf der Welt an. „Samson kam wie ein Racheengel angeflogen und biss Matthew in den Arm, woraufhin dieser meinen Fuß losließ. Ich flüchtete aus dem Minibus und schrie um Hilfe, während Samson knurrte und Matthew auch schrie."

„Entschuldige bitte", sagt Kane und lässt mich los. Er geht in die Hocke und krault Samson ausgiebig. „Aber dein Hund hat jetzt mehr Aufmerksamkeit verdient als du."

Die richtigen Worte zur richtigen Zeit. Ich muss laut lachen und sehe zu, wie mein bester Freund meinem anderen besten Freund dankt, dass er mich gerettet hat.

„Und morgen", verspricht Kane Samson, „kaufe ich dir das beste Filetsteak, Kumpel."

Samson freut sich über die Aufmerksamkeit und gibt ein Hundestöhnen von sich.

Doch dann wendet Kane sich wieder mir zu. Mit ernstem Blick erhebt er sich. „Und was wurde aus Matthew?"

„Der hat sich in Luft aufgelöst." Aber nicht meine Angst vor ihm.

Ich erzähle Kane, dass ich andere Camper gefunden habe, die mit mir zurückgegangen sind. Wir fanden Samson vor, der den Minibus bewachte. Er hatte eine blutige Schnauze und Matthew war verschwunden. Ich habe die Polizei gerufen und Anzeige erstattet. Aber sie haben ihn nicht gefunden. Wir wussten nicht, wie schwer Samson ihn verletzt hat, aber in einem Krankenhaus in der Umgebung konnte er auch nicht gefunden werden. In meinem Handy fand man eine Spy-Software, mit der er meinen Aufenthaltsort bestimmen konnte. Ich weiß nicht, wie lange er mich schon verfolgt hat, aber er hat mich nie aus den Augen gelassen.

„Als ich North Carolina verlassen habe, bin ich eine Weile ziellos herumgefahren, habe aber dann festgestellt, dass ich gen Westen fahre. Ich wusste nicht, wohin, aber unbewusst wohl doch. Deshalb bin ich hier. Ich will mich nur eine Weile … sicher fühlen können."

„Um Himmels willen, Mollie." Erneut zieht er mich in seine Arme. „Bei mir bist du wirklich sicher. Du kannst so lange bleiben, wie du willst. Der Mistkerl wird dich hier nicht finden."

Ich habe überlegt, nach Hause zu meinen Eltern zu fahren, aber Matthew weiß, wo das ist. Sollte er so geistesgestört sein, wie ich vermute, wäre das zu einfach für ihn. Allerdings weiß er auch, wie viel Kane mir bedeutet. Ich habe ihm alles über meinen Freund, den Eishockeyspieler, erzählt. Er könnte sich denken, dass ich zu Kane geflüchtet bin. Doch er weiß nicht, wo Kane wohnt, und das gibt mir etwas Sicherheit.

Im Grunde genommen bin ich zu Kane gefahren, weil ich es wollte. Es brauchte. Momentan brauche ich ihn einfach.

Kapitel 4

Kane

Das heutige Work-out war heftig. Da ich es nicht eilig habe, wieder nach Hause und zu Mollie zu kommen, habe ich ein paar der Jungs vorgeschlagen, früh in der Nähe des Stadions Mittagessen zu gehen. Mollie wollte sich unbedingt ein Auto mieten, obwohl ich ihr meinen Pick-up angeboten habe. Sie will jedoch lieber ihren eigenen Wagen haben, denn der Minibus ist groß und in der Stadt nicht das bequemste Fahrzeug. Wir haben den Minibus daher auf einen meiner beiden Parkplätze in der Tiefgarage unter meiner Wohnung gestellt. Ich überlasse ihr gern auch noch den zweiten, denn mir macht es wenig aus, mir auf der Straße einen Parkplatz suchen zu müssen.

Jim und Jett gehen mit mir essen und wir futtern dick belegte Sandwiches und Nudelsalat. Jett hat sich dazu noch drei große Cookies genommen.

„Du wirst fett und langsam, wenn du so weiterfrisst", warnt ihn Jim und nickt zu Jetts Teller.

Wir drei sind das Herz der Second Line. Ich bin der Center, Jim ist mein Left Winger und Jett der Right Winger. Obwohl ich erst zum Ende der vorigen Saison ins Team gekommen bin, haben wir bei den Play-offs gut harmoniert. Dass wir gegen die Cold Fury den Stanley Cup gewonnen haben, ist Beweis genug.

„Ich kann dich auf dem Eis immer noch einholen, alter Mann", antwortet Jett mit seinem schwedischen Akzent und grinst ihn frech an.

Jim schämt sich nicht für sein Alter. Mit dreiunddreißig ist er einer der Ältesten im Team, aber das ist nur eine Zahl. Er ist immer noch beweglich und schnell genug, um die Rookies auf dem Eis zu schlagen, sodass er jetzt lediglich mit den Augen rollt.

„Ich weiß ja nicht, wie es euch geht", sagt Jett und kaut einen Bissen seines Roggensandwichs mit Pastrami, „aber ich freue mich wahnsinnig auf das Trainingslager nächste Woche."

Jim und ich nicken nur mit vollem Mund. Der Sommer war lang, und auch wenn niemand über die viele Freizeit jammert, sind wir doch alle begierig, wieder zu arbeiten und den Sieg zu wiederholen.

Nach dem Trainingslager beginnt die Pre-Season. Nicht viel in meinem Leben kann man mit dem Kick vergleichen, den mir mein Beruf gibt. Die Behauptung, mich aufs Eis zu freuen, wäre eine glatte Untertreibung.

Jett wedelt mit einem Cookie in der Luft herum. „Da es nur noch wenige Gelegenheiten geben wird, über die Stränge zu schlagen, esse ich jetzt Cookies. Wir sollten heute Abend einen draufmachen gehen. Was haltet ihr davon?"

„Ohne mich", sage ich ohne zu zögern, denn ich möchte lieber mit Mollie zusammen sein. Ich habe keine Ahnung, wie lange sie bleiben wird, und falls es nur ein paar Tage sind, will ich so viel wie möglich bei ihr sein. Natürlich könnte ich sie heute Abend einfach mitnehmen. Aber ich weiß nicht, ob ihr nach Ausgehen zumute ist.

Nach ihrer Geschichte über Matthew gestern ist mir klar geworden, wie viel sie mir bedeutet.

„Hast du etwas Besseres vor?", fragt Jim neckend.

„Allerdings", antworte ich. „Ich habe Besuch."

„Dann bring ihn mit", schlägt Jim vor.

„Es ist eine Frau."

Jim und Jett tauschen einen eindeutigen Blick aus, der mir sagt, dass sie versaute Gedanken haben.

„So ist es nicht", erkläre ich. „Sie ist meine beste Freundin."

Ich schaue in leere Gesichter, was die typische Reaktion ist, wenn ich meine Beziehung zu Mollie erkläre. Was ist so unverständlich daran, dass Frauen und Männer ganz ohne Sex befreundet sein können?

Beim Essen erkläre ich ihnen die Situation. Ich erzähle vom College, unseren gemeinsamen Sommern, die durch ihre Reisen für ihren Blog unterbrochen wurden, und dass sie mich spontan besuchen kam. Über ihren Beruf sind die beiden erwartungsgemäß erstaunt.

„Du kannst sie trotzdem gern mitbringen", schlägt Jett vor und wackelt mit den Augenbrauen. „Ist sie heiß?"

Ich sehe ihn rügend an. „Sie ist wunderschön.

Wenn du sie auch nur von der Seite anglotzt, stampfe ich dich in den Erdboden."

Jim grinst Jett wissend an. „Aha, sie sind nur Freunde, aber er will nicht, dass sie mit einem anderen zusammen ist."

„Ach, halt den Mund", sage ich, aber er hat nicht unrecht. Zwar konnte ich mich über die Jahre bei Mollies verschiedenen Dates beherrschen, sogar als sie mit dem Arschloch Matthew zusammen war, aber sie mit einem Teamkameraden herummachen zu sehen, wäre mehr, als ich ertragen kann.

Bevor ich meinen Kameraden gegenüber die Coolness verliere, wechsele ich lieber das Thema. „Habt ihr Baden in letzter Zeit besucht?"

„Ich war gestern bei ihm", sagt Jim traurig. „Es geht ihm nicht gut."

Ich nicke. Ich habe ihn Anfang der Woche selbst besucht. Er ist nur noch ein Schatten seiner selbst. Als Ersatztorhüter war Baden Oullet ein wichtiger Teil des Teams. Wir sind alle nett zueinander, aber Baden wird besonders respektiert – für seine undankbare Position, mehr oder weniger unsichtbar nur der Ersatz für unseren Goalie Nummer eins Legend Bay zu sein. Er bekam unseren vollsten Respekt, als er für den pausierenden Legend einsprang. Wir können uns stets darauf verlassen, dass er sich genauso anstrengt wie Legend. So gut ist er, doch beschwert sich nie über seinen Platz an zweiter Stelle.

Tragischerweise wurde er bei einem

heldenhaften Akt vor zwei Monaten schwer verletzt. Er wollte eine Frau vor einer Gang schützen und überlebte nur knapp. Er trug eine Menge Stichwunden davon und wurde mit einem Stemmeisen geschlagen. Das kostete ihn die Milz und er hatte Hirnblutungen. Die schlimmste Verletzung ist die seiner Wirbelsäule. Während er sich von den meisten Verletzungen erholt hat, hat er leider immer noch gelähmte Beine. Vor zwei Wochen kam er in eine Rehaklinik, wo die Beine therapiert werden, und ein weiterer OP-Termin ist bereits terminiert. Obwohl kein Arzt es direkt ausgesprochen hat, ist seine Karriere vorbei. Momentan ist nicht einmal klar, ob er je wieder laufen kann.

Das Team hat bei den vielen Besuchen den Eindruck bekommen, dass Baden seinen Kampfgeist verloren hat. Er lächelt zwar, doch das erreicht nicht seine Augen. Er beteiligt sich nicht an Gesprächen, beantwortet aber direkte Fragen. Er hat eine verdammte Depression, aber wem würde es nicht so gehen? Keiner von uns weiß, wie man ihm helfen könnte.

„Er hat gesagt, dass er in eine Klinik näher an zu Hause will", sagt Jim niedergeschlagen.

Badens Eltern leben in Montreal, Kanada, und es würde Sinn ergeben, dorthin zu gehen. Doch hier hat er die fähigsten Mediziner, die man sich nur wünschen kann und die alle ihr Bestes geben, damit er sich wieder voll erholt. Der Teambesitzer Dominik Carlson hat dafür gesorgt. Ich gehe davon aus, dass Baden bis nach der nächsten OP hierbleiben wird, aber ich habe das Gefühl, dass er dann wegziehen und nicht mehr Teil unseres Lebens sein wird.

„Hey", sagt Jett und schwenkt seinen zweiten Cookie, „Wunder geschehen. Er muss positiv bleiben. Er hat schon wieder etwas Gefühl in den Beinen, es wird also besser."

„Aber Profi-Eishockey wird er wohl nicht mehr spielen können", werfe ich ein.

„Man soll nie nie sagen." Jett nickt bekräftigend.

Gern wäre ich auch so optimistisch, was meinen Freund angeht. Ich lächele. „Weißt du was? Du hast recht. Wunder geschehen immer wieder."

„Ganz genau", sagt Jim und wirkt überzeugt. Doch plötzlich weitet er entsetzt die Augen. „Was zum Teufel …?" Er starrt irgendetwas hinter mir an.

Jett und ich drehen uns leicht nach hinten, und ich sehe, worüber Jim entsetzt ist. Seine Frau Ella hat mit einem anderen Mann Jetts Sichtfeld betreten. Der Mann hat seine Hand auf ihrem unteren Rücken, und sie lacht über etwas, was er gesagt hat. Sie schlängeln sich auf dem Weg zum Ausgang zwischen den Tischen hindurch. Der Mann nimmt Ellas Hand. Lächelnd sieht sie ihn verträumt an und sie verlassen das Restaurant.

„Sie verabredet sich wieder mit anderen, was?", frage ich meinen Freund und fühle mit ihm.

Vor fünf Monaten haben sich Ella und Jim getrennt. Sie haben das gemeinsame Sorgerecht für ihre dreizehnjährige Tochter Lucy.

„Jesus", murmelt Jim und legt sein Sandwich auf den Teller. Anscheinend hat er den Appetit verloren. Er schüttelt den Kopf. „Sie hat gesagt, sie denkt darüber nach. Offenbar tut sie aber mehr als nachdenken."

Ich kenne keine Details, aber Jim ist nicht glücklich mit der Trennung. Er steht unter Stress. Besonders, weil Lucy es ihm nicht leicht macht. Sie hat sich auf die Seite ihrer Mutter geschlagen und scheint sich gegen ihn aufzulehnen.

„Vielleicht solltest du dich auch wieder verabreden", schlägt Jett vor. „Das wäre eine gute Ablenkung."

„Ich will aber mit keiner anderen ausgehen", knurrt Jim.

Das ist das Ergiebigste, was er je zu diesem Thema gesagt hat.

„Es ist schwer, wieder in den Sattel zu kommen", sage ich in neutralem Ton und bin einfach nur neugierig.

„Ich will aber nicht in einen neuen Sattel", brummt Jim. „Ich will den alten Sattel behalten, mit meiner Frau darin."

Überrascht blinzele ich, denn ich habe gedacht, ihre Ehe wäre gescheitert. Ich habe gemerkt, dass es nicht harmonisch zuging und dass gegenseitige Vorwürfe geklärt werden müssen, aber dass Jim gar keine Trennung will, ist mir neu. „Hast du ihr das je gesagt?", frage ich.

Jim schüttelt den Kopf. „Wir scheinen gerade keine vernünftigen Unterhaltungen führen zu können."

Ich tausche einen Blick mit Jim aus. Er zuckt mit den Schultern, was bedeutet, dass er auch keinen Rat weiß. Ich ebenfalls nicht, aber nichts zu sagen, wäre garantiert ein Fehler. „Dann solltest du dich zusammenreißen und auf ein vernünftiges Gespräch bestehen."

In Jims Augen flammt etwas auf, doch er widerspricht mir nicht. Er lässt die Schultern sinken. „Ich weiß. Ich muss mich mit ihr hinsetzen und ihr sagen, was ich fühle."

„Und das wäre?", dränge ich weiter.

„Dass ich sie zurückhaben will", sagt er leise.

„Dafür brauchst du einen besseren Plan. Ich bin zwar kein Eheberater, aber ich nehme an, es gab Gründe, dass die Ehe zerbrochen ist. Am besten kümmerst du dich zuerst um diese Gründe."

Jim deutet mit dem Daumen Richtung Tür, durch die Ella gerade gegangen ist. „Sie hat mich längst hinter sich gelassen. Und sie sieht glücklich aus. Wie soll ich dagegen anstinken?"

„Indem du sie noch glücklicher machst", rät Jett.

Ich nicke. Ein guter Rat.

„Ich weiß gar nicht mehr, wie man das macht", sagt Jim und seufzt. Er schiebt seinen Teller von sich. „Will das einer von euch essen? Mir ist der Appetit vergangen."

„Ich nehme es gern", sagt Jett und zieht das Reuben-Sandwich zu sich.

„Du wirst echt noch fett", ermahne ich ihn.

Jett hält kurz inne, zuckt mit den Schultern und

beißt dann ins Brot. Das bringt Jim zum Lachen, was mich freut. Ich weiß nicht, wie er sein Problem beseitigen will, aber als Teamkamerad rate ich ihm, zum Start der Saison sein Privatleben im Griff zu haben, also sollte er sich lieber ranhalten.

Kapitel 5

Mollie

Während der Fahrt schaut Kane immer wieder zu mir herüber. Wir gehen ins Sneaky Saguaro und treffen uns dort mit ein paar seiner Teamkameraden auf Drinks und etwas zu essen. Im Radio spielen Fitz and the Tantrums. Das Schiebedach ist offen und lässt die warme Nachtluft Arizonas herein.

Nach Kanes viertem Blick drehe ich die Musik leiser. „Was ist los?", will ich wissen.

„Bist du sicher, dass du bereit bist, heute auszugehen?"

Die Frage kommt nicht überraschend. Nachdem ich ihm gestern von Matthew erzählt habe, sieht er mich an, als wäre ich aus Glas und könnte jeden Moment zersplittern. Er wollte sich heute nicht einmal mit seinen Freunden treffen. Ich habe das nur zufällig mitbekommen, als einer seiner Freunde anrief, um zu fragen, ob er erscheinen wird. Entschuldigend, doch bestimmt, hat er gesagt: „Nein. Ich glaube, Mollie und ich bleiben lieber zu Hause und haben einen ruhigen Abend."

Als er aufgelegt hatte, entwickelte sich eine Diskussion.

„Du musst dein Leben meinetwegen nicht auf Eis legen", sagte ich.

Er lag auf der Couch, mit Samson an den Füßen, und sah mich an. „Das tue ich gar nicht."

Ich saß auf dem Zweisitzer, nahm ein Kissen und warf es nach ihm. Natürlich fing er es geschickt auf. „Ich bin nichts Zerbrechliches, auf das du rund um die Uhr aufpassen musst."

„Das habe ich auch nie behauptet."

„Dann geh heute mit deinen Freunden weg." Ich sah ihn streng an. „Ich bleibe mit Samson hier."

Er dachte kurz darüber nach. „Möchtest du mitkommen?"

Die Idee munterte mich auf. Ich liebe es, mit Kane zusammen zu sein, und würde gern seine Teamkameraden kennenlernen. Mit den Jahren habe ich begriffen und gut gefunden, dass die Männer mehr als nur Arbeitskollegen sind. Sie sind wie Brüder.

„Sehr gern", antwortete ich.

Doch Kane macht sich meinetwegen immer noch Sorgen. Das erkenne ich an seinen vorsichtigen Blicken. Das mag ich an ihm. Als mein bester Freund sollte er auch so besorgt sein. Es nervt mich nicht, sondern ich finde es süß.

Doch jetzt kann er damit aufhören, denn ich will nicht, dass er sich weiterhin Sorgen macht.

Ich lege meine Hand auf seinen Arm, den er auf der Mittelkonsole aufgestützt hat. Dass er überrascht zusammenzuckt, nehme ich schweigend hin. „Kane, du bist wie ein Bruder für mich. Ich möchte so viel Zeit wie möglich mit dir verbringen und würde gern deine Kumpels kennenlernen. Außerdem habe ich jede Menge peinliche Geschichten über dich auf Lager, die ich ihnen erzählen könnte."

Kane entzieht mir seinen Arm, legt die Hand ans Lenkrad und den linken Arm am Fenster ab. Eine subtile Handlung, doch scheinbar mag er meine Berührung nicht. Ich versuche, nicht gekränkt zu reagieren, frage mich jedoch, warum es ihn stört. Unsere Beziehung war schon immer auch liebevoll. Beim Spazierengehen haken wir uns unter. Allerdings gab es nie Händchenhalten, denn das wäre eine Ebene der Intimität, die zwischen uns nicht existiert. Aber zugegebenermaßen gab es schon Momente, in denen ich mich fragte, wie es wohl wäre, wenn wir auf dieser Ebene wären. Irgendwie steht das nicht in unseren Karten, und wir müssen mit dem zufrieden sein, was wir haben.

Ich lehne mich in den Sitz zurück. „Wen treffen wir denn heute alles?"

Kane gibt mir einen kurzen Überblick. Er ist Center der Second Line der Arizona Vengeance. Obwohl er in diesem Team noch neu ist, ist es erstaunlich, wie gut er hineinpasst und sich mit seinen Kameraden versteht. Mit denen wir uns heute Abend treffen werden.

Kane erzählt mir von Jim Steele, seinem Left Winger und einem der ältesten Spieler des Teams. Und dass er mittags Jims Frau Ella gesehen hat, was Jim aufgewühlt hat. Und dass der Right Winger, Jett Olsson, ein junger Schwede, angedroht hat, mich anbaggern zu wollen. Damit habe ich kein Problem. Flirten macht Spaß.

Schlussendlich erzählt er noch vom Defenseman der Second Line, Bain Hillridge. Ein umgänglicher Typ, der sich mit jedem versteht. Der Mann geht dem Rampenlicht, das zu seinem Beruf gehört, so gut er kann aus dem Weg.

„Und was ist mit deinem zweiten Defenseman?"

Kane zuckt mit den Schultern. „Den haben wir noch nicht kennengelernt. Er heißt Riggs Nadeau. Er ist ganz neu im Team. Ich werde ihn nächste Woche im Trainingslager kennenlernen. Ein gewisser Ruf eilt ihm voraus."

„Wie meinst du das?"

„Er scheint etwas schwierig und abweisend zu sein. Aber wir werden versuchen, Gemeinsamkeiten zu finden. Vielleicht lade ich ihn zu mir zum Essen ein und fühle ihm auf den Zahn."

„Ich könnte meine berühmten Tofu-Fajitas kochen", schlage ich vor und wackele mit den Augenbrauen.

Kane wirft mir einen Blick zu. „Bist du denn nächste Woche noch da?"

„Wenn du möchtest."

Er tauscht wieder die Hände am Lenkrad und greift mit der rechten meine Hand. Diesmal zucke ich überrascht zusammen. „Mollie, du kannst bleiben, so lange du willst. Und ich würde mich freuen, wenn du bleibst."

Das berührt mich tief. Außer meinen Eltern ist er der einzige Mensch, auf den ich mich immer verlassen kann. Egal, worum es geht.

„Nein", sagt er ernst, „auf keinen Fall wirst du

Tofu machen. Ich will, dass der Mann mich mag und nicht hasst."

Wir lachen beide, und ich verspreche ihm, etwas Akzeptables für den großen, bösen Eishockeyspieler zu kochen.

Das Sneaky Saguaro sei ein cooles Restaurant mit Bar, erklärt mir Kane, und zum Treffpunkt der Vengeance geworden. Dort gibt es praktisch jede vorstellbare Biersorte und gutes Texmex-Essen. In der Mitte wächst ein echter Saguaro-Kaktus, der bis in den ersten Stock hoch reicht.

Mit der Bekanntheit der Spieler umzugehen, ist nichts Neues für mich. Ich war schon sehr oft mit Kane aus, als er für andere Teams spielte, und bin auf die Fans vorbereitet, die Autogramme und Selfies von ihm wollen. Da die Vengeance den Stanley Cup gewonnen haben, ist der Andrang umso größer, als wir das Lokal betreten. Geduldig warte ich im Hintergrund, bis er seine Fans abgefertigt hat, und dann führt er mich nach oben auf die Galerie, wo seine Freunde Jim, Jett und Bain bereits an einem Tisch auf uns warten.

Ich weiß nicht, was das ist mit Eishockeyspielern, aber irgendwie sind sie alle gut aussehend. Zuerst stellt er mir Jim vor, der offensichtlich der Älteste ist. Er hat dunkelbraune Haare, ebenso braune Augen und klassisch attraktive Gesichtszüge. Er schüttelt mir die Hand und lächelt freundlich.

Bain umarmt mich zur Begrüßung. Nur kurz. Ich wette, dass er keine Schwierigkeiten hat, Frauen zu erobern. Als Defenseman ist er breit gebaut und bestimmt über zwei Meter groß. Er hat eine blonde, wilde Haarmähne bis fast zu den Schultern und hellbraune Augen. Das Hübscheste an ihm sind die Grübchen, wenn er lächelt.

Zuletzt wird mir Jett Olsson vorgestellt. Sofort halte ich ihn für den Casanova der Gruppe. Er schüttelt mir nicht die Hand oder umarmt mich, sondern gibt mir einen galanten Handkuss. Mit dem blonden Haar, das er sehr kurz trägt, ist er der typische Schwede, und er hat die schönsten hellblauen Augen, die ich je gesehen habe.

„Kane hat uns verschwiegen, wie schön du bist, Mollie", sagt er leise. Sein leichter Akzent macht seine Stimme noch erotischer.

Bevor ich etwas sagen kann, mischt Kane sich ein. „Das reicht, Jett. Sie ist viel zu klug, um auf dein Gesäusel hereinzufallen."

Ich lächele Kane an. „Das würde ich nicht unbedingt sagen. Ich kenne keine Frau, die nicht gern hört, dass sie schön ist."

Jett hakt meinen Arm bei sich unter und deutet zum Tisch. „Dann setz dich doch neben mich. Ich flüstere dir gern den ganzen Abend Nettigkeiten zu."

Kichernd sehe ich Kane an. Er steckt sich angedeutet einen Finger in den Hals und tut so, als müsste er würgen. Jim und Bain lachen ebenfalls und alle setzen sich an den Tisch. Natürlich zieht mir Jett den Stuhl neben sich hervor. Gern setze ich mich. Ich habe Lust, mich heute Abend zu amüsieren. Und amüsant wird Jett sicherlich sein.

Eine Kellnerin materialisiert sich wie aus dem Nichts. Das ist einer der Vorteile, mit berühmten Spielern unterwegs zu sein. Kane und ich bestellen Bier und schauen uns dann die Speisekarte an.

Nachdem wir unser Essen bestellt haben, fragen mich die Männer nach meiner Freundschaft mit Kane aus.

Ob er nur so tut oder es ernst meint, weiß ich nicht, aber Jett ist besonders an mir interessiert.

Nachdem ihre Neugier befriedigt ist und sie erstaunt sind, dass Kane und ich wirklich nur Freunde sind, fragen sie nach meinem Beruf.

Wie die meisten Menschen sind sie fasziniert von einer Frau, die allein mit ihrem Hund durch die Welt fährt. Mit nichts weiter als ihrem Verstand, Zuversicht und Glück. Ich beantworte die vielen Fragen.

„Und wie finanzierst du das?"

Sponsoren bezahlen mich, wenn ich ihre Markennamen nenne, und ich schreibe für Reisemagazine. Ich bin eine Influencerin, und das wird gut bezahlt. Mein Rentensparkonto ist schon recht gut gefüllt.

„Wie kriegst du den Minibus auf einen anderen Kontinent?"

Ich langweile sie mit internationalen Verschiffungsbestimmungen.

„Und wie ist das mit dem Hund?"

Ich erzähle noch mehr langweilige Details über Atteste, Quarantänebestimmungen und dass ich nur in Länder reise, in denen mein Hund erlaubt ist. Ansonsten fahre ich nicht dorthin.

So geht es eine ganze Weile, bis Kane sein Handy hervorholt, meine Instagramseite öffnet und seinen Freunden meine Fotos und seine Lieblingsbilder zeigt.

Schweigend beobachte ich ihn und bin erstaunt, wie stolz er anscheinend auf mich ist. Diese Hingabe, seine Bewunderung ... ich weiß nicht, womit ich das verdient habe, aber seinetwegen bin ich mir so sicher in dem, was ich tue. Ich habe Kane auf meiner Seite, der voll und ganz an mich glaubt.

Die Gespräche versiegen den ganzen Abend nicht. Wir essen sehr gut und trinken so viel Bier, dass klar ist, dass wir mit einem Uber nach Hause fahren müssen. Ich erfahre eine Menge über die Männer der Second Line. Alle sind entspannt, witzig und respektvoll. Und Kane entspannt sich ebenfalls, als er merkt, dass ich von dem schlimmen Erlebnis in North Carolina nicht vollkommen traumatisiert bin. Ich habe ihn mehrmals dabei erwischt, wie er mich liebevoll angesehen hat, wenn ich gelacht oder etwas Albernes gesagt habe.

Erst als es ans Tanzen geht, vergeht ihm das Lächeln. Es läuft Countrymusik und die Leute tanzen Foxtrott. Kane und ich haben schon bei verschiedenen Gelegenheiten zusammen getanzt. Meistens in Nachtclubs, in denen es heftig zuging und viel getrunken wurde. Aber er fordert mich nie dazu auf.

Jett tut das allerdings. Und weil ich angeheitert bin, mich lebendig und frei fühle, tanze ich mit ihm.

Jett führt mich vom Tisch fort und ich sehe Kanes Ausdruck. Das Lächeln ist verschwunden.

Bestimmt nur wegen seines Beschützerinstinkts für mich. Aber er muss wissen, dass ich auf mich selbst aufpassen können muss. Ich darf ihm wegen des Vorfalls mit Matthew nicht meinen Schutz aufhalsen. Schließlich kann er nicht mein selbst ernannter Bodyguard werden. Wo könnte ich außerdem sicherer sein als bei einem Teamkameraden, dem er vertraut? Ich nehme mir vor, morgen mit ihm darüber zu reden, vielleicht beim Frühstück. Ich muss ihm versichern, dass es mir mental besser geht und er sich nicht ständig Sorgen um mich zu machen braucht.

Mit Jett zu tanzen macht Spaß. Ich habe festgestellt, dass er nicht nur gut aussieht. Ja, wir flirten miteinander. Wir lachen viel, genau wie alle am Tisch. Aber er ist auch ein Mann mit Substanz. Jett hat mir die meisten Fragen über meinen Beruf gestellt. Er ist ehrlich fasziniert davon, denn er reist selbst gern. Zwischen den Saisons bereist er mindestens zwei oder drei Länder, in denen er noch nicht war.

Jett führt mich beim Tanzen einmal um die ganze Fläche, und weil der Song noch läuft und wir an unserem Tisch vorbei sind, tanzen wir noch eine Runde. Sein Griff ist locker. Eine Hand liegt an meiner Taille und eine auf meiner Schulter. Ich habe schon sehr viel getanzt und weiß nicht, in wie vielen Bars ich auf meinen Reisen schon war. Jett ist überraschenderweise ein Könner. Wahrscheinlich geht er oft tanzen, um Frauen aufzureißen.

„Mollie", sagt er und führt mich rückwärts, „würdest du mir erlauben, dich zum Essen auszuführen?"

Zwar habe ich noch nicht mit Kane darüber gesprochen, aber sein Angebot, länger zu bleiben, ist verlockend. Noch bin ich nicht bereit, zu meinen Eltern zurückzukriechen, wie ein Hund mit eingezogenem Schwanz. Mom würde es mit ihrer Fürsorge übertreiben. Und wieder auf Reisen gehen mag ich auch noch nicht. Gern würde ich eine Weile hierbleiben. Wie eine Art Urlaub ohne Sorgen. Daher antworte ich ohne Zweifel: „Gern. Das klingt gut."

„Aber wird dein Wachhund es dir erlauben?" Er grinst und nickt zu unserem Tisch hinüber.

„Kane ist mein Freund, nicht mein Wachhund. Außerdem hat er mir gar nichts zu sagen."

„Aber er beschützt dich trotzdem", wendet er ein.

Das stimmt. Das hat er schon auf dem College getan. Er achtet immer auf mich, auch jetzt noch, da wir erwachsen sind und unseren Berufen nachgehen. Er passt immer auf mich auf.

„Vertraut er dir?", frage ich.

„Ich hoffe es."

„Dann brauchen wir uns keine Sorgen zu machen." Ich lächele und freue mich, ein Date mit diesem süßen Schweden ergattert zu haben. Ich habe vor, mich in Phoenix zu amüsieren. Und wenn

Kane ein Problem damit hat, müssen wir darüber reden, so wie wir es immer tun.

„Morgen Abend?", fragt Jett. Anscheinend will er die Gelegenheit beim Schopf packen.

„Gern", antworte ich sofort. Schließlich steht sonst nichts in meinem Terminkalender.

Kapitel 6

Kane

Bisher ist mir nie bewusst gewesen, wie klein meine Wohnung ist. Sie wurde mir als großzügig verkauft, aber wenn ich sie durchschreite, brauche ich nur fünf lange Schritte. Das ist viel zu wenig Platz. Vielleicht sollte ich in Betracht ziehen, ein Haus zu kaufen.

Ich schaue auf meine Uhr. Kurz vor Mitternacht. Mollie hätte längst von ihrem Date mit Jett zurück sein müssen. Schließlich hat sie gesagt, dass es nur ein Dinner wäre.

Jett hat sie um halb sieben abgeholt. Nach meiner Berechnung hätte sie selbst nach einem zweistündigen Dinner schon wieder da sein müssen.

Ich könnte sie anrufen und fragen, wo sie steckt. Aber das wäre krank, zumindest nach Mollies Meinung. Ich bin nicht ihr Aufpasser und mir ist klar, dass ich nichts zu sagen habe, was Mollies Privatleben angeht.

Ich könnte ihr auch eine unverfängliche Nachricht schicken. So etwas wie: *Ich mache mir einen Mitternachts-Bananen-Sundae. Wenn du bald nach Hause kommst, könnte ich dir einen mitmachen.*

Das wäre harmlos. Während ich über Eis rede, kann ich nebenbei herausbekommen, wann sie gedenkt, nach Hause zu kommen. Schließlich muss man damit rechnen, dass das Eis schmelzen könnte.

Zwar nehme ich Mollie nichts übel, aber es ärgert mich, dass Jett sie nach einem Date gefragt hat. Sobald ich davon erfuhr, wollte ich ihn sofort anrufen. Erst auf dem Heimweg vom Sneaky Saguaro erwähnte sie nebenbei, dass Jett sie am nächsten Abend zum Dinner ausführen wollte. Mollie hat mich nicht einmal gefragt, ob ich einverstanden bin. Oder ob ich Einwände habe.

Okay, das muss sie auch nicht. Meine Meinung spielt keine Rolle.

Außer für mich natürlich.

Ich habe keine Ahnung, warum mich das so aufregt. Klar, Jett ist ein Playboy und hatte schon viele Frauen. Aber im Grunde vertraue ich ihm. Als mein Teamkamerad und Freund wird er Mollie respektvoll behandeln. Nie würde er ihre Grenzen überschreiten, wenn sie es nicht will. Daran kann mein Widerwille also nicht liegen.

Es sei denn, Mollie will, dass er eine gewisse Grenze überschreitet.

Sie könnten in diesem Moment in Jetts Wohnung sein und vögeln.

Und genau das ist die Vorstellung, bei der ich am liebsten ein Loch in eine meiner Trockenbauwände schlagen würde. Auf Jett bin ich dabei wütender als auf Mollie, denn er hätte meine beste Freundin gar nicht erst einladen sollen. Das ist, wie wenn man der Schwester seines besten Freundes nachstellt. Außer, dass Mollie nicht meine Schwester ist. Sie ist meine Freundin. Aber steht mir nah wie eine Schwester.

Aber verdammt noch mal, ich fühle mich nicht wie ein Bruder ihr gegenüber. Bilder fluten meinen Verstand und erinnern mich daran, dass wir Sex hatten. Flammenden, explosiven Sex, der ganz und gar nicht geschwisterlich war.

Gott, diese Gefühle machen mich noch wahnsinnig.

Bei dem Geräusch eines Schlüssels in meiner Haustür halte ich auf dem Weg zur Küche inne. Mollie hat einen Schlüssel, damit sie kommen und gehen kann, wann sie will. Kurz denke ich darüber nach, ob ich schnell ins Schlafzimmer flüchten soll, damit sie nicht sieht, dass ich auf sie gewartet habe. Samson liegt auf der Couch. Ihm das zu verbieten, habe ich schon am ersten Tag aufgegeben. Er hebt den Kopf und schaut zur Tür, um festzustellen, wer da kommt. Sein Schwanz peitscht langsam auf ein Kissen ein, da er zu riechen scheint, dass es sein Frauchen ist.

Schnell treffe ich eine Entscheidung, eile zum Hund, setze mich auf die Couch und lege einen Arm auf Samson.

Die Tür öffnet sich und Mollie kommt herein. Sie schaut nicht zurück, also hat sie Jett nicht mitgebracht. Oder er ist bereits gegangen, nachdem er ihr einen heißen Abschiedskuss gegeben hat. Ich schüttele den Kopf, um den Gedanken loszuwerden.

Mollie sieht mich an. Samson verlässt mich und rennt auf sie zu. Sie streichelt ihm durchs Fell und sagt beruhigende und lobende Worte zu ihm.

Dann sieht sie mich lächelnd an.

„Wieso bist du denn noch auf?"

Schlecht kann ich zugeben: „*Ach, ich bin nur unruhig hin und her gelaufen und war emotional fix und fertig.*"

Ich zucke mit den Schultern. „Ich habe im Internet gesurft und Samson Gesellschaft geleistet."

„Wann war er das letzte Mal draußen?"

„Vor ungefähr einer Stunde." Ich erhebe mich von der Couch. „Ich glaube, das sollte reichen."

Mollie lächelt mich dankbar an und geht in die Küche. Ich folge ihr und sehe zu, wie sie eine Flasche Wasser aus dem Kühlschrank nimmt. Das bedeutet, dass sie Alkohol getrunken hat. Zwar wirkt sie weder betrunken noch angeheitert, doch sie hat die Angewohnheit, vor dem Schlafengehen Wasser zu trinken, wenn sie auch nur ein Glas Wein hatte.

Nach ein paar Minuten ist mir klar, dass sie nicht vorhat, mir von ihrem Date zu erzählen. Also versuche ich, interessiert, jedoch nicht neugierig nachzufragen. „Und? Wie war es?"

Mollie senkt die Flasche und lehnt sich an den Küchentresen. „Er ist ein netter Kerl. Ich mag ihn."

Fuck. Was zur Hölle soll das heißen? Ja, er ist ein netter Kerl. Er ist auch ein guter Eishockeyspieler, ein loyaler Kamerad und gesellig. Aber was bedeutet *nett* nach Mollies Meinung? Und noch wichtiger: Was zum Geier heißt, dass sie ihn mag? Meine Neugier schlägt Purzelbäume. „Soll das heißen, dass ihr noch mal ausgehen werdet?"

Mollie zuckt mit den Schultern und wirft die Haare nach hinten. „Er hat gesagt, er ruft mich an."

Das verrät mir gar nichts.

Und dann entscheide ich mich dafür, Jett gegenüber ein schlechter Freund zu sein und wenn es um Mollie geht, meine eigenen Interessen an erste Stelle zu setzen. „Du weißt aber, dass er ein Playboy ist, oder?"

Mollie hebt eine Augenbraue. Gott, sie ist so verdammt schön, wenn sie mich so ansieht. Dieser Blick signalisiert, dass ich etwas Dummes gesagt habe, was meistens zu einer Debatte führt. Da ich genervt bin, dass sie mit Jett ausgegangen ist, bin ich streitsüchtig.

„Das ist die Wahrheit", sage ich bestimmt. „Ich will nur nicht, dass du von ihm mehr erwartest, als dass er dir an die Wäsche will."

Mollies Blick wird strafend. „Du hältst wohl nicht viel von deinem Freund, was?"

Das finde ich beleidigend, obwohl ich es doch bin, der ihn beschuldigt. „Nein, im Gegenteil. Ich bin ganz deiner Meinung, dass er ein netter Kerl ist. Er ist nur ... also ... er denkt bei Frauen immer nur an das Eine."

Mollie stemmt eine Hand in ihre Hüfte und sieht mich scharf an. „Damit willst du sagen, dass er nur mit mir ausgeht, weil er mit mir schlafen will?"

Endlich hat sie es verstanden. Ich nicke. „Höchstwahrscheinlich."

Zu meiner Überraschung fängt Mollie an zu lachen. Und sie grinst, als ob sie mich besser kennt als ich mich selbst. „Kane … echt jetzt, warum denkst du, dass mir das etwas ausmacht? Ich suche nicht nach einer festen Beziehung. Und du weißt doch, dass ich nichts gegen Gelegenheitssex habe. Eine kurze Affäre mit Jett wäre vielleicht keine schlechte Idee."

Normalerweise kann ich meine Gefühle gut verbergen und immer ein neutrales Gesicht machen, egal was in mir abgeht. Aber jetzt sackt mir das Kinn nach unten.

Ja, ich weiß, dass Mollie nichts gegen Gelegenheitssex hat, und ich habe sie nie dafür verurteilt. Himmel, ich halte es ja selbst so. Ich glaube an die freie Liebe beider Geschlechter, wenn sie es sich so ausgesucht haben. Aber was sie eben gesagt hat, klingt nach einer Art Urlaubsfick mit Jett während ihres Aufenthalts bei mir. Und tief in mir weiß ich, dass ich das nicht ertragen könnte.

Da muss ich ihr noch einmal widersprechen. „Das muss ich leider verbieten."

Mollie lacht und hält das für einen Scherz. Doch als sich mein Gesichtsausdruck nicht ändert, verstummt ihr Lachen. „Ist das dein Ernst? Du willst mir verbieten, eine Affäre mit Jett zu haben?"

Ich verschränke die Arme vor der Brust. „Da hast du verdammt recht. Er ist mein Teamkamerad und du bist meine beste Freundin. Ich verbiete es euch."

Mollie stellt die Wasserflasche ab und lacht ungläubig. Sie richtet sich zur vollen Größe von nicht mal eins sechzig auf und verschränkt ebenfalls die

Arme vor der Brust. „Du kannst mir nicht sagen, was ich zu tun oder zu lassen habe."

Da hat sie recht. Ich kann sie nicht kontrollieren. Und bestimmt werde ich mich später fragen, ob ich einen Hirntumor habe, der mich unmögliche Dinge tun lässt, aber momentan verhindere ich nicht, was ich als Nächstes sage. Ich öffne weit die Arme. „Wenn du eine Lösung für dieses körperliche Verlangen brauchst, darfst du gern mich dafür missbrauchen."

Jetzt klappt Mollie das Kinn nach unten und ihr fallen gleich die Augen aus dem Kopf.

Nickend trete ich näher und habe die Arme immer noch einladend ausgestreckt. „So ist es. Wenn es das ist, was du brauchst, biete ich es dir hiermit an."

In all den Jahren, in denen sie meine beste Freundin ist, konnte ich sie noch nie sprachlos machen. Wir haben viel gestritten und diskutiert, und meistens hat sie das letzte Wort. Doch jetzt wünschte ich, sie würde verflucht noch mal irgendetwas sagen.

Hauptsächlich, weil ich nicht erkennen kann, ob ich sie damit beleidigt oder fasziniert habe. Außer ihre totale Sprachlosigkeit kann ich ihrem Gesicht nichts ablesen.

Ich bleibe dicht vor ihr stehen und warte schweigend auf ihre Reaktion.

Mollie hebt den Blick und sieht mich nachdenklich an. „Angenommen, ich habe gewisse Bedürfnisse, und damit meine ich ganz direkt Sex, dann stellst du dich für meine Befriedigung zur Verfügung?"

Ich trete noch einen Schritt näher, sodass sie den Blick weiter heben muss. „Da ich offiziell das Gesetz erlassen habe, dass Sex mit meinem Teamkameraden verboten ist, ja. Betrachte mich als dein lebendes Sexspielzeug."

Sie hebt erneut eine Augenbraue. „Jetzt muss ich dich einfach fragen, ob du betrunken bist."

Ich schüttele den Kopf. „Ich hatte keinen Tropfen Alkohol. Und du?"

Sie schüttelt ebenfalls den Kopf. „Nur ein Glas Wein zum Essen."

Ich trete noch näher, bis zwischen uns nur noch wenige Zentimeter sind, und schaue auf sie hinab. „Hat Jett dich geküsst?"

Sie verneint kopfschüttelnd, und ich schäme mich dafür, wie groß meine Erleichterung ist.

„Werden wir es morgen früh bereuen?", fragt sie leise. „Wenn wir dem Verlangen heute nachgeben, können wir es nicht wie damals im College auf den Alkohol schieben."

Ich lächele und freue mich, dass sie meinen Vorschlag nicht mehr für einen Scherz hält. Ich spreche locker und neckend. „Ich glaube, wir können die Sache ganz rational betrachten. Aber erst morgen. Mir gefällt die Vorstellung, dein Sexspielzeug zu sein."

„Und wir wollen es ernsthaft tun?", fragt sie zögerlich.

„Nur, wenn du es willst."

Einen schmerzhaft langen Moment antwortet sie nicht. Doch dann wirft sie sich in meine Arme, schlingt die Beine um mich und presst ihren Mund auf meinen.

Kapitel 7

Mollie

Ich ignoriere die Stimme in meinem Verstand, die mir sagt, dass ich dabei bin, meine wunderbare Beziehung zu Kane zu zerstören.

Stattdessen höre ich lieber auf meine recht stimmgewaltigen Körperteile, die nach Aufmerksamkeit schreien. Beispielsweise die Stelle zwischen meinen Beinen, die zu pulsieren begann, als unsere Lippen aufeinandertrafen. Und die Stelle in meiner Brust, wo mein Herz schlägt, das Kane mehr liebt als jeden anderen Mann.

Nicht auf romantische Weise, aber für das Vertrauen, die Verbundenheit und die Loyalität. Er ist mein Fels in der Brandung und ohne Ende standhaft. Allein für diese Dinge liebe ich ihn innig.

Kein Wunder also, dass mein Herz mit meiner Weiblichkeit übereinstimmt, die von ihm haben will, was er mir in unserer Freundschaft nur ein Mal gegeben hat.

Kane trägt mich in sein Schlafzimmer. Unsere Münder verschlingen einander. Ich muss zugeben, dass ich mich schon immer gefragt habe, ob wir das eines Tages wieder tun werden. Und tief in mir muss ich auch gestehen, dass ich über die Jahre schon oft sexuelle Fantasien über Kane hatte. Jetzt wundere ich mich, dass es nicht schon längst passiert ist.

Es ist vielleicht wegen meiner Unsicherheit seit

Matthews Übergriff oder weil ich es satthabe, ganz allein auf der großen weiten und kalten Welt zu sein, aber in diesem Moment fühlt sich Kane wie das Beste an, was ich je besitzen könnte.

Wenn auch nur für eine kurze, wunderschöne Weile.

Kane stellt mich im Schlafzimmer auf den Boden und unterbricht den Kuss, um mir die Bluse auszuziehen. Ich hebe die Arme, um es ihm leichter zu machen, und er öffnet meinen BH. Seine Bewegungen sind geschickt und geübt. Mein Kopf scheint mit Champagnerbläschen angefüllt zu sein, als kühle Luft meine nackte Haut streift.

Ich ergreife den Rand seines T-Shirts und will dieselbe gewandte Bewegung machen wie er, um ihm das T-Shirt auszuziehen und an seine nackte Haut zu gelangen, aber er ist zu groß dafür. Außerdem lenken mich seine Küsse total ab.

Ich wende den Kopf zur Seite. „Kane", sage ich.

„Nicht sprechen, Mollie", knurrt er und umfasst mein Gesicht. Sein Blick bohrt sich in meinen. „Du willst es uns nur ausreden."

Ich schüttele den Kopf. „Nein. Du sollst nur endlich das verdammte Shirt ausziehen."

Kane grinst so schön, wie ich es noch nie an ihm gesehen habe, und zieht sich mit einer flüssigen Bewegung das T-Shirt über den Kopf. Plötzlich habe ich pure männliche Schönheit vor mir. Straffe Muskeln, einen steinharten Bauch mit V-förmiger Behaarung, die in seinen Shorts mündet. Ich ziehe am Bund der Sportshorts, will sie über seine

Hüften zerren und über die Erektion, die bereits von innen dagegenpresst. Doch schon wieder kann ich nichts richtig machen. Anscheinend stört meine Begierde meine motorischen Fähigkeiten.

Kane schiebt meine Hände fort. „Langsam, Mollie. Ich mache das schon."

Und das tut er auch.

Indem er zuerst mich nackt auszieht. Ich trage einen Sommerrock mit Gummizug. Kane geht auf die Knie und zieht mir den Rock die Beine hinunter. Ich wühle mit den Fingern in seinen weichen, dunklen Locken. Sein Blick, der auf mein Spitzenhöschen gerichtet ist, fasziniert mich. Als er mit den Händen meinen Hintern umfasst, will mein Herz explodieren. Er zieht mich an sein Gesicht und presst den Mund zwischen meine Beine.

Die Wärme seines Atems dringt durch den Stoff. „Jesus", keuche ich. Fast komme ich auf der Stelle.

„Du kannst dir nicht vorstellen, wie oft ich hiervon geträumt habe", sagt er leise an meinem Schritt.

Ich erröte. Nicht von seinen Worten, sondern weil ich an dasselbe gedacht habe. Unser einziger Sex bisher ist schnell und ungestüm gewesen, ein kurzes Vergnügen, drängend und gierig. Und jetzt zeigt Kanes Blick eine Sehnsucht nach Intimität, die wir damals nicht hatten.

Wieder wirkt er seine Magie, und schon befindet sich mein Höschen an meinen Knöcheln und ich steige heraus. Dabei entledige ich mich gleich meiner Sandalen und halte mich an Kanes Schultern fest.

Als ich nackt bin, umfasst Kane meinen Hintern, hebt mich hoch und lässt sich rückwärts aufs Bett fallen, sodass ich breitbeinig auf seinem Bauch sitzend lande. Er hat die Hände an meinen Hüften und wir sehen uns eine ganze Weile nur tief in die Augen. Ich weiß nicht, was er empfindet, doch in meinem Herzen fühlt es sich absolut richtig an.

Mit der Kraft seiner Arme hebt er mich zu sich hoch, bis er meine Pussy betrachten kann, die gespreizt ist und pulsiert. Meine Knie bohren sich in seine Schultern, und ich verstehe nicht so ganz, was er vorhat. Doch dann zieht er mich noch höher, und bevor ich weiß, wie mir geschieht, schwebe ich über seinem Gesicht.

Ich stütze mich mit einer Hand am Kopfteil des Bettes ab. Kane bedeckt meine Pussy mit seinem Mund. Mit seiner großen Hand auf meinem Hintern platziert er mich so, wie er es haben will.

„Fuck!", schreie ich und hebe den Kopf. Mit dem Becken zucke ich Kane entgegen und er schiebt seine Zunge in mich. Sofort spüre ich einen Höhepunkt nahen.

Zwar habe ich schon oft hemmungslosen Sex gehabt, aber noch nie hat mich jemand wie eine Puppe behandelt und mich einfach auf sein Gesicht gesetzt.

Kane packt mich fest an den Hüften und beginnt, mich regelrecht zu verspeisen. Er fickt mich mit der Zunge, leckt meine Klit und knurrt an meinen empfindlichsten Stellen. Meine Beine zittern.

„O Gott, o Gott, o Gott", wimmere ich. Das Herz will mir aus der Brust springen, und ich muss ganz ehrlich sagen, dass ich so etwas noch nie im Leben empfunden habe.

Kurz blinzele ich den Nebel vor meinen Augen fort und schaue dann nach unten, wo Kane mit dem Mund an mir zugange ist. Seine Augen sind halb geschlossen und sein Blick ist verträumt. Das ist der erotischste Anblick, den ich je gesehen habe.

Mit geschlossenen Augen verliere ich mich in der Lust und konzentriere mich auf jede seiner Berührungen. Er nimmt eine Hand von meiner Hüfte und schiebt einen Finger in mein Zentrum.

„Ja!", rufe ich aus und er lacht leise.

Dieser Mann hat es voll drauf. Mit den Lippen und der Zungenspitze reizt er meine Klit sanft. Er führt noch einen zweiten Finger in meine Pussy ein und fickt mich von hinten. Ich kann nicht verhindern, dass ich ihm mein Becken entgegenstoße und mehr von seinem Mund fordere. Er stoppt meine Zuckungen nicht und bewegt seine Finger in mir schneller.

Der Höhepunkt will mich übermannen, doch ich halte ihn zurück, denn ich wünschte, das hier würde für immer andauern. Doch dann tut Kane etwas, was er von jetzt an bitte immer wieder tun soll. Er schließt die Lippen um meine Klit und saugt fest daran. Gleichzeitig zieht er die Finger aus mir heraus, streichelt mich weiter oben, und ehe ich begreife, was geschieht, führt er einen langen Finger in meinen Hintereingang ein.

Das Gefühl ist so intensiv und so gut! Ich wusste gar nicht, dass man als Frau an der Stelle etwas empfinden kann. Der Orgasmus überrollt mich so stark, dass ich befürchte, ohnmächtig zu werden. Ich sacke wie knochenlos zusammen, doch Kane hält mich aufrecht. Er leckt mich stärker, sodass ich durch und durch erschüttert werde.

Mir ist schwindlig, und ich bin kaum wieder bei mir, als Kane den Finger aus mir zieht. Am liebsten würde ich ihn bitten, ihn wieder einzuführen. Wie seltsam ist das?

Kane legt mich auf den Rücken und senkt sich über mich. Langsam wird mein Kopf wieder klar. Meine Energie kehrt zurück in dem Wissen, dass noch mehr Schönes folgen wird. Ich spreize die Beine breiter und hebe sie leicht an. Kane zieht sich die Shorts hinunter und befreit, was ich als einen schönen, dicken Penis in Erinnerung habe. In diesem Moment brauche ich ihn in mir, mehr als die Luft zum Atmen.

Er umfasst seinen Schaft und ich lege meine Hand um seine. Kane sieht mich an, und zusammen führen wir seine Spitze an meinen Eingang. Bei der ersten Berührung an mir durchschüttelt mich ein neuer Schauer. Ich konzentriere mich auf Kanes schönes Gesicht. Er dringt in mich ein, und sein Ausdruck ist voller Lust, bis er hinten anstößt.

„Verdammt", stöhnt er und lehnt seine Stirn an meine. Er hält inne und atmet schwer. „Nie hat sich etwas so schön angefühlt, Mollie." Ein Geständnis, das uns noch enger verbindet, als ich es je für möglich gehalten hätte.

Er hat recht. Nichts fühlt sich besser an, als ihn tief in mir zu haben und so innig verbunden zu sein.

Kanes Blick sucht mein Gesicht ab, und ich weiß nicht, wonach er forscht. Ich glaube nicht, dass er es findet. Stattdessen gleitet er bis auf die Spitze aus mir heraus und stößt dann fest zu.

Mir rollen die Augen praktisch bis an den Hinterkopf. „Oh Scheiße", murmele ich.

Das hier, genau das ist es. So sollte Sex sein.

„Festhalten", wispert er und lächelt mich liebevoll an. Dennoch gönnt er mir die versauten Worte, die man manchmal hören will. „Ich werde dich jetzt hart rannehmen."

Schon beim dritten Stoß habe ich den Verstand verloren. Ich bohre die Nägel in seinen Hintern und sporne ihn noch an. Kane fickt mich gründlich. Er kreist mit den Hüften, drückt mich tief in die Matratze, um mir so nah wie möglich zu kommen. Wieder und wieder, bis er animalisch aufstöhnt, meine Beine höher hebt und in mich hämmert.

Ich liebe es, denn es ist, als ob er mich als seinen Besitz markiert. Er löscht alle Gedanken an alle anderen Männer vor ihm aus, damit ich nur noch an den Mann denke, der mich vollständig besitzt.

Der Orgasmus nähert sich, und ich spüre, dass es Kane genauso geht. Er beißt die Zähne zusammen und stöhnt vor Anstrengung. Mit einer Hand gleite ich zwischen uns und streichele meine Klit, damit ich mit ihm kommen kann, und bäume mich auf, als mich die intensive Lust erneut ergreift.

Kane sieht mir kurz in die Augen, hebt dann den Kopf an und stöhnt vor Lust. Ich fühle seinen Samen in mir und höre ihn wiederholen: „Ja, oh verdammt, ja!"

Kapitel 8

Kane

Normalerweise gehöre ich zu den Menschen, die mit dem Sonnenaufgang wach werden. Deshalb ziehe ich die Rollos nicht ganz zu, damit zwar niemand hereinsehen kann, aber das Licht des neuen Tages durchkommt.

Doch irgendetwas weckt mich jetzt, und es ist nicht das Licht. Ich öffne die Augen, blicke ins Halbdunkel und nehme an, dass in etwa einer Stunde die Sonne aufgeht. Dennoch behauptet mein Instinkt, es wäre Zeit zum Aufstehen.

Ich sehe zur Seite und erwarte, Mollie zu sehen, aber sie ist nicht da. Hektisch setze ich mich auf und sehe, dass sie im Schneidersitz am Fußende des Bettes sitzt und mich ansieht. Die Bettdecke hat sie hochgezogen und sich unter die Achseln geklemmt.

„Beobachtest du mich beim Schlafen?", frage ich mit verpennter Stimme.

„Findest du das zu gruselig?"

„Kommt darauf an." Ich lehne mich zurück und falte die Hände an meinem Hinterkopf. „Hast du dabei an versaute Sachen gedacht?"

Es ist zu düster im Raum, um zu sehen, ob sie errötet, aber sie senkt den Blick, als hätte ich sie erwischt.

Doch dann schüttelt sie den Kopf. „Ich kann nicht

schlafen, weil ich mir Sorgen mache."

Das macht mich hellwach. Nicht so sehr die Worte, doch der besorgte Unterton. Ich stütze mich auf den Ellbogen auf. „Worüber? Matthew?"

„Nein, nicht über Matthew." Ich weiß, dass sie sich über ihn Gedanken macht, aber das ist es nicht, was sie jetzt beunruhigt. „Über uns."

Mein Magen krampft sich zusammen. „Über uns?"

Sie nickt, senkt noch mal kurz den Blick und sieht mich wieder an. „Haben wir gerade unsere Freundschaft zerstört? Wird ab jetzt alles irgendwie peinlich sein? So, wie es beim letzten Mal war? Als wir …"

Sie kann es nicht einmal aussprechen. Mir gefällt ihr sorgenvoller Ausdruck nicht. Ich erhebe mich, nähere mich ihr und nehme sie in die Arme. Die Bettdecke fällt von ihr. Ich achte nicht weiter auf ihren schönen, nackten Körper, sondern lege mich neben sie aufs Bett.

Sie versucht, sich mir zu entwinden. „Siehst du, das meine ich. Das ist unangenehm. Freunde kuscheln nicht so intim miteinander."

„Freunde vögeln auch nicht wie die Irren die ganze Nacht zusammen", merke ich an.

Mollie schiebt mich mit beiden Händen an meiner Brust ein Stück von sich. „Ich meine es ernst, Kane. Was wir hier tun, ändert alles."

Ihre Unsicherheit quält sie. Ich spüre, dass sie jeden Moment zu unserem alten Beziehungsstand zurückkehren könnte.

Aber zum Teufel damit.

Für mich gibt es jetzt kein Zurück mehr.

Ich widerstehe dem Drang, sie an mich zu ziehen, zu küssen und zu ficken, damit sie erkennt, dass die vergangene Nacht geradezu überirdisch für unsere Beziehung war, doch momentan ist sie zu zögerlich für eine solche Dominanz.

Ich greife nach ihrer Hand, streichele sie mit dem Daumen. „Mollie, letzte Nacht war wundervoll. Bitte rede dir nichts anderes ein."

„Nein", versichert sie mir eilig. „Es war wirklich wundervoll. Viel zu wundervoll. So schön, dass ich jetzt nicht mehr zu unserer alten Beziehung zurückwill. Aber gleichzeitig habe ich Angst davor, was das bedeutet. Sind wir jetzt … sind wir …" Frustriert pustet sie sich eine Haarsträhne aus der Stirn. „Was zum Geier sind wir jetzt?"

„Immer noch beste Freunde, Mollie. Für immer."

Ihr Blick sinkt auf unsere Hände, und die Zweifel sind ihr ins Gesicht geschrieben.

„Was, wenn der Sex nicht gut gewesen wäre?", frage ich, woraufhin sie den Blick wieder hebt. „Sagen wir mal, es wäre furchtbar gewesen. Du hättest deine Orgasmen vorgetäuscht. Zwar kann ich sie nicht vortäuschen, aber sagen wir, es wäre auch für mich nichts Besonderes gewesen. Was wären wir dann hinterher?"

„Zwei Leute, die sich nicht mehr in die Augen sehen könnten."

„Falsch." Ich drücke ihre Hand. „Wir wären trotzdem noch beste Freunde. Weil Sex uns nicht definiert. Wir würden uns schämen und es wäre unangenehm, aber wir würden ungerührt weitermachen. Zwischen uns würde sich nichts ändern. Ich wäre nach wie vor immer für dich da und du für mich. Ich würde niemandem verraten, dass du schlecht im Bett wärst, und du würdest meinen sagenhaften Schwanz nie vergessen."

Ich lache und sie schlägt mir leicht auf die Brust. Dann lacht sie ebenfalls, und jetzt traue ich mich, sie an mich zu ziehen. Ohne zu zögern, legt sie den Kopf auf meine Brust und ich lege einen Arm um ihre Mitte.

„In Wahrheit war letzte Nacht allerdings eine Offenbarung für mich", sage ich leise.

„Weil der Sex so gut war?" Sie hebt leicht den Kopf und sieht mich an.

„Der Sex war umwerfend, und das weißt du auch", sage ich rügend. „Aber ich meine, dass wir beide uns auf so viele Arten immer so nah waren, aber uns jetzt noch näher sind, denn wir haben eine neue Stufe der Intimität erreicht."

Sie antwortet nicht, sondern kuschelt sich enger an mich, sodass ich ihr Gesicht nicht mehr sehe. Dort bleibt sie so lange liegen, dass ich annehme, sie führt eine innere Diskussion, von der ich allerdings nicht ausgeschlossen sein will.

„Aber wenn du findest, dass es falsch war und wir es nicht noch mal tun sollten, werde ich das respektieren." Sie sagt immer noch nichts, und das macht mir Sorgen. „Mollie?" Ich drücke sie leicht. „Was genau willst du?"

Sie hebt den Kopf, sodass ich ihr Gesicht wieder sehe. „Ich sehe das so: Man nehme zwei beste Freunde und beginne eine sexuelle Beziehung. Dann hat man das höchste Level einer Beziehung, das es nur geben kann. Und zwar tiefer, als wir es bisher hatten. Es ist etwas Ernstes."

„Genau."

„Na ja, du bist dafür wie geschaffen. Dir geht es um Stabilität, während ich ein Vagabund bin. Ich besitze nicht einmal ein Zuhause. Nicht mehr seit der College-Zeit."

Da hat sie leider recht. Das hat immer zwischen uns gestanden, wenn ich darüber nachdachte, etwas Festes mit ihr anzufangen. Mollie wäre ständig unterwegs. Außerdem bin ich in meinem Job auch viel auf Reisen.

Ich denke kurz darüber nach. „Vielleicht ist unsere Freundschaft unser Zuhause."

Sie runzelt die Stirn. „Wie meinst du das?"

„Ich weiß nicht so genau. Aber ein Zuhause kann alles sein, was man dazu macht. Für uns könnte unsere Freundschaft vier Wände und ein Dach darstellen, und es kommt nur darauf an, was wir darin machen, nicht wahr?"

Sie verengt die Augen. „Wann bist du zu einem Philosophen geworden?"

Lachend drehe ich mich auf die Seite und lege eine Hand an ihre Wange. „Ich weiß nur, dass nach allem, was wir erlebt haben und was wir einander bedeuten, Sex nicht unsere Definition ändern sollte. Wir sind immer noch beste Freunde. Nur jetzt mit besonderen Vorzügen, aber vielleicht waren wir schon immer dafür bestimmt. Alle haben das immer gesagt. Wir beide haben es aber ignoriert. Und letzte Nacht wollten wir es beide. Wir hatten einen klaren Kopf, als wir übereinander hergefallen sind. Wir kannten die Konsequenzen und kennen sie auch jetzt, aber ich sehe nicht, wieso wir nicht so weitermachen könnten."

„Als ein Paar?"

„Ja. Als ein Paar."

„Aber ich weiß nicht, wo meine Zukunft liegt", jammert sie, nimmt meine Hand von ihrer Wange und drückt sie sich an die Brust. „Was, wenn mich die Straßen wieder rufen? Wirst du dann deine Karriere aufgeben und mitkommen?"

Bei dem Gedanken, mit dem Eishockey aufzuhören, krampft sich mein Magen zusammen. Ich kann nur ehrlich antworten. „Das weiß ich nicht."

„Oder was, wenn ich das Reisen aufgebe, bei dir bleibe, aber dich eines Tages dafür hasse?"

„Das weiß ich auch nicht, Mollie." Bei meiner Ehrlichkeit füllt sich ihr Blick mit Sorge. „Aber das werden wir nie erfahren, wenn wir es nicht versuchen. Entweder das oder wir werden es ein Leben lang bedauern."

Plötzlich geht sie auf die Knie. Ihr nackter Körper lenkt mich umgehend vom Thema ab. Sie reicht mir ihren kleinen Finger.

„Fingerschwur."

„Was?"

„Lass uns schwören, dass wir immer Freunde

bleiben, egal was passiert." Sie hält mir ihren kleinen Finger hin.

„Aber was zum Geier ist ein Fingerschwur?"

„Das tut man als Kind", erklärt sie mit einem Augenrollen. Dann hakt sie ihren kleinen Finger mit meinem zusammen. „Versprich mir, Kane … dass du immer mein bester Freund sein wirst, egal was passiert."

Ich drücke ihren kleinen Finger mit meinem. „Ich verspreche es. Beste Freunde für immer."

Sie betrachtet unsere verbundenen Finger. „Okay, gut."

„Okay, gut?", frage ich, um zu wissen, dass wir dieselben Vorstellungen haben. Zwar haben wir kein Blut ausgetauscht, aber ich habe trotzdem das Gefühl, dass wir etwas Bedeutendes beschlossen haben.

„Gut, dann starten wir einen Versuch", sagt sie und sieht mich nicht direkt an, sondern blickt auf meinen Bauch. „Warten wir ab, wie das funktioniert."

Ihr Blick wandert weiter zu der Bettdecke über meinem Schritt. Sie lässt meine Hand los und zieht mir langsam die Decke weg. Das Streichen des Stoffs über meinen Schwanz regt diesen an, und ihr heißer Blick bringt ihn noch mehr zum Anschwellen.

Mollie geht auf die Knie, beugt sich über mich und stützt sich mit einer Hand auf meinem Bauch ab und mit der anderen auf meinem Schenkel. Sie wendet mir den Blick zu. „Aber wir haben

Exklusivrechte. Die kleine heiße Nummer, die mir aus deiner Wohnung entgegengekommen ist, ist nur noch eine blasse Erinnerung für dich, okay?"

Ich grinse schief. „Ich weiß gar nicht, wen du meinst."

Sie erwidert das Grinsen. „Gute Antwort."

Dann legt sie die Hand um meinen Schaft und beugt sich über mich. Als sie ihn in den Mund nimmt, falle ich in die Kissen zurück und seufze zufrieden.

Auch wenn ich es noch nicht zugegeben habe, glaube ich, dass ich mich hoffnungslos in meine beste Freundin verliebe. Vielleicht ist es sogar bereits passiert.

Kapitel 9

Kane

Der erste Tag des Trainingslagers beginnt mit einem Team-Meeting. Die Sitze sind in mehreren Reihen im Stadion-Stil angeordnet und alle Spieler und sonstige Mitarbeiter passen in den Saal.

Ich bin früh anwesend und plaudere noch mit den Kameraden, die ich den ganzen Sommer nicht gesehen habe. Die meisten waren verreist. Auch wenn viel über Nachrichtenschicken und Anrufe lief, ist es schön, alle wiederzusehen.

In der ersten Reihe sitzt unsere First Line, die echten Stars des Teams. Legend Bay ist unser Goalie, Tacker Hall spielt Center und der Captain Bishop Scott ist ein Right-Wing-Spieler. Dax Monahan ist Left Winger. Erik Dahlbeck und Aaron Wylde sind unsere Defensemen. Im Vorbeigehen stoße ich mit der Faust mit jedem dieser Spieler an. Im Juli habe ich Zeit mit diesen Jungs auf Bishops Hochzeit in dem wunderschönen St. John verbracht. Dort war es super und das Event wurde von Tackers überraschender Trauung gekrönt.

Ich weiß nicht, was für eine Art Zauber das Team im ersten Jahr seiner Existenz erfasst hat, aber jeder dieser Männer hat es geschafft, sich hoffnungslos zu verlieben und sich zur Monogamie zu verdammen. Da ich heute früh auch nur ungern Mollie in meinem Bett zurückgelassen habe, kann ich das sogar verstehen.

Ich gehe in die zweite Reihe zu Jim, Jett und Bain, die bereits da sind, zusammen mit dem neuen Ersatztorwart Noah Martin. Ihn habe ich letzte Woche im Fitnessstudio getroffen und er scheint ein netter Kerl zu sein. Baden hat ihm große Fußstapfen hinterlassen, in die er nun passen muss, aber ich glaube, er ist motiviert und bereit. Ich begrüße meine Jungs mit kurzem Abklatschen und setze mich neben Bain.

„Hat jemand Riggs gesehen?", frage ich ihn.

„Nein", antwortet er.

Ich sehe mich um. Weitere Spieler kommen herein, doch Riggs ist nirgends zu sehen. Ich bin mehr als neugierig. Er hat den Ruf, auf dem Eis ein Teamplayer, aber privat ziemlich distanziert zu sein. Ich hoffe sehr, dass er zu uns passt. Dieses Team hält so gut wie überhaupt menschenmöglich zusammen, besonders nach dem Gewinn des Stanley Cups, und ein gebrochenes Zahnrädchen könnte leicht die ganze Maschine blockieren.

Das Coaching-Team trudelt ein, inklusive unseres Chefcoaches Claude Perron. Er ist ein harter Kerl, aber seine Methode ist erfolgsgeprüft. Wenig überrascht sehe ich den Besitzer des Teams, Dominik Carlson, hereinkommen. Er trägt einen teuren Anzug und hat perfekt gestylte Haare. Der Mann ist der Hammer. Da kann man jeden hier fragen. Er hat nicht nur ein Team zusammengestellt, das schon im ersten Jahr den Cup gewonnen hat, sondern hat auch Spielern privat hilfreich zur Seite gestanden. Was zeigt, dass er an uns persönlich interessiert ist und nicht nur an der Geldmaschine, die das Team sein soll.

Die letzten Spieler laufen ein und einer der Assistenzcoaches schließt die Tür. Besorgt stelle ich fest, dass Riggs nicht gekommen ist, und tausche Blicke mit meinen Jungs aus. Unser Coach ist nicht für seine Toleranz für Unpünktlichkeit bekannt, und er gibt einem auch nicht oft eine zweite Chance, es sei denn, man hat sie wirklich verdient. Wenn Riggs nicht vorsichtig ist, bekommt er bald die Quittung dafür. Jede Menge Spieler in der Liga würden für seinen Platz im Team einen Mord begehen.

Der Coach begibt sich auf das Podium und tippt das Mikro geräuschvoll an. Das allgemeine Gemurmel verstummt.

Seine Stimme dröhnt durch den Saal. „Seht nur, wie ihr da sitzt … verdammte Champions!"

Alle jubeln, schlagen mit den Fäusten auf die herunterklappbaren Schreibplatten an jedem Platz und stampfen mit den Füßen auf.

Lachend hebt der Coach eine Hand. „Okay, okay, genug jetzt. Der Gewinn des Stanley Cups war letztes Jahr und jetzt fängt ein neues an. Viel Arbeit liegt vor uns. Alle in der Liga sind scharf auf uns. Sie werden uns mit voller Wucht angreifen und versuchen, uns fertigzumachen. Werden wir das zulassen?"

Ein lautes *Nein!* wird gebrüllt.

„Okay. Jetzt werde ich ein paar neue Mitarbeiter

und Spieler vorstellen."

Er liest sie alle vor und sie erheben sich einzeln, während er ihre bisherigen Leistungen erwähnt und ihre neue Stelle bei uns beschreibt.

Als er soeben Noah als Ersatztorwart vorstellt, geht die Tür auf und Riggs Nadeau kommt herein. Er ist groß und breitschultrig, was von einem Defenseman auch erwartet wird. Ich weiß, dass er sich jedoch auf Schlittschuhen federleicht und schnell bewegt, was ihn besonders gefährlich macht. Mit einem Ausdruck gelangweilter Gleichgültigkeit sieht er sich um, und es scheint ihn kein bisschen zu beunruhigen, dass er zu spät dran ist.

Der Coach sieht ihn und presst kurz die Lippen zu einer schmalen Linie zusammen. „Schön, dass du uns doch noch die Ehre erweist, Nadeau", sagt er dann.

Riggs nickt und schweigt respektlos.

Falls das Coach Perron ärgert, merkt man es ihm nicht an, aber die tödliche Stille im Saal zeigt, dass Riggs' Benehmen als ziemlich abgefuckt betrachtet wird.

Der Coach macht eine Handbewegung in Richtung Riggs. „Das ist also Riggs Nadeau. Eigentlich würde ich jetzt über seine Erfolge reden, die ihn in dieses Team gebracht haben, aber momentan muss er erst einmal beweisen, dass er ein ernsthaftes Mitglied ist. Er scheint nicht zu kapieren, dass ich keine Unpünktlichkeit dulde und dass es uns allen gegenüber respektlos ist, einfach zu spät und ohne Entschuldigung hereinzuschneien.

Selbstverständlich werde ich später noch allein ein Gespräch mit ihm führen."

Riggs wirkt völlig ungerührt, dass er vor allen Leuten zusammengestaucht wurde. Er steht einfach nur da und wartet auf eine Anweisung vom Coach.

„Setz dich, aber komm nachher zu mir", knurrt der Coach und deutet auf die Sitzplätze.

Riggs zuckt mit den Schultern und geht zur hinteren Reihe, die leer ist. Alle Blicke folgen ihm und die Leute drehen sich sogar um, um zu sehen, wohin er geht. Als er sich auf den Sitz fallen lässt, sehe ich meine Kameraden in meiner Reihe an. Jim schüttelt enttäuscht den Kopf. Jett macht mit dem Finger quer über seinen Hals die Geste, dass Riggs es sich soeben mit dem Team verscherzt hat.

Ich bin mir da nicht so sicher. Er ist ein talentierter Spieler. Wahrscheinlich wird ihm der Coach so viele zusätzliche Drills aufbrummen, dass er nur noch nach Hause kriechen kann, aber ich bezweifle, dass er nur wegen Unpünktlichkeit in einem Meeting aus dem Team geworfen wird. Zumindest jetzt noch nicht. Sollte das öfter passieren, sieht es schon anders aus.

Der Coach schließt die Personalvorstellungen ab und übergibt das Mikro an Dominik.

Obwohl er der Besitzer des Teams und einer der reichsten Männer Amerikas ist, besteht er darauf, dass wir ihn duzen. Er ist einfach ein bodenständiger Mensch. Er geht aufs Podium und heizt uns eine Viertelstunde so richtig ein. Es wird klar, dass er einen erneuten Stanley-Cup-Sieg will und nichts anderes durchgehen lässt.

Er blickt durch den Saal und verweilt kurz bei jedem einzelnen Spieler. Riggs sieht er am längsten an.

„Sollte einer von euch keinen Bock haben, diese Saison hundert Prozent zu geben, dann ist er hier falsch. Ich kann ein anständiges Team zum Tauschen finden, und wir besetzen die Position mit einem Spieler, auf den wir uns verlassen können. Ansonsten erwarte ich, dass wir in neun Monaten noch einmal den Cup hochhalten werden. Sind wir uns da einig?"

Alle jubeln und stampfen mit den Füßen auf. Ich werfe einen Blick auf Riggs, der gemächlich klatscht und Dominik trotzig anstarrt.

Ja, ihm stinkt, dass er vor allen zurechtgestutzt worden ist, aber er wird sich auch wieder beruhigen.

Nach dem Meeting gehen wir alle in die Kabine und ziehen uns für das Training an diesem Morgen um.

Jeder Spieler hat sein eigenes offenes Regal, in dem sich seine Ausrüstung befindet. Dieser Bereich ist nach den jeweiligen Lines sortiert, in denen wir spielen, sodass Riggs nur zwei Regale neben mir ist. Ich gehe zu ihm und tippe ihm auf die Schulter.

„Hi, Riggs. Ich bin Kane Bellan. Ich bin auch recht neu im Team. Herzlich willkommen." Ich reiche ihm die Hand.

Zu meiner Überraschung gibt er mir die Hand und schüttelt sie fest, antwortet aber nichts. Ich stelle ihm Jim, Jett und Bain vor, denen er ebenfalls schweigend die Hände schüttelt. Dann wendet er sich seinem Regal zu und zieht sich um.

Ich gehe an meinen Platz zurück und plaudere mit meinen Freunden, um die peinliche Atmosphäre loszuwerden, die Riggs' Verhalten erzeugt hat. Irgendetwas ist ihm über die Leber gelaufen. Das werde ich später herausfinden. Jetzt habe ich erst etwas anderes zu klären.

Bevor ich mich ausziehe, wende ich mich an Jett, denn nackt ein wichtiges Gespräch zu führen, ist keine Option. Jett zieht sich gerade sein T-Shirt aus.

Ich stoße ihn kurz am Arm an und er sieht lächelnd auf.

„Was gibt's?", fragt er.

„Mollie ist tabu für dich."

Er hebt überrascht die Augenbrauen und grinst dann. „Ach ja? Sagt wer?"

„Ich", knurre ich und beuge mich näher zu ihm. „Tabu!"

Ich erwarte, dass er sich dagegen wehrt. Denn schließlich ist Mollie toll und wunderschön. Da kann man nicht erwarten, dass er sie einfach so aufgibt.

Doch er beugt den Kopf zurück und lacht. Dann tätschelt er beruhigend meine Schulter. „Ja, das habe ich mir schon gedacht."

Erstaunt blinzele ich. „Wirklich?"

„Klar, Bro." Er lacht in sich hinein. „Beim Essen hat sie nur von dir geredet. Wie toll du bist und so. Sie hat gar nicht mehr aufgehört. Da habe ich es schon begriffen, Mann."

„Was denn? Wir sind nur Freunde", murmele ich und frage mich, wieso Mollie so etwas während eines Dates tut. Denn da waren wir wirklich noch nur Freunde.

„Wirklich?", antwortet er schelmisch.

Bilder der Beweise, wie sehr wir bereits über reine Freundschaft hinaus sind, fluten meinen Verstand. Die meisten Erinnerungen sind die des heißen Wochenendes in meinem Bett.

„Du musst nichts antworten", sagt Jett lachend. „Es steht dir ins Gesicht geschrieben."

Es ist peinlich, wie durchschaubar ich offenbar bin, denn ich war noch nie von einer Frau so berauscht. Bevor ich etwas halbwegs Geistreiches sagen kann, das eventuell meinen Coolness-Faktor wiederherstellt, tätschelt mir Jim, der anscheinend gelauscht hat, von hinten die Schulter.

„Also seid Mollie und du jetzt ein Paar?", fragt er.

„Ähm …" ist alles, was ich herausbringe.

„Das ist ja großartig, Mann", sagt Bain, der sich zu dem Gespräch dazugesellt, das ich mit diesen Eseln gar nicht habe führen wollen. „Sie ist super."

„Danke", sage ich. Ich wende mich meinem Regal zu, um diese Unterhaltung zu beenden.

„Also ist Kane Bellan jetzt ein gebundener Mann", wirft Jett ein und senkt die Stimme erotisch. „Ich wette, dass ihr zwei …"

„Schnauze, Mann", warne ich ihn, doch ich grinse dabei. Sie wollen mich nur ärgern, und das gegenseitige Necken ist nicht böse gemeint. Doch ich werde ihnen mit Sicherheit nicht erzählen, was sich an unserer Beziehung alles geändert hat. Das geht nur Mollie und mich etwas an.

„Los geht's!", ruft Bishop von der Tür der Umkleidekabine aus. „Ihr Ladys habt Wichtigeres zu tun, als zu tratschen! Zieht euch um und dann aufs Eis!"

Seine Mahnung war nicht unbedingt an meine Line gerichtet, denn wir haben uns beim Plaudern weiter angezogen, aber sie bringt mich zurück zur Konzentration.

Zwar schweigen nun nicht alle, aber die Gespräche nehmen ab und alle beeilen sich. Ich schiebe Mollie aus meinen Gedanken, zumindest momentan. Ich kann es kaum erwarten, wieder aufs Eis zu gehen und auf den Stanley Cup hinzuarbeiten, den der Coach und Dominik von uns erwarten.

Kapitel 10

Mollie

Gewürzduft schwängert die Luft. Samson liegt mitten in der Küche auf dem Boden und schnüffelt interessiert.

Ich habe das Handy zwischen Schulter und Ohr eingeklemmt und messe einen Teelöffel Kreuzkümmel ab.

„Nur einen Teelöffel? Bist du sicher?", frage ich Mom.

Seit fünfzehn Minuten führt sie mich geduldig durch ihr Rezept für scharfes Hähnchen, das sie sich vor Jahren selbst ausgedacht hat und das zu meinem Lieblingsessen wurde, wenn ich Mom besuche.

Heute will ich Kane zum Abendessen etwas kochen, und ich hatte keine Ahnung, was. Wenn ich an ein gemütliches Zuhause denke, fällt mir sofort Moms scharfes Hähnchengericht ein, also habe ich es ausgewählt.

„Vertrau mir", sagt Mom lachend. „Da sind genug andere Gewürze drin. Du brauchst nur einen Teelöffel Kreuzkümmel."

„Okay." Ich würze die gewürfelten Hähnchenbrüste mit dem insgesamt siebten Gewürz.

„Und das war schon alles", sagt Mom. „Gut umrühren und eine halbe Stunde ziehen lassen, bevor du es brätst. Und nimm kein Öl, sondern Butter. Vertrau mir."

„Immer", sage ich und schiebe die Schüssel vom Rand in die Mitte der Arbeitsplatte. Samson schaut etwas zu interessiert herüber. Ich nehme das Telefon in die Hand. „Was geht ab bei dir und Dad?"

„Alles wie immer. Jetzt, wo die Schule wieder angefangen hat, ist er in die Arbeit vertieft, und ich beschäftige mich in meinem Studio. Aber wir wollen vielleicht mal an einem Wochenende an die Küste fahren."

„Ich dachte mir, ich komme euch dieses Wochenende besuchen."

„Das wäre fantastisch! Dad würde sich auch freuen. Wie lange willst du bleiben?"

„Nur übers Wochenende. Dann fahre ich wieder nach Phoenix und bleibe eine Weile bei Kane."

Mom schweigt kurz und fragt dann: „Was ist los?"

Ein Teil von mir will über ihre Auffassungsgabe lachen, doch ein anderer Teil will schweigen und weiter lügen. Sie weiß, dass ich schon eine Woche bei Kane bin. Ich habe ihr erzählt, dass ich eine Reisepause einlegen möchte und dass es mir am meisten Spaß macht, mit meinem besten Freund abzuhängen. Das haben meine Eltern sofort akzeptiert. Zwar sind sie ebenfalls freie Geister, was mir durch ihre Gene weitergegeben wurde, aber sie machen sich natürlich auch Sorgen um mich, wenn ich allein auf Reisen bin. Sie fordern mich stets auf, öfter zu pausieren. Und sie beten Kane an.

Doch sie kennen von mir nicht, dass ich an einem Ort länger verweile, sodass Mom jetzt skeptisch werden muss und ich sie förmlich am Ende der Leitung die Augenbrauen heben sehe.

Der Grund, warum ich ihr nicht die Wahrheit sage, ist Matthew. Ich bin noch nicht so weit, ihnen alles über ihn zu erzählen. Schon gar nicht am Telefon, denn meine Eltern werden ausrasten. Was auch ihr gutes Recht ist. Sie lieben mich, und zu erfahren, was ich durchgemacht habe, wird der Horror für sie sein.

Und deshalb möchte ich persönlich hinfliegen. Ich möchte ihnen erklären, was vor sich geht. Nicht nur das mit Matthew, sondern auch das mit Kane und mir. Dies ist ein Fall für weise mütterliche Ratschläge.

Samson schaut zur Tür, noch bevor ich den Schlüssel im Schloss höre, und dann kommt Kane herein. Samson schaut abwechselnd auf die Schale mit dem gewürzten Hähnchenfleisch und Kane. Doch sein Drang, ihn zu begrüßen, gewinnt und er steht auf und läuft Kane entgegen.

„Ich muss Schluss machen, Mom. Kane ist gerade gekommen."

„Oh, gib ihn mir mal", sagt sie erfreut.

„Ähm ..." Ich bekomme kein Wort heraus, denn sobald er die Wohnung betreten hat, sieht mich Kane an, als hätte er mich seit zehn Jahren nicht gesehen anstatt nur einen Tag. Mein Herz klopft wie wahnsinnig. „Vielleicht später. Erst muss ich ihm bei etwas helfen."

„Wobei denn?", fragt sie in Plauderlaune.

Kane hebt ebenfalls neugierig die Augenbrauen.

Er lässt seine Sporttasche von der Schulter gleiten und beachtet Samson kaum, der um ihn herumschwänzelt.

Ich glaube, ich muss Kane dabei helfen, sich auszuziehen.

Doch stattdessen belüge ich meine Mutter schamlos. „Er hat eine Menge Einkaufstüten dabei. Ich rufe dich in ein paar Tagen mit den Flugdaten wieder an, und dann kannst du mit ihm reden."

Da Kane noch nichts von einem Flug weiß, runzelt er die Stirn.

„Okay, Mom. Ich liebe dich. Bis später." Schnell beende ich die Verbindung und lege das Handy auf den Küchentresen.

Eben wollte ich Kane noch ausziehen, doch er runzelt immer noch die Stirn. Und ich habe den Duft der Gewürze des Huhns in der Nase. Plötzlich fühlt es sich seltsam an, ihm nach einem langen Trainingstag ein Abendessen zu kochen.

„Du willst irgendwo hinfliegen?" Er kommt auf mich zu.

Ich nicke. „Ich will am Wochenende meine Eltern besuchen." Ich muss zu ihm aufschauen, als er dicht vor mir steht. „Und danach wollte ich wieder herkommen … wenn das okay für dich ist."

Seine Antwort kommt in Form seines Mundes auf meinem. Bei der Kraft seines Kusses biege ich mich leicht nach hinten.

„Frag mich nie wieder, ob du herkommen darfst. Solange wir ein Paar sind, ist diese Wohnung auch deine."

„Okay", hauche ich atemlos. In meinem Kopf herrscht ein Durcheinander. Nicht nur wegen des Kusses, sondern auch wegen der Dauerhaftigkeit, die er unserer Beziehung gibt. Er sagt praktisch, dass sein Zuhause auch meins ist. Natürlich haben wir darüber gesprochen, unsere Freundschaft zu unserem Zuhause zu machen, aber das hier ist eine ganz schöne Verpflichtung, die er für mich eingeht.

Bevor ich darüber allzu tief nachdenken kann, fragt er: „Willst du deinen Eltern das mit Matthew erzählen?" und wechselt somit das Thema.

Er weiß, dass ich sie nicht beunruhigen wollte, aber dass dies der Grund meiner Reise sein könnte, ist nicht zu weit hergeholt.

Zumindest einer davon.

„Ich will ihnen auch von uns beiden erzählen", gebe ich leicht verlegen grinsend zu. „Sie lieben dich sowieso, also werden sie begeistert sein."

„Korrekt." Er strafft die Schultern und streckt die Brust hervor. „Weil ich einfach toll bin. Sie werden sich fragen, wieso du Jahre gebraucht hast, um das zu erkennen."

„Ich habe immer gewusst, dass du toll bist", widerspreche ich.

Kane wird ernst. „Sie werden ausrasten, wenn sie das mit Matthew hören."

„Auch nicht mehr als du", antworte ich trocken und gehe wieder an meine Küchenarbeit. Die Lust auf einen Quickie ist mir nach den Themen Matthew und Eltern gründlich vergangen. Das macht mich nervös, also beschäftige ich mich lieber mit dem Essen.

„Hast du den Detective angerufen?" Kane holt zwei Wasserflaschen aus dem Kühlschrank. Eine stellt er für mich neben den Herd, während ich eine Auflaufform suche.

„Er hatte nichts Neues zu berichten", sage ich und finde eine Edelstahlform. Ich hatte Kane versprochen, heute nachzufragen, also habe ich es getan – auch wenn mir nicht danach war, den Beamten anzurufen, der den Haftbefehl gegen Matthew veranlasst hat. Matthew wird versuchte Vergewaltigung vorgeworfen, doch er ist untergetaucht.

„Sucht man denn nicht nach ihm?" Kane klingt verärgert. Nicht meinetwegen, sondern wegen der Situation.

„Sie werden sicher tun, was sie können." Ich schalte eine Herdplatte an und stelle eine Pfanne darauf.

„Was anscheinend *nichts* ist", knurrt Kane.

Er stellt sich neben den Herd, lehnt sich mit dem Hintern an die Arbeitsplatte und sieht mir zu. Interessiert betrachtet er das Hähnchenfleisch, aber ich kann es kaum erwarten, was er zu dem Mango-Paprika-Salat sagen wird, den ich dazu mache.

„Sie können schlecht jeden Cop auf die Suche nach ihm schicken." Ich wollte beruhigend klingen, doch das hat nicht geklappt. Ich bin genauso frustriert wie er, aber der Unterschied ist, dass ich bereits aufgegeben habe, zu glauben, dass Matthew jemals bestraft wird, während Kane nichts anderes erwartet. „Sie erwischen ihn nur, wenn er zufällig angehalten und kontrolliert wird und sie merken, dass er gesucht wird."

Ich nehme an, dass er noch weiter darüber reden wird, denn in den vergangenen Tagen erwähnte er öfter mal, was er Matthew gern antun würde, falls er ihn in die Finger kriegen könnte.

„Hast du etwas dagegen, wenn ich zu deinen Eltern mitkomme?", fragt er stattdessen überraschend.

„Natürlich nicht." Ich gehe an ihm vorbei, um die Butter aus dem Kühlschrank zu holen.

Kane hält mich auf, sodass ich mich zu ihm umdrehe. „Das ist eine große Sache", sagt er mit einem Funkeln in den Augen. „Vor deinen Eltern ein Pärchen zu sein. Meinst du, wir können in deinem alten Zimmer Sex haben? Wenn wir ganz leise sind?"

Ich schnaube und entziehe ihm meine Hand. „Du bist so ein alberner Kerl", schimpfe ich. Aber die Idee hat durchaus etwas für sich. „Hast du denn das Wochenende frei?"

„Dieses Wochenende ist für eine ganze Weile das letzte der ruhigen Sorte. Nächste Woche startet die Vorsaison. Also kann ich mitkommen, wenn du magst."

Mit der Butter in der Hand gehe ich an den Herd. „Okay, dann haben wir ein Date."

Ich erhitze die Butter und brate das Huhn an. Kane fragt, ob es dasselbe Gericht ist, das er schon von meiner Mom kennt. Wir unterhalten uns beim

Kochen über dies und das, und er erzählt mir, wie der erste Trainingstag war. Sie hatten ein Meeting, wurden auf dem Eis gedrillt, wie sie das Training nennen, und medizinisch durchgecheckt. Kane ist erschöpft, das ist unübersehbar.

Seit ich ihn auf dem College in Boston zum ersten Mal auf dem Eis sah, wusste ich, dass der Sport seine Zukunft ist. Er ist so sehr ein Teil von ihm wie sein Blut und seine Knochen. Er plaudert darüber, wie gut es sich angefühlt hat, wieder auf dem Eis zu stehen. Und wie hart er im Sommer trainiert hat. Seine Beine sind immer noch geschwächt von heute. Und das Team hat sich erneut den Stanley Cup zum Ziel gesetzt.

Nachdem ich das Huhn gebraten habe, mache ich den Salat. Irgendwann zwischendurch öffnet Kane eine Flasche Weißwein und schenkt uns ein. Alles fühlt sich irgendwie seltsam und doch natürlich an. Als Freunde gab es bei uns nie peinliche Gesprächspausen. Wir haben schon so oft zusammen gegessen und geplaudert. Aber jetzt sind da ein paar kleine Veränderungen, die ich aufregend finde. Zum Beispiel, dass Kane meine Taille berührt, als er neben mir die Weingläser aus dem Schrank holt. Und nachdem wir miteinander angestoßen haben, gehe ich auf die Zehenspitzen und gebe ihm einen Kuss.

Diese Dinge haben wir früher nie getan. Und weil das neu ist, fühlt es sich irgendwie seltsam an, aber gleichzeitig absolut richtig.

Wir essen im Esszimmer und tragen die Teller

und Gläser hinüber. Samson, immer bereit für etwas, was vom Teller fallen könnte, legt sich vor meine Füße.

„Mein Teamkamerad Aaron ist mit einer Frau namens Clarke zusammen. Sie hat nicht weit von hier einen Buchladen", sagt Kane und schiebt sich ein Stück Fleisch in den Mund. Genüsslich kaut er. „Oh, mein Gott, Mollie. Das schmeckt traumhaft."

Hitze steigt mir in die Wangen, und in meinem Bauch flattern Schmetterlinge. Zur Feier unserer neuen Beziehung wollte ich Kane etwas Gutes kochen, und anscheinend ist es mir gelungen.

Doch ich führe ihn zum Thema zurück. „Einen Buchladen?"

„Genau", sagt er und grinst schief. „Du solltest mal hingehen und dich ihr vorstellen. Der Laden ist schön und du liest ja so gern. Clarke ist cool, und es wäre schön, wenn du die Frauen der Spieler kennenlernst. Früher oder später wird das sowieso der Fall sein, bei den Spielen und Veranstaltungen. Aber dann hast du tagsüber etwas zu tun, wenn ich spielen muss."

Da ist es also. Kane geht davon aus, dass ich bei ihm bleibe. Zumindest lange genug, um in sein Leben voll einbezogen zu werden. Das gefällt mir gut, denn auch wenn meine Zukunft noch in der Luft hängt, weiß ich zumindest, dass mein Leben momentan mit Kane stattfindet.

„Okay, dann gehe ich gleich morgen hin." Ich freue mich tatsächlich, etwas zu tun zu haben. Ich hatte vor, mir Phoenix genauer anzusehen, aber zum Schließen neuer Freundschaften bin ich immer bereit. Auch wenn allein zu reisen ziemlich einsam sein kann, bin ich doch eigentlich ein geselliger Mensch. Ich liebe es, mit Leuten zu reden. Ihre Reiseerlebnisse zu hören. Das eröffnet Perspektiven, auf die ich allein nicht kommen würde.

Kane erzählt mir mehr über Clarke und Aaron, der erst kürzlich der Liebe zum Opfer gefallen ist. Er erzählt mir auch von anderen Spielern. Tackers tragisches Schicksal, der Verlust seiner Verlobten bei einem Flugzeugabsturz und seine überraschende Heirat vor zwei Monaten fasziniert mich am meisten. Das ist eine wahre Romanze.

Kane hat sein Handy auf dem Tisch liegen, und während wir uns unterhalten, vibriert es. Automatisch sehe ich hin und lese den Namen Nalia. Der Name der schönen Frau, die aus seiner Wohnung gekommen ist, als ich hier ankam. Von Neugier übermannt lese ich die Zeilen ihrer Nachricht, die auf dem Display erscheinen.

> Nalia: *Ich freue mich wirklich für dich, Kane. Aber sollte sich etwas ändern …*

Der Text geht noch weiter, doch mehr wird nicht angezeigt. Was sie ihm wohl anbietet, falls sich die Dinge „ändern"? Ich sehe Kane an.

Sein Blick liegt auf mir. Lächelnd nimmt er das Handy und öffnet die Nachricht. Dann hält er mir das Display hin.

Nalia: *... dann weißt du, wo du mich findest. Viel Glück für dich und deine Freundin.*

Ich bin sehr erleichtert, dass er mir die Nachricht zeigt. Sofort habe ich ein schlechtes Gewissen, dass ich sie unbedingt lesen wollte. Ich vertraue Kane. Als wir beschlossen haben, eine exklusive Beziehung einzugehen, hatte ich keine Zweifel, dass er alles andere, was er noch mit anderen Frauen laufen haben könnte, sofort abbrechen wird.

„Ich hatte ihr geschrieben, dass du und ich uns auf einer tieferen Ebene verbunden haben", erklärt er mir. „Und dass ich an einer festen Beziehung arbeite und mich daher nicht mehr mit ihr treffen kann."

Ich bin weiterhin neugierig. „Was genau hattest du mit ihr?"

Er zuckt mit den Schultern. „Wir haben uns ein paarmal im Jahr gesehen, wenn ich in Raleigh gespielt habe. Sie ist Stewardess und das ist eines ihrer Flugdrehkreuze. Aber wir hatten nichts Exklusives."

„Und Phoenix ist auch eins ihrer Drehkreuze?" Ich hasse meinen eifersüchtigen Ton bei diesem Gedanken, denn das könnte bedeuten, dass Nalia doch mehr an ihm liegt.

„Nein, aber es war trotzdem nur eine spontane Verabredung. Mehr nicht, und mehr bedeutet es auch jetzt nicht."

„Wir beide schlafen nie geschützt miteinander",

platze ich heraus und bringe damit ein Thema auf, über das wir schon am Anfang hätten reden sollen. Schließlich war er sexuell aktiv, als ich hier ankam. Bei mir war Matthew der letzte Sexpartner. Das ist Monate her, aber ich war schließlich auch nie ein Engel.

Kane legt seine Gabel ab. „Du nimmst doch die Pille."

„Ja, aber … wir haben beide nie im Zölibat gelebt."

Kane lächelt mich verständnisvoll an und greift nach meiner Hand. Ich schließe die Finger um seine. „Stimmt, aber wir haben uns immer geschützt. Haben immer verhütet."

„Das kannst du von dir sagen, aber woher willst du es bei mir wissen?"

Kane rollt mit den Augen. „Komm schon, Mollie. Warum zweifelst du an unserer Freundschaft? Wir haben immer über unser Sexleben geredet. Und haben Safer Sex immer beide ernst genommen."

„Ja, aber wieso bist du so sicher, dass ich das auch wirklich getan habe?"

Kane lacht leise und drückt meine Hand. „Weil ich dir vertraue. Du bist bodenständig, klug und würdest es nie ohne Kondom machen, wenn du mit demjenigen nicht etwas Ernstes anfangen wolltest. Und zufällig weiß ich, meine Liebe, dass du es noch nie mit einem Mann derartig ernst gemeint hast. Genau wie du weißt, dass ich es auch noch nie so ernst mit einer Frau gemeint habe."

Da sagt er mir nichts Neues. Ich weiß, dass Kane

nie ungeschützt mit mir schlafen würde, wenn er Angst hätte, dass es riskant sein könnte. Und er vertraut darauf, dass ich es genauso sehe.

„Du hast recht", gebe ich zu. „Ich habe darauf vertraut, dass du mich keinem Risiko aussetzt. Genau wie du mir vertraust."

Kane drückt meine Hand noch einmal und lässt sie dann los. „Wir kennen uns eben gut, Mollie. Wir gehen in diese Beziehung mit etwas, was die meisten Paare niemals erreichen."

„Was denn?"

„Absolutes Vertrauen in den anderen. Das macht unsere Beziehung so besonders."

Kapitel 11

Mollie

Es ist nur ein Spaziergang von fünfzehn Minuten bis zu Clarke's Corner, dem Buchladen von Aarons Freundin. Durch das Schaufenster wirkt er wie ein Fantasieland, mit Bücherregalen, kleinen Tischen mit Krimskrams, warm leuchtenden Lampen und Ohrensesseln zum Hineinkuscheln und Lesen.

Ich drücke die Tür auf und ein Glöckchen kündigt mich an. Hinter dem Tresen sehe ich eine schöne Rothaarige. Sie lächelt freundlich.

„Du musst Mollie sein", sagt sie fröhlich und kommt um den Kassentresen herum.

Überrascht kann ich nur blinzeln.

„Kane hat Aaron geschrieben, und der sagte mir, dass du wahrscheinlich vorbeikommst", erklärt sie und reicht mir die Hand.

Eine Wolke ihres guten Parfüms trifft mich. Es riecht nach Flieder und passt zu ihrem unkonventionellen Stil. Sie trägt einen knöchellangen Rock mit Wellenrand und Ösen darin, eine lila Bluse, die tief auf den nackten Schultern sitzt, und einen Metallgürtel mit riesigen Gliedern.

Ich muss lachen. „Aber ich könnte doch jeder sein, der einfach so reinkommt."

Clarke schüttelt den Kopf und spricht verschwörerisch leise. „Kane hat gestern beim Training anscheinend mit dir angegeben. Aaron hat mir den

Link zu deinem Insta-Account geschickt, und ich muss zugeben, dich ein bisschen gestalkt zu haben. Deine Reisefotos sind fantastisch. Also habe ich dich natürlich gleich erkannt. Ich dachte, dass du vielleicht Samson dabei hast." Sie klingt ein wenig enttäuscht.

„Und ich dachte, dass Hunde im Laden eher nicht erwünscht sind."

„Bring ihn nächstes Mal bitte mit. Ich würde gern deinen Reisepartner kennenlernen. Magst du einen Tee oder Kaffee? Wir können ein bisschen plaudern."

„Tee, bitte."

„Und Scones?", fragt sie grinsend.

Ich lache und mag diese Frau jetzt schon. „Da würde ich nicht Nein sagen."

Ich folge ihr in ein Hinterzimmer und frage sie, wie sie in die Literaturbranche geraten ist. Clarke plaudert und macht nebenbei Tee. Dann öffnet sie eine Schachtel von einer Bäckerei, in der sich Orangen- und Cranberry-Scones befinden. Auf einem schönen handgeschnitzten Holzbrett arrangiert sie das britische Gebäck. Dazu passend stellt sie eine Teekanne aus zartem Porzellan hin sowie die dazugehörigen Tassen mit Rosenmuster am Rand.

Wir gehen in eine Ecke mit zwei Ohrensesseln und gemütlichen Kissen. Clarke bittet mich, mich zu setzen. Wir bedienen uns.

„Jetzt musst du mir alles über dich und Kane erzählen", sagt sie, noch bevor ich mir einen der Scones gegriffen habe. „Denn soweit ich weiß, war er letzte Woche noch so single, wie man nur sein kann, und jetzt ist er total in dich verschossen."

„In mich verschossen?", frage ich neugierig.

„Ich habe doch gesagt, dass er beim Training von dir geschwärmt hat. Falls du glaubst, Männer tratschen nicht, irrst du dich gewaltig. Aaron war sehr gesprächig über Kanes aktuelles Liebesleben, als er gestern nach Hause kam. Also spuck's aus. Erzähl mir alles."

Diese Geschichte erzähle ich gern. Schließlich hatten Kane und ich immer eine wunderbare Freundschaft. Und was wir jetzt haben, wünsche ich vielen Menschen, auch wenn es noch neu und manchmal beängstigend ist, eine noch tiefere Beziehung einzugehen.

Ich erzähle, wie wir uns kennengelernt haben, wie ich zu dem Spitznamen Nudel kam, wie wir uns auf dem College verbündeten und dass wir nur einmal und betrunken Sex hatten und nie mehr daraus wurde.

„Danach seid ihr also einfach weiterhin Freunde geblieben?", fragt sie erstaunt.

„Rückblickend hört es sich wirklich irgendwie blöd an", gebe ich zu.

Clarke schüttelt den Kopf. „Nein, das glaube ich nicht. Es kommt immer auf das richtige Timing an. Du wolltest reisen, er wollte Profispieler werden. Damals hätte es als Pärchen nicht geklappt."

„Stimmt", sage ich und nehme meine Tasse in die Hand. „Wahrscheinlich wäre es zum Drama gekommen. War es denn bei dir und Aaron der richtige Zeitpunkt?"

Clarke lacht in sich hinein. „Für mich war es der falsche Zeitpunkt. Ich war total gegen eine Beziehung mit einem Promi, aber er hat mich langsam überzeugt. Er wusste irgendwie, dass es der richtige Zeitpunkt war, nur ich nicht. Ich bin sehr dankbar dafür, dass er ein hartnäckiger Mann ist."

Clarke ist eine der unkompliziertesten Frauen, mit der ich mich seit Langem unterhalten habe. Auf meinen Reisen habe ich eine Menge Frauen wie mich getroffen, die auch gern herumreisen, aber es ist erfrischend, mit einer Frau zu reden, die am liebsten in ihrer Heimatstadt bleibt, einen Buchladen leitet und frisch verliebt ist. Ich frage mich, welche Freude ich an einem solchen Leben haben könnte. Nicht, dass ich einen Buch- oder irgendeinen anderen Laden haben möchte. Es geht mir mehr um das Wurzelnschlagen.

Ich trinke meinen Tee aus und blicke dabei zum Schaufenster, an dem jemand vorbeigeht. Seit zwanzig Minuten sitzen wir hier, und ich bin erstaunt, dass noch kein Kunde hereingekommen ist. Der Passant ist ein Mann. Zuerst erweckt er nicht meine Aufmerksamkeit. Er ist nur irgendein Fußgänger. Doch ich sehe genauer hin, bevor er komplett am Fenster vorbei ist, und meine Nackenhärchen stellen sich auf.

Er trägt einen Hut, und blonde Haare schauen hinten heraus. Sein Gang kommt mir bekannt vor. Seine Größe. Seine Statur.

Er ist vorbei, bevor ich richtig einordnen kann,

wer er vielleicht war. Ich stelle meine Tasse zu hart auf das Tablett und springe auf.

„Mollie?" Clarke erhebt sich ebenfalls. „Was ist los? Hast du einen Geist gesehen?"

Keinen Geist.

Aber vielleicht einen Kerl, der mich verfolgt. Matthew.

Ich sehe Clarke an. Die Worte bleiben mir fast im Hals stecken und ich huste. „Ich glaube, da draußen war jemand, den ich kenne."

„Und kein guter Mensch", vermutet sie und legt eine Hand auf meine Schulter.

Ich zögere. Was, wenn es wirklich Matthew war? Dann ist es bestimmt kein Zufall, dass er ausgerechnet an dem Laden vorbeigeht, in dem ich mich befinde. Er hat nicht hineingeschaut, sondern ist ganz locker, oder eher eilig, daran vorbeigelaufen.

Vielleicht bilde ich mir nur etwas ein. Es könnte einfach ein großer, blonder Mann von ähnlicher Statur gewesen sein. Sein Gesicht konnte ich nicht genau sehen.

Oder?

Ich glaube, seine Nase erkannt zu haben. Die leichte Wölbung darauf, die er sich vor Jahren bei einem Sturz vom Rad zugezogen hat.

Nein, bestimmt war er es nicht.

Aber vielleicht doch.

„Ich bin gleich wieder da", sage ich zu Clarke und eile an die Tür. Ich gehe nach draußen und schaue in die Richtung, in die er gegangen ist. Er ist bereits am nächsten Block und von hinten kann ich nichts mit Sicherheit sagen. Die Kleidung kenne ich nicht, aber das will nichts heißen.

Ich ziehe in Erwägung, ihm nachzueilen. Aber was, wenn es wirklich Matthew ist?

Oder was, wenn er es nicht ist? Das wäre auf jeden Fall peinlich.

Als ich gerade beschließe, ihm hinterherzurennen, steuert er ein Straßencafé an. Er geht direkt auf einen Tisch zu, an dem eine Frau sitzt, die einen Laptop vor sich und eine Tasse Kaffee neben sich hat. Die blonde Frau ist hübsch, freizeitmäßig angezogen und trägt einen Pferdeschwanz. Als der Mann an ihrem Tisch ankommt, sieht sie ihn überrascht an und lächelt leicht. Der Mann sagt etwas und ihr Lächeln wird herzlicher. Er deutet auf den freien Stuhl an ihrem Tisch, und sie nickt, erlaubt ihm, sich zu setzen.

Ich schüttele den Kopf, um zu begreifen, was ich da sehe.

Ist das Matthew oder ein Mann, der ihm ähnlich sieht, der ein Blind Date mit einer Frau zum Kaffee hat? Das wäre wahrscheinlicher, als dass er mich mitten in Phoenix gefunden hat.

Außerdem hat er nicht in den Laden geschaut, als er vorbeigegangen ist. Und er hat auch nicht zurückgeschaut, ob ich ihm vielleicht folge.

Das Glöckchen an Clarkes Tür klingelt, als sie aus dem Laden kommt. „Mollie? Alles okay?"

Ich blicke wieder zu dem Mann, der etwas gesagt hat, was die Frau zum Lachen brachte.

Nein, das ist nicht Matthew. Meine Angst spielt

mir einen Streich.

Ich lächele Clarke nervös an. „Ja, alles okay. Gehen wir wieder rein."

„Kennst du den Mann?", fragt sie und sieht dorthin, wo ich hingestarrt habe.

Ich schüttele den Kopf. „Ich glaube nicht. Erst dachte ich es, aber ich glaube nicht, dass er es ist."

„Soll ich mit dir näher rangehen?", fragt sie und deutet dann auf ihren Laden. „Ich könnte kurz zumachen."

Ich schüttele den Kopf. „Nein, danke. Schon gut. Das ist albern. Er kann es gar nicht sein. Gehen wir wieder rein."

Clarke wirkt zweifelnd, doch sie öffnet die Tür und bedeutet mir, einzutreten. Wir setzen uns wieder in die Leseecke und Clarke schenkt uns Tee nach.

Besorgt sieht sie mich an. „Für wen hast du ihn denn gehalten?"

Ich nehme ihr die Tasse ab und bin froh, dass meine Hand nicht zittert. Ich habe mich selbst überzeugt, dass es nicht Matthew ist. „Ein früherer Freund. Es war sowieso nichts Ernstes, aber ich habe Schluss gemacht, als er zu kontrollierend wurde. Und jetzt stalkt er mich. Er hat mich in North Carolina aufgespürt und mich angegriffen. Samson hat ihn verjagt. Ich habe ihn angezeigt und es liegt ein Haftbefehl gegen ihn vor, aber man hat ihn bisher noch nicht geschnappt."

„O Gott." Clarke beugt sich vor und verschüttet dabei Tee auf ihren Schoß. Sie greift nach einer

Serviette und tupft sich ab. „Und du glaubst, dass es der Kerl ist?"

„Nein." Überzeugt schüttele ich den Kopf. „Ich glaube, mein Verstand spielt mir einen Streich. Wie sollte er mich hier finden? In deinem Laden?"

„Es sei denn?", fragt sie, weil sie anscheinend den Zweifel in meinem Ton hört.

„Es sei denn, er hat mich schon vorher gefunden. Hat eine Tracking-App auf meinem Handy installiert oder so etwas. Allerdings hat die Polizei mein Handy gecheckt und gesäubert. Es kann gar nicht sein, dass er …" Ich halte inne und denke an meine größte Angst.

„Außer …?", fragt Clarke weiter.

Ich blicke auf und sehe sie an. „Außer, dass er weiß, dass Kane mein bester Freund ist, und er sich denken konnte, dass ich herkomme. Mit ein bisschen Geschick könnte er Kanes Adresse herausfinden. Was, wenn er Kanes Wohnung beobachtet? Was, wenn der Kerl doch Matthew ist?"

„Gehen wir", sagt Clarke. Sie steht auf und stellt ihre Tasse ab. „Gehen wir hin und sehen wir nach."

„Wirklich?" Ich erhebe mich. Das ist eine gute Idee. Zu zweit sind wir stärker. In der Öffentlichkeit mit Zeugen kann er mir kaum etwas tun.

„Soll ich mein Pfefferspray mitnehmen?" Sie grinst.

Lachend schüttele ich den Kopf. „Ich glaube, mit dem werden wir in der Öffentlichkeit auch so fertig. Gehen wir."

Clarke nimmt ihre Schlüssel und wir verlassen den Laden. Sie dreht das Schild an der Tür um, sodass jetzt „Geschlossen" zu lesen ist. Nachdem sie abgeschlossen hat, gehen wir in die Richtung des Straßencafés. Die Frau sitzt noch am Tisch, aber der Mann ist nicht mehr zu sehen. Ich blicke die Straße entlang. „Er ist weg."

Clarke schaut in die andere Richtung.

„Mist", murmele ich.

„Komm", sagt Clarke, hakt sich bei mir unter und geht los.

„Wohin willst du?" Ich muss fast joggen, um mit ihr Schritt zu halten.

„Wir fragen die Frau, wer der Kerl war."

„Cool", sage ich und wir eilen weiter. Wir müssen an einer roten Fußgängerampel warten.

Als wir am Tisch der Frau stehen, komme ich mir blöd vor. „Hi", sagen wir.

Sie sieht auf und lächelt zögerlich.

„Hi", antwortet sie und sieht uns neugierig an.

„Äh, da war vorhin ein Mann an Ihrem Tisch", beginne ich. „Ich dachte, ich kenne ihn, aber jetzt ist er schon weg. War das vielleicht Matthew Brighton?"

Sie lacht und schüttelt den Kopf. „Ich habe keine Ahnung. Er kam zu mir, redete von meinem Apple Laptop und sagte, dass er darüber nachdenkt, sich auch so einen zu kaufen. Er wollte wissen, ob er mir ein paar Fragen stellen darf."

Ich tausche mit Clarke einen Blick aus. Offenbar findet sie das auch sehr seltsam.

„Dann hat er ein paar Fragen gestellt und ist wieder gegangen. Das war echt schräg. Ich dachte, er will mich anmachen, was ich nicht schlimm fand, denn er sah gut aus, aber dann ist er ganz abrupt wieder gegangen."

O Gott. Vielleicht war es wirklich Matthew.

Womöglich hat er gemerkt, dass ich ihn gesehen habe. Dass ich aus dem Laden kam. Und hat sich als Täuschungsmanöver zu der Frau an den Tisch gesetzt.

„Okay, vielen Dank", sage ich.

Wir gehen wieder zum Laden zurück, und ich denke darüber nach, was das bedeutet. Ich kann nicht anders und schaue auf dem Weg zig Mal über meine Schulter.

Es ist beunruhigend, dass Clarke im Laden wieder abschließt und das Geschlossen-Schild hängen lässt.

„Er war es", sagt Clarke. „Das denkst du doch auch."

„Ja, aber vielleicht bin ich nur paranoid."

„Vorsicht ist die Mutter der Porzellankiste", antwortet sie. „Du musst Kane anrufen. Du kannst jetzt nicht allein nach Hause gehen."

„Das ist doch albern. Das könnte sehr wohl ein Mann sein, der an einem Apple Laptop interessiert ist. Ich habe ihn nicht einmal deutlich erkannt."

„Aber er könnte es gewesen sein", beharrt sie und sieht auf meine Finger. „Deine Hände zittern. Lass uns etwas Stärkeres trinken als Tee."

Clarke geht hinter die Theke und holt eine

Flasche Bourbon plus zwei Gläser hervor. Sie gießt uns je einen Doppelten ein und reicht mir ein Glas.

Nach zwei Gläsern hat sie mich überzeugt, Kane anzurufen, der sich mitten im Training auf dem Eis befindet. Ich hinterlasse ihm eine Nachricht, aber Clarke lässt mich nicht allein zu seiner Wohnung gehen. Da ich nicht möchte, dass sie mich begleitet und noch mal den Laden zumachen muss, bleibe ich und helfe ihr bei der Arbeit. Jedes Mal, wenn ein Kunde die Tür öffnet, zucke ich zusammen.

Doch ob es nun Matthew war oder nicht, er lässt sich nicht mehr blicken.

Bis Kane mich zurückruft, glaube ich wirklich, dass ich ihn mir nur eingebildet habe. Trotzdem will Kane, dass ich bei Clarke bleibe, bis er mich abholen kann.

Kapitel 12

Kane

Ich muss ein paar Blocks von Coach Perrons Haus entfernt parken, weil wir spät dran sind. Er veranstaltet eine Party zum Saisonbeginn mit BBQ, Livemusik und endlos Alkohol. Damit wir uns noch einmal ordentlich austoben können, bevor nächste Woche die Saison beginnt, und damit die neuen Spieler und deren Angehörige die Stammspieler kennenlernen.

Wir sind zu spät, weil wir über eine Stunde meine Sorgen um ihre Sicherheit diskutiert haben. Das ist zwar nicht unser erstes Streitgespräch, denn auch Freunde sind nicht immer derselben Meinung, sodass wir uns über die Jahre recht oft gestritten haben. Doch jetzt werde ich von einem neuen Aspekt gequält, und zwar von einem unnötig starken Bedürfnis nach Mollies Sicherheit und Wohlbefinden, über das ich keine Kontrolle habe und das Mollie anscheinend nicht akzeptieren will.

Nachdem ich die verstörende Nachricht von Mollie bekommen hatte, dass sie eventuell Matthew gesehen hat, habe ich sie in Clarkes Laden abgeholt. Nach meinem langen Tag, voll mit Training und Meetings, hatte sie sich natürlich inzwischen selbst ausgeredet, dass es wirklich Matthew war.

Clarke war keine Hilfe. Wegen Mollies Unsicherheit war sie sich auch nicht sicher.

Zu Hause sagte ich Mollie dann sofort und mit

unmissverständlichen Worten, dass sie ab jetzt nicht mehr allein aus dem Haus gehen dürfe. Sie hielt das für absolut lächerlich und sah nicht ein, dieser oder irgendeiner anderen meiner Anordnungen zu folgen. Natürlich entbrannte daraufhin ein heftiger Streit. Dieser führte zu Anbrüllen, Bitten, ihrem pikenden Finger auf meiner Brust, und schließlich umfasste ich ihr Gesicht, um ihr die Meinung zu sagen, doch stattdessen küsste ich sie wild und unbeherrscht. Das führte zu wütendem Sex auf dem Küchenboden. Samson betrachtete unser Tun, was irgendwie schräg war, aber ich bemühte mich, ihn auszublenden.

Danach mussten wir uns für die Party herrichten, auf die ich mich ursprünglich gefreut hatte. Also duschten wir getrennt, und es herrschte ein unangenehmes Schweigen, als wir die Wohnung verließen und mit dem Aufzug in die Tiefgarage fuhren. Ich war hellwach und rechnete damit, dass Matthew jeden Moment aus einer dunklen Ecke springen könnte.

„Reden wir jetzt etwa den ganzen Abend nicht miteinander?", fragt Mollie, als ich den Wagen parke und den Motor abstelle.

„Keine Ahnung", antworte ich leicht verlegen und grinse. „Gibst du endlich zu, dass ich recht habe und du in Gefahr bist?"

Dass Mollie kichert, anstatt mich genervt anzusehen, sagt mir, dass sie sich wieder beruhigt hat. Aber wir haben immer noch keine Lösung gefunden. Sie seufzt und dreht sich mir auf dem Sitz zu.

„Ich weiß nicht genau, wen ich gesehen habe, Kane. Gut möglich, dass ich ihn mir nur eingebildet habe."

„Aber die Wahrscheinlichkeit, dass es Matthew war, ist genauso hoch."

„Ich will aber keine Gefangene in deiner Wohnung sein. Das werde ich nicht machen. Sollte es so ausgehen, gehe ich lieber nach Hause zu meinen Eltern."

„Die werden dich genauso zur Gefangenen machen, das weißt du doch."

Ihr Gesichtsausdruck verrät, dass ich recht habe. Sie würden es mit ihrem Schutz total übertreiben.

„Aber ich kann mich nicht für immer aus Angst verstecken", sagt sie bemüht ruhig, doch ich höre ihre Hysterie heraus. „Versuchen wir, mich irgendwie abzusichern, aber ohne, dass ich eingesperrt werden muss."

Jetzt bin ich es, der seufzt. Sie hat recht. Zwar würde ich mir dann keine Sorgen machen müssen, wenn ich zu Auswärtsspielen unterwegs bin, aber es ist dennoch keine echte Lösung.

Ich lege eine Hand in ihren Nacken und ziehe sie an mich. „Okay. Wir werden uns etwas überlegen. Versprochen."

Mit dem Mund berühre ich ihren und küsse sie sanft, wobei ich hoffe, nicht zu selbstherrlich zu erscheinen. Unsere neue Beziehung verursacht sehr viele verwirrende Ängste in mir, sodass ich höchstwahrscheinlich unweigerlich etwas falsch machen werde. Ich kann nur hoffen, dass Mollie mir schnell verzeihen kann oder mir eine scheuert, damit mein rationales Denken wieder einsetzt.

„Komm", sage ich und lasse sie los. „Gehen wir und amüsieren wir uns mit dem Team. Ich muss dich einer Menge Leuten vorstellen."

***

Die Party ist in vollem Gange und mein Magen ist gut gefüllt. Am Anfang des Abends habe ich Mollie meinen Teamkameraden und deren anwesenden Angehörigen vorgestellt. Inzwischen hat sich herumgesprochen, was sie mir bedeutet und dass wir von besten Freunden zum Liebespaar geworden sind, sodass die Gespräche unkompliziert ausfielen. Es kamen keine Fragen dazu, wo und wann wir uns begegnet sind und wie es sein kann, dass ich in nur einem kurzen Sommer vom Bachelor zu einem Mann in festen Händen wurde.

Wir aßen gegrillte Ribs, Kartoffelsalat, Maiskolben und Apfelkuchen. Ich trank absichtlich nur zwei Bier. Nicht nur, weil ich uns nach Hause fahren muss, sondern um aufmerksam zu beobachten, ob eine Gefahr sich Mollie nähert. Egal, ob sie Matthew gesehen hat oder nicht, Tatsache ist, dass er ihr jederzeit nachstellen könnte. Vielleicht hat Samson ihn für immer abgeschreckt, oder aber er hat ihn derartig wütend gemacht, dass er Mollie jetzt noch viel entschlossener etwas antun will. So oder so werde ich einen klaren Kopf behalten, solange der Kerl noch nicht gefasst ist.

Momentan hat mir eine Gruppe Frauen, angeführt von Clarke, Mollie weggenommen. Sie übernimmt freiwillig die Aufgabe, Mollie den anderen Frauen der Spieler vorzustellen, die sich während der letzten Saison und bei diversen Hochzeiten nähergekommen sind. Erst heirateten Blue und Erik. Dann feierten Regan und Dax ihre kirchliche Trauung, da sie nur standesamtlich geheiratet hatten. Dann heirateten Brooke und Bishop in St. John, gefolgt von Nora und Tackers Überraschungstrauung auf derselben Klippe mit Blick auf das Karibische Meer.

Ich sehe mich in Coach Perrons Garten um, der mit Zelten und Tischen bestückt wurde. Mollie sitzt an einem der Tische mit den frisch verheirateten Frauen Blue, Regan, Nora und Brooke sowie mit Legends Frau Pepper und Dominiks Frau Willow. Auch Clarke ist dabei, die erst kürzlich mit Aaron Wylde zusammenkam. Dies ist der harte Kern der Spielerfrauen und sie stehen sich sehr nah. Es ist nicht erstaunlich, dass sie Mollie in ihren Kreis aufnehmen. Es freut mich dennoch wahnsinnig. Wenn Mollie und ich wirklich ein Paar bleiben wollen, dann ist dieser Teil der Eishockeyfamilie enorm wichtig. Dadurch hat sie Freundinnen, mit denen sie Zeit verbringen kann. Besonders, da ihr eigenes Leben gerade radikal auf den Kopf gestellt wird.

Ich stehe bei einer Gruppe Kameraden in der Nähe des Lagerfeuers, das für das Klima am Sommerende in Phoenix etwas zu viel Hitze spendet, aber romantisch flackert. Dax, Tacker, Aaron, Jim und ich diskutieren gerade darüber, ob es für das Glück der Frau in einer Beziehung unbedingt erforderlich ist, sich zusammen romantische Filme anzusehen. Dazu kann ich nichts sagen, also höre ich nur aufmerksam zu. Ich weiß eine Menge über Mollie, ihre Lieblingsfilme eingeschlossen, aber ich weiß nicht, ob ihr romantische auch gefallen. Ich habe noch nie einen mit ihr angesehen, was aber nicht heißt, dass ich es nicht tun würde.

Das Gespräch verstummt abrupt, als der Teambesitzer Dominik zu uns tritt. Er hat ein Bier in der Hand und sieht untypisch leger aus in Shorts und einem Polohemd. Eigentlich ist er bekannt für tadellose und teure Designeranzüge.

Er legt eine Hand auf Tackers Schulter. „Habe ich euch Mädels etwa über den Film *Die Braut, die sich nicht traut* plaudern hören?"

Tatsächlich hat sich Tacker ziemlich angetan dazu geäußert, wie gut ihm der Film gefallen hat. Wir senken alle den Blick und murmeln, dass er sich da wohl verhört haben muss.

Dominik lacht. Er blickt zu den Frauen hinüber, betrachtet seine Frau Willow und lächelt liebevoll. „Man muss tun, was man kann, um die Frauen glücklich zu machen. Ich verurteile euch nicht dafür."

Okay, genug von dem Thema. Um es zu wechseln, spreche ich Dominik an. „Wie lange bleibst du in Phoenix?"

„Willow und ich fliegen morgen nach L.A.

zurück. Zum ersten Spiel der Vorsaison nächste Woche kommen wir allerdings wieder."

Kalifornien ist Dominiks Hauptwohnort, da er dort ein professionelles Basketballteam besitzt. Aber er hat auch in Phoenix ein Haus – okay, mehr eine verdammte Villa – und pendelt mit Willow hin und her.

„Und wie oft wirst du in der Saison schätzungsweise hier sein?", fragt Dax.

Dax interessiert sich vor allem dafür, weil Willow seine Schwester ist. Sicherlich möchte er sie so oft wie möglich sehen. Sie stehen sich sehr nah und außerdem ist Willow mit Dax' Frau Regan eng befreundet.

Dominik schaut wieder zu Willow hinüber und sein Ausdruck wird kurz sanft. Dann wendet er sich wieder seinem Schwager zu. „Deine Schwester und ich fliegen nach L.A., um uns mit dem Jugendamt zu treffen."

Dax runzelt die Stirn und wir anderen wundern uns ebenfalls. Wir wissen nur, dass Dominik bei Pflegefamilien groß wurde und dass er momentan eine solche unterstützt. Sie nennt sich *The Miller Home*.

„Stimmt irgendetwas nicht?", fragt Dax.

Dominik schüttelt den Kopf. „Im Gegenteil, alles ist in bester Ordnung. Deine Schwester hat bestimmt nichts dagegen, wenn ich es dir sage, denn wir wollen es sowieso bald verkünden. Wir wollen einen Jungen als Pflegekind aufnehmen."

Ich bin erstaunt. Das ist eine lebenseingreifende

Entscheidung. Dax grinst jedoch so breit, dass es seine Mundwinkel kaum aushalten. Stürmisch umarmt er Dominik.

Er klopft Dominik auf den Rücken. „Das ist fantastisch, Bro. Echt! Und Willow … ich weiß, dass sie das super findet."

„Wow", sagt Tacker und reicht Dominik die Hand.

Das tun wir alle nacheinander und gratulieren.

„Danke", sagt Dominik mit einem gerührten Grinsen. „Die Sache ist noch nicht perfekt, aber wir glauben, dass alles so durchgeht. Er heißt Dillon und ist sechs Jahre alt. Es ist unwahrscheinlich, dass er je wieder in sein eigenes Zuhause zurückkehren kann. Sein Vater ist unbekannt und seine Mutter wird immer wieder wegen Drogenbesitz eingesperrt. Sie wird für die Pflegestelle unterschreiben und ist sogar gewillt, dass man ihren Sohn adoptieren kann."

Fragen werden gestellt, und Dominik tut sein Bestes, sie zu beantworten. Ich höre nur halb hin und schaue immer wieder zu Mollie hinüber. Ich weiß so viel über sie, und doch trifft es mich jetzt wie ein Schlag. Ich habe keine Ahnung, wie sie über eigene Kinder denkt. Oder generell über das Heiraten.

Nicht, dass ich momentan über den heiligen Stand der Ehe nachdenken würde. Es ist alles noch frisch und unsicher, da sich Mollie jederzeit entschließen könnte, wieder auf Reisen zu gehen. Dennoch frage ich mich, ob sie je über das

Sesshaftwerden nachgedacht hat. Nicht nur mit einem Mann, sondern auch mit Haus und Kindern.

Ich weiß nicht, ob mein Blick beklemmend ist, doch sie sieht zu mir herüber und lächelt süß.

Nach all den ernsten Gedanken wird mir bewusst, dass ich lange genug bei den Männern herumgestanden habe. Viel lieber wäre ich bei Mollie.

Ich klopfe Dominik auf die Schulter, gratuliere ihm noch einmal und sage: „Ich freue mich schon, den Kleinen kennenzulernen."

„Danke, Kane", antwortet er und wendet sich wieder seinem Gesprächspartner zu.

Ich schlängele mich durch die Gästeschar. Riggs sitzt ganz allein da, trinkt ein Bier und scrollt auf seinem Handy. Ich sollte mich mit ihm unterhalten, aber eigentlich hat er mir keinen Grund dafür gegeben. Die ganze Woche im Trainingslager war er mürrisch und distanziert. Auf dem Eis will er ständig über Strategien sprechen, aber privat ist er praktisch stumm.

Dennoch nehme ich mir vor, ihn irgendwann zum Grillen einzuladen, wie ich es mit Mollie besprochen habe.

Als ich bei den Frauen ankomme, verstummen ihre Gespräche sofort und ich werde freundlich angelächelt.

„Wir lieben sie", sagt Pepper zu mir und nickt zu Mollie. „Sie ist jetzt ein offizielles Mitglied der Vengeance-Frauenclique."

„Schön zu hören", antworte ich und lege einen Arm um Mollie. Sie schmiegt sich an mich, und das gefällt mir wahnsinnig gut.

„Außerdem haben wir dein Problem gelöst", sagt Regan.

„Ich habe ein Problem?"

„Na ja, das mit Matthew", erklärt Regan.

„Oder auch dem Mistkerl", sagt Brooke grinsend. „So nennen wir ihn."

Ich sehe Mollie an und sie zuckt mit den Schultern. „Ich habe erzählt, wie übervorsichtig du bist und dass du mich einsperren willst, da haben sie mir geholfen, eine Lösung zu finden."

Ich hebe eine Augenbraue. „Und die wäre?"

„Wenn sie nicht bei dir ist und mal aus der Wohnung will, dann wird sie mit einer von uns zusammen sein", erklärt Clarke. „Sie kann mir im Buchladen ein bisschen zur Hand gehen."

„Und mit mir geht sie zum Yoga", sagt Regan.

„Und bei mir kann sie reiten lernen", wirft Nora ein.

Lachend drückt Mollie meine Taille. „Sie haben sich freiwillig gemeldet, mir ab und zu Gesellschaft zu leisten, damit ich mal aus der Wohnung und unter Menschen komme. Gemeinsam sind wir stark und so."

„Außerdem", ergänzt Nora, „werde ich ihr das Schießen beibringen."

„Eine Waffe habe ich sogar schon", erklärt Mollie. „Und meistens ist Samson bei mir. Clarke hat gesagt, dass ich ihn mit in den Laden bringen darf."

„Jedenfalls", sagt Pepper abschließend, „hat sie eine ganze Gruppe Freunde, die auf sie aufpassen werden."

Zwar bin ich dankbar für die Hilfe der Frauen, doch ich mache mir Sorgen darüber, was deren Männer davon halten werden. Damit könnten sich die Frauen in Gefahr begeben. Ich muss mit den Jungs darüber reden und kann schlecht etwas gutheißen, was für alle Beteiligten gefährlich sein könnte.

„Das ist eine gute Lösung", sagt Mollie, als ob sie den Zweifel in meinem Blick erkennt. „Wir werden immer entweder in der Öffentlichkeit sein oder in der Sicherheit eines privaten Zuhauses. Und ich habe immer Pfefferspray dabei. Das haut den stärksten Mann um."

Ich küsse sie auf die Lippen und stimme schweigend zu. Schließlich kann ich sie schlecht an mich binden oder in der Wohnung einschließen. Momentan ist das wirklich das Beste, was wir tun können.

Kapitel 13

Kane

Gern würde ich behaupten, mich auf den Besuch bei Baden in der Rehaklinik zu freuen. In den paar Monaten am Ende der letzten Saison sind wir Freunde geworden. Das war nicht schwer, denn er ist ein stets gut gelaunter Kerl, der gern lacht und die Leute mit schlüpfrigen Witzen zum Lachen bringt.

Als Ersatztormann hätte er auch leicht im Hintergrund bleiben können. Er bekommt nicht viel Spielzeit, und egal wie gut er ist, wenn er drankommt und dem Team helfen muss, spielt er doch immer die zweite Geige hinter Legend Bay. Doch so ist Baden nicht. Er war irgendwie die Seele des Teams. Der Cheerleader, der uns immer anfeuerte, egal wie schwer die Umstände waren. Er ist einer der Männer, die ihren Rang akzeptieren können. Auch wenn er bestimmt höhere Ambitionen hatte, wie zum Beispiel Tor Nummer-eins-Torwart zu werden, hat das nie seine Loyalität gegenüber dem gesamten Team beeinflusst.

Aber ehrlich gesagt werden die Besuche bei Baden immer mehr zu einer Last. Ganz offensichtlich ist er wegen der Verletzungen durch den Angriff in eine schwere Depression verfallen. Was ihm niemand vorwerfen kann. Wir alle würden den Bach runtergehen, wenn uns plötzlich unsere Eishockeykarriere genommen werden würde.

Auch dieses Wissen und Verständnis machen die Besuche nicht einfacher. Dennoch gibt keiner vom Team Baden auf. Ob es ihm gefällt oder nicht, wir haben einen Plan aufgestellt, sodass er fast täglich von einem Kameraden besucht wird.

Morgen fliege ich mit Mollie nach Kalifornien, um ihre Eltern zu besuchen. Obwohl ich neulich erst bei Baden war, möchte ich vorher noch einen Besuch machen. Ich hoffe, dass ich eines Tages beim Hereinkommen sein albernes Grinsen wiedersehen werde. Und das hoffentlich, weil er sich freut, mich zu sehen.

Er befindet sich erst seit ein paar Wochen am Rande von Phoenix in der Rehaklinik. Ich gehe durch die Flure zu seinem Zimmer und nicke ein paar Leuten vom Personal zu, an denen ich vorbeikomme. Da Baden bestimmt mindestens einen Monat hierbleiben muss, werde ich am Ende sicherlich ein paar Ärzte, Schwestern und Physiotherapeuten kennen. Immerhin ist Baden der berühmteste Patient dieser Klinik. Alle haben ein persönliches Interesse daran, ihn wieder auf die Beine zu bekommen, und alle hoffen auf das Wunder, das ihn wieder aufs Eis bringt.

Badens Zimmertür ist geschlossen, ganz im Gegensatz zu vielen anderen Türen, die absichtlich offen stehen, damit die Patienten sehen können, wer vorbeigeht, und eventuell grüßen können. Ein deutliches Zeichen, dass er sich von der Kameradschaft hier distanziert und lieber allein bleiben will. Auf der Party des Coaches sagte Dominik, dass Baden sich entschlossen hat, für die Reha in Phoenix zu bleiben. Das war bisher noch nicht klar gewesen. Er hatte in Erwägung gezogen, nach Montreal und damit in die Nähe seiner Eltern zu gehen. Zwar freuen wir uns, dass er hierbleibt, aber das Ganze hat auch eine traurige Seite, denn er bat seine Eltern, zu Hause zu bleiben. Er steht ihnen nah, und es ist seltsam, dass er sie nicht hier haben will. Es sei denn, er will nicht, dass ihn irgendjemand zu etwas ermuntert, obwohl er tief in sich weiß, dass er es nie wieder haben kann.

Was bedeutet, dass ich glaube, Baden hat keine Hoffnung mehr, jemals wieder Eishockey spielen zu können. Wahrscheinlich glaubt er nicht einmal daran, zumindest wieder laufen zu können. Was auch immer in ihm vorgeht, er ist auf jeden Fall depressiv. Das macht es noch wichtiger, dass das Team tut, was es kann, um ihn anzuspornen, wieder zu seinem alten Ich zurückzufinden. Zu dem Mann, der mehr als jeder andere daran glaubte, dass wir den Stanley Cup gewinnen werden.

Ich klopfe an, warte aber nicht auf seine Reaktion und gehe hinein. Er sitzt am Fenster auf einem Stuhl. Es muss ein Akt gewesen sein, ihn dort zu platzieren. Wahrscheinlich haben zwei Pfleger seine große Statur aus dem Bett gehoben und ihn dort hinübergetragen. Wie ich Baden kenne, war das bestimmt demütigend für ihn. Mir würde es nicht anders gehen.

Er wendet mir den Kopf zu. Seine Haare sind ein Stück länger geworden. Und er ist nicht rasiert. Er hat einen enormen Vollbart, der allerdings dringend einen Schnitt braucht. Er trägt ein weißes T-Shirt und eine blaue Jogginghose, deren Weite nicht den Verlust an Muskelmasse in seinen Beinen verbergen kann. Sie wirken dürr unter dem Stoff und seine Knie stechen hervor.

„Was geht, Mann?", begrüße ich ihn.

Baden nickt mir kurz zu. „Nicht viel. Ich habe den Fernseher satt. Lesen auch. Zur Abwechslung sehe ich mir den Verkehr da draußen an."

Bei diesen Worten würde ich gern bedauernd das Gesicht verziehen, aber ich halte mein freundliches Lächeln aufrecht. Schräg neben ihm steht noch ein Stuhl, auf den ich mich setze. „Ich habe gehört, dass du für die Reha in Phoenix bleibst."

Sein Blick richtet sich wieder auf das Fenster. „Ja. Anscheinend bekomme ich noch eine OP an der Wirbelsäule. Da der Neurochirurg hier ist, ist es so am besten."

Ich weiß, dass ihm noch eine OP bevorsteht, genau wie monatelange, brutale Reha. Wenn er wieder laufen will, muss er ganz von vorn anfangen. Der Arzt des Teams hält uns auf dem Laufenden. Alle sorgen sich um Baden und suchen nach einem Hoffnungsschimmer.

Ich lasse das Schweigen im Raum hängen und hoffe, dass er ein neues Gesprächsthema beginnt. Doch wie immer bei meinen Besuchen schweigt er und starrt weiter aus dem Fenster.

Egal. Schon vor Wochen habe ich erkannt, dass Baden, auch wenn er nicht reden will, gesunde

Ohren hat und zuhören kann. Während des Sommers habe ich ihn über mein Training auf dem Laufenden gehalten, mit wem ich so abhing, wo ich gut essen war und was ich sonst so unternommen habe. Heute will ich ihm eine andere Art Geschichte erzählen. Um ihn zu unterhalten, aber auch, um ihn zu animieren, sich auf ein Gespräch einzulassen. Ich beginne auf klassische Weise.

„Es war einmal ein schönes Mädchen namens Mollie."

Baden wendet sich mir zu. Das betrachte ich als einen Sieg. Auch wenn sein Blick leer bleibt und es nicht das geringste Anzeichen von echtem Interesse gibt, freue ich mich, dass er mir zumindest seine Aufmerksamkeit schenkt.

„Mollie war eine Abenteurerin. Obwohl sie so schön war, dass ein Prinz sie auf der Stelle geschnappt und mit seinem Reichtum und schönen Dingen in seinem Schloss wunschlos glücklich gemacht hätte, bestand sie darauf, lieber mit ihrem Minibus durch die Welt zu gaukeln."

„Deine beste Freundin", murmelt Baden. „Du hast schon von ihr gesprochen."

Eifrig nicke ich, beuge mich vor und stütze die Ellbogen auf den Knien ab. „Ja. Jahrelang waren wir einfach nur Freunde. So eng verbunden, wie es zwei Menschen nur sein können. Zumindest habe ich das gedacht."

Baden hebt eine Augenbraue, was mich anspornt, obwohl die Reaktion kaum sichtbar ist.

„Doch eines Tages wurden Mollie die Gefahren

des Alleinreisens zum Verhängnis. Ein durchgeknallter Ex verfolgte sie, griff sie an und wollte sie umbringen."

„Was?", knurrt Baden und bewegt sich auf seinem Stuhl.

Zumindest mit dem Oberkörper. Seine Beine rühren sich nicht. Und im Gesicht zeigt er die lebhaftesten Emotionen, die ich seit dem Angriff auf ihn gesehen habe. Schlimm, dass nur so eine böse Geschichte eine Reaktion hervorruft, doch das spornt mich trotzdem weiter an.

Ich lehne mich zurück und lege einen Fuß über mein Knie. Eine simple Bewegung, die ich ausführen kann, während Baden seine Beine kaum spürt.

Ich erzähle ihm alles über Mollie und Matthew und vergesse nicht, Samsons heldenhaftes Einschreiten zu erwähnen. Und ich informiere ihn über den neuesten Stand, dass der Mann immer noch auf der Flucht vor dem Haftbefehl ist.

Diese Geschichte habe ich nicht zufällig ausgewählt. Sondern, weil sie mit Badens Thema zu tun hat. Schließlich wurde er verletzt, als er eine Frau beschützen wollte. Das mag eine krasse Erinnerung für ihn sein, doch ich möchte, dass er wertschätzt, noch am Leben und ein Held zu sein.

„Wo ist Mollie jetzt?", fragt Baden.

„Sie wohnt seitdem bei mir. Ihr Sicherheitsgefühl wurde erschüttert, und sie fragt sich, ob sie überhaupt mit dem Reise-Blog weitermachen will."

Baden sieht mich eine Weile an. „Und was hat sich zwischen dir und Mollie geändert? Du hast die Geschichte wie eine Märchenliebesgeschichte begonnen."

In mich hineinlachend schüttele ich den Kopf, als könnte ich selbst nicht glauben, wie sich alles entwickelt hat. „Nun ja, Jett hat sie auf ein Date eingeladen. Sie hat angenommen und ist mitgegangen. Ich habe innerlich gekocht vor Eifersucht. Als sie an dem Abend nach Hause kam, habe ich sie um den Verstand geküsst. Was danach passiert ist, werde ich nicht detailliert beschreiben, aber sagen wir es mal so: Es hat unsere Beziehung auf die nächste Ebene gehoben. Und jetzt sind wir mehr als nur beste Freunde."

Dann geschieht ein Wunder. Keins, bei dem ein Gelähmter wieder gehen kann, aber eins, mit dem wohl keiner der Vengeance-Kameraden je wieder gerechnet hätte.

Badens Mundwinkel heben sich zu einem Lächeln. Unter dem dichten Bart ist es zwar kaum zu erkennen, aber ich sehe die kleinen Lachfältchen neben seinen Augen.

„Das freut mich für dich, Mann."

Mindestens eine Viertelstunde plaudere ich über Mollie, unsere zaghaften Zukunftspläne und erzähle Baden, dass die Teamfrauen sie aufgenommen haben und sich abwechseln, auf sie aufzupassen, damit sie nie allein und unbewacht irgendwo hingeht.

Auch erzähle ich ihm von unserer Reise nach Kalifornien, um ihren Eltern mitzuteilen, dass wir nun nicht mehr lediglich Freunde sind. Und dass wir ihnen von Matthew berichten müssen, was sicherlich sehr emotional werden wird.

So plaudere ich vor mich hin.

Schließlich fällt mir nichts mehr ein, was aber okay ist, denn Baden hat aufgehört, sich am Gespräch zu beteiligen. Ich beende mein Geplauder und lasse die unschöne Stille zwischen uns stehen, in der Hoffnung, dass Baden sie selbst brechen wird.

Überraschenderweise tut er das.

„Du hast über alles Mögliche geredet, außer über Eishockey." Er sieht mich vorwurfsvoll an. „Das Trainingslager hat angefangen, aber du hast kein Wort darüber verloren."

„Willst du denn darüber reden?", frage ich rundheraus. „Denn da gäbe es eine Menge zu erzählen."

Baden blickt wieder aus dem Fenster, und es ist, als ob er in sich selbst zusammensackt. Er antwortet mit nur einem Wort. „Nein."

Himmel, am liebsten würde ich den riesigen Kerl umarmen, aber bestimmt hat er noch genug Kraft im Oberkörper, um mich zu erdrücken. Da ich nicht weiß, was ich jetzt sagen soll, beschließe ich, zu gehen, doch es klopft an der Tür.

„Herein", sagt Baden.

Ich erwarte jemanden vom Pflegepersonal, der nachsehen will, ob Baden wieder ins Bett gehoben werden möchte. Oder um physiotherapeutische Übungen mit ihm zu machen. Oder jemanden vom Team Vengeance. Doch stattdessen kommt eine hübsche junge Frau mit langen blonden Locken herein. Sie hat eine Pflanze in den Armen. Zögerlich kommt sie näher, sieht mich unsicher an und dann geht ihr Blick zu Baden. In dessen Augen flackert Erkennen auf.

„Erinnerst du dich an mich?", fragt sie ihn.

Baden sagt kein Wort, aber man sieht ihm an, dass er sie kennt.

Sie tritt noch näher und ist ganz offensichtlich nervös. Die Pflanze in ihren Armen bebt leicht. „Ich bin die Frau, die du vor den Männern gerettet hast, die mich angegriffen haben."

Heilige Scheiße.

Mir fallen gleich die Augen aus dem Kopf. Ich habe Baden noch nie nach den Details des Angriffs gefragt. Die Polizei hat Dominik informiert und dieser das Team. Aber ich habe mir noch nie die Frau bildlich vorgestellt, die Baden zu seiner Heldentat veranlasst hat.

„Ich will dich schon eine ganze Weile besuchen", gibt sie leise zu. „Aber ich musste erst den Mut aufbringen."

Baden hat immer noch nichts gesagt und das Ganze ist mir schrecklich unangenehm. Bei diesem Treffen der beiden muss ich wirklich nicht dabei sein. Also erhebe ich mich vom Stuhl und sehe Baden an. „Ich komme nächste Woche wieder, okay?"

Er antwortet nicht und starrt nur die Blonde an.

Höflich nicke ich ihr zu und gehe an ihr vorbei zur Tür. Als ich noch einmal zurückblicke, sehen sich die beiden immer noch schweigend an.

Ich schließe die Tür hinter mir und frage mich mit enormer Neugier, wie dieses Gespräch wohl verlaufen wird.

Kapitel 14

Mollie

„Wie soll das nun ablaufen?", fragt Kane und steuert den Mietwagen, den wir uns am Flughafen genommen haben, vor das Haus meiner Eltern.

Wir sind mit offenen Fenstern gefahren und der salzige Geruch des Meeres hat mich tief berührt. Bei all meinen Reisen hat mich keine Gegend mehr angesprochen als die kalifornische Küste. Ich atme lange aus und habe gar nicht gemerkt, dass ich vorher den köstlichen, salzigen Duft eingesogen hatte. Ich zucke mit den Schultern. „Sei einfach so wie immer."

„Meinst du, wie immer als dein bester Freund? Oder wie immer, seitdem wir zusammen sind?"

Ich hebe die Augenbrauen und grinse. „Ach, du meinst, so wie wir kaum die Finger voneinander lassen können?"

„Ja, wir hatten oft Sex", sagt er mit stolzgeschwellter Brust.

„In der vorigen Woche hatte ich mehr Sex als in den vergangenen zehn Jahren."

Das macht ihn noch stolzer und seine Augen funkeln. „Wirklich? Erzähl mir mehr."

Ich gebe ihm einen Klaps auf den Arm. „Ich werde dein Ego nicht noch mehr aufblähen."

„Dafür bläst du andere meiner Körperteile oft genug auf." Er wackelt mit den Augenbrauen.

Doch dann wird er wieder ernst. „Wir sollten besser von Anfang an wie ein Paar wirken. Dann haben wir diesen Teil schnell hinter uns. Außerdem wird es die beiden sehr glücklich machen, was wiederum den Schock über die Sache mit Matthew abmildert."

„Okay, das klingt nach einem guten Plan", bestätige ich nickend.

Wir steigen aus, und ich warte, bis Kane das Auto umrundet hat und bei mir ankommt. Dann halte ich ihm meine Hand hin. Ein Zeichen unseres Zusammenhalts in unserer neu definierten romantischen Beziehung. Lächelnd nimmt er meine Hand.

Wir gehen den schmalen Weg zur Haustür entlang, kommen aber nur drei Schritte weit, da öffnen meine Eltern bereits die Tür und begrüßen uns mit erfreuten Gesichtern.

Moms Lächeln fällt zuerst zusammen, als sie sieht, wie wir auf sie zukommen. Nicht nur Hand in Hand, sondern auch nah wie eine Einheit. Sie wirkt verdattert, vergisst aber nie ihre Manieren und sieht Kane prüfend an. Ich habe meinen Eltern nicht verraten, dass er mitkommt, denn ich weiß, dass es eine angenehme Überraschung für sie ist.

„Kane!", sagt Mom. „Was für eine schöne Überraschung."

Wir kommen bis an die Stufen der vorderen Veranda, da fragt Dad rundheraus: „Seit wann haltet ihr denn Händchen?"

Wenn Dad so direkt ist, dann ist er das nicht auf taktlose oder aggressive Weise. Als

Wissenschaftler, genauer gesagt Geologe, interessiert er sich stets für das Unerklärliche und will mehr darüber wissen. Also ist sein Ton locker und wissbegierig.

Ich grinse, lasse Kane los und umarme Dads Taille. „Überraschung! Wir sind jetzt zusammen."

Mom legt eine Hand auf ihren Brustkorb. „O Gott!", ruft sie aus und weitet die Augen. „Das ist ja wunderbar. Wie ist es dazu gekommen? Ich will alles genau wissen."

Dad kratzt sich am Kopf und versteht es immer noch nicht so recht. Das ist witzig, denn er ist einer der klügsten Menschen, die ich kenne. Doch mit meinem Liebesleben musste er sich nie beschäftigen, weil ich so selten zu Hause bin. Und ich war noch nie so innig mit jemandem zusammen, dass ich ihn meinen Eltern vorstellen wollte.

„Was meinst du mit *zusammen*?", fragt Dad nach und blickt zwischen Kane und mir hin und her.

Ich wette, dass Kane ihm am liebsten ins Gesicht sagen würde: *„Wir schlafen miteinander, Mitch. Wir haben die Beziehung eine Stufe angehoben."*

Doch Mom tätschelt Dads Rücken. „Sie daten einander jetzt, Liebling."

„Oh", sagt Dad und es geht ihm endlich ein Licht auf. Doch dann sinkt es noch tiefer ein und er wiederholt das *Oh* in gedehnter Form. „Ohhh!"

Kane und ich eilen getrennt die Stufen hoch, um meine Eltern, Mitch und Suzy, zu umarmen. Ich meine Mom, während Kane und Dad sich auf die Schultern klopfen und die Hände reichen. Wir tauschen und Dad quetscht mir fast die Luft aus dem Körper. Kane küsst Mom auf die Wange und sie zieht ihn ebenfalls in eine feste Umarmung.

„Kommt rein, kommt rein", sagt Mom fröhlich und drückt die Fliegenschutztür auf. „Ich habe Appetithäppchen und Sangria bereitstehen. Wir können ein bisschen knabbern, und ihr erzählt uns, wie das mit euch passiert ist. Worüber ich mich natürlich sehr freue. Ich wusste, dass es eines Tages so weit kommen würde."

Wirklich? Also, ich habe nie damit gerechnet. Zwar habe ich darüber nachgedacht, war aber der Meinung, dass Kane und ich einfach viel zu unterschiedliche Leben haben.

Plaudernd geht Mom in die Küche und wir folgen ihr.

Über dem Spülbecken über dem Küchenfenster befindet sich ein Regalbrett, auf dem Mom Töpfe mit frischen Kräutern stehen hat. Sie benutzt diese Kräuter zum Kochen. Simpel, aber es wirkt sehr heimelig.

Dad setzt sich an den Holzküchentisch, an den sechs Personen passen. „Wo ist Samson?", fragt er.

Kane setzt sich neben ihn, und ich helfe Mom, das Essen und den Wein auf den Tisch zu stellen.

„Er ist bei einem meiner Teamkameraden", antwortet Kane. „Jim Steele. Er hat eine dreizehnjährige Tochter, die ständig bettelt, einen Hund haben zu dürfen, da dachte er, Samson wäre ein guter Testlauf."

„Leider ist er gegen Hundehaare allergisch", füge

ich mit einem Lachen hinzu und setze mich Kane gegenüber. Mom sitzt neben ihm und bittet uns darum, uns die Teller zu füllen, die sie uns hinstellt, während Dad uns Sangria einschenkt.

Sie strahlt uns abwechselnd an. „Und jetzt erzählt schon, wie es dazu kam."

„Ach, lass sie doch in Ruhe", sagt Dad.

Mom winkt ab und wendet sich an mich. „Wirklich … was hat euch dazu gebracht, diesen Schritt zu gehen?"

Kane antwortet an meiner Stelle. „Sie hat mich besucht, meine Teamkameraden kennengelernt und einer fragte sie nach einem Date, dem sie zusagte. Das unerwünschte Nebenergebnis davon war, dass ich rasend eifersüchtig wurde …"

Mom schnappt nach Luft. „Hast du ihn verprügelt?"

„Nein, Mom!", sage ich sofort.

Kane lacht und schüttelt den Kopf. „Nein. Ich habe nur deine Tochter geküsst, als sie nach Hause kam. Und wie es aussieht, mag sie meine Küsse."

Mom klatscht in die Hände und kichert erfreut. „Wie romantisch! Ich liebe es! Findest du das nicht auch romantisch, Mitch?"

Dad hat den Mund voll mit Fleischbällchen aus Wurstbrät und Cheddar und knurrt nur zustimmend. Mom schaut so begeistert zwischen uns hin und her, als hätte sie im Lotto gewonnen. Wahrscheinlich plant sie bereits unsere Hochzeit und überlegt, mit wie vielen Enkeln wohl zu rechnen ist.

„Weißt du was?", fragt sie etwas leiser und mit einem kurzen Seitenblick zu Dad. „Dein Vater und ich waren auch gute Freunde, bevor wir ein Liebespaar wurden."

Ich lege die Hände auf meine Ohren. „Igitt!", sage ich entsetzt. „Nein, Mom, nein! Bitte sprich nicht so von dir und Dad. Die inneren Bilder werde ich nie mehr los."

Mom rollt mit den Augen und wendet sich an Kane. „Damit will ich nur sagen, dass die Basis, die ihr jahrelang erschaffen habt, einmalig ist. Die Stärke eurer Verbindung wird euch von Nutzen sein, wenn Mollie auf Reisen ist und Kane zu Auswärtsspielen reist. Eine Fernbeziehung ist schwer, aber ihr zwei habt ein paar Vorteile."

Ich kann nicht verhindern, dass mein Lächeln über Moms Freude für mich und Kane verblasst. Als Mutter bemerkt sie das sofort.

„Was ist denn los?", fragt sie mich.

Ich sehe Kane mir gegenüber an. Für jeden anderen verrät sein Ausdruck wahrscheinlich nicht viel, aber ich sehe in seinen Augen, dass er mich ermutigt, meinen Eltern die Wahrheit zu erzählen.

„Also erstens lege ich eine Pause von dem Reisen ein." So nähere ich mich langsam dem Thema an. „Und bleibe erst einmal bei Kane."

Dad, neugierig wie immer, neigt den Kopf leicht zur Seite. „Denkst du darüber nach, ganz aufzuhören, oder ist es wirklich nur eine Pause?"

Kane und ich tauschen einen Blick aus. Das bemerken meine Eltern natürlich. Dads Frage beantworte ich mit einem unentschlossenen Schulterzucken. Innerhalb einer Nanosekunde wird Mom von einer erfreuten Mutter zu einer besorgten Bärin. Scharfsinnig wie immer lässt sie mich nicht ohne die Wahrheit davonkommen.

„Was ist passiert? Und streite es ja nicht ab. Es steht dir ins Gesicht geschrieben, dass etwas geschehen ist."

Ich drücke ihre Hand in dem armseligen Versuch, sie schon im Voraus zu trösten. „Ja, auf einer meiner Reisen ist etwas passiert."

Ein leiser, gequälter Laut entkommt Mom, wie von einem sterbenden Vögelchen. Ihre größte Sorge war immer, dass ich als Frau leicht das Opfer einer Vergewaltigung werden könnte. Und genau das glaubt sie jetzt.

„Es ist nicht, was du denkst", sage ich schnell, doch das mildert ihre Sorge nicht. „Ich wurde von … nennen wir ihn mal einem verärgerten Ex angegriffen. Aber er ist nicht mal ein Ex. Ich hatte nur meinen Spaß mit ihm, und es gefiel ihm nicht, dass ich Schluss gemacht habe."

Ich erzähle ihnen alles genauer, halte jedoch die schreckliche Information zurück, die Eltern nicht hören wollen. Dass ihr Kind in lebensbedrohlicher Gefahr ist. Ich erzähle, dass Samson mich beschützt hat und dass ich das Bedürfnis hatte, mich irgendwo in Sicherheit zu bringen. Sie fragen mich nicht, weshalb ich das bei Kane tue, anstatt nach Hause zu kommen. Wahrscheinlich freuen sie sich noch immer zu sehr, dass wir jetzt zusammen sind, um das Thema anzuschneiden.

Stellenweise werfen meine Eltern verärgerte Kommentare ein und ich lasse sie ausreden. Kane hört schweigend zu. Mom weint und ich umarme sie.

„Was sagt die Polizei?", fragt Dad.

Darauf antwortet Kane, denn er ist mehr als frustriert über die Polizei: „Die tun gar nichts. Sie konnten Matthew beim ersten Versuch nicht finden, also hocken sie nur auf den Ärschen, mit dem Haftbefehl in der Hand, und warten darauf, dass er zufällig irgendwo auftaucht."

Das bringt Mom noch einmal zum Schimpfen und Dad und Kane fluchen auf die Polizei. Meiner Meinung nach tut diese jedoch, was sie kann.

„Glaubst du, dass er sich noch einmal an dich heranmachen will?", fragt Mom. „Denn dann wärst du bei uns sicherer, bis das alles vorbei ist."

Erneut nehme ich Moms Hand und sehe Dad ernst an. „Ich weiß, dass ihr euch Sorgen macht, aber ich würde gern bei Kane bleiben. Wir fangen etwas Schönes an, und da will ich einfach bei ihm sein. Außerdem will ich euch nicht auch noch in Gefahr bringen."

„Scheiß drauf", sagt Dad und benutzt untypischerweise das schlimme Wort. „Ich kann dich beschützen."

„Sei mir nicht böse, aber du bist Geologe und Pazifist. Und du besitzt nicht einmal eine Waffe."

„Zur Not bewaffne ich mich", knurrt er.

Kane mischt sich ein, um meine Eltern zu

beruhigen.

Er ist einverstanden gewesen, ihnen nicht zu erzählen, dass ich Matthew eventuell gesehen habe. Das ist auch gut so, sonst würden sie mich wahrscheinlich an mein Bett binden, um mich vom Gehen abzuhalten.

„Eine ganze Gruppe Freundinnen passt auf Mollie auf", erklärt er. „Es wird immer jemand bei ihr sein. Und sie hat Samson und eine Waffe. Außerdem hoffe ich, dass sie mich auf alle Auswärtsspiele begleiten wird. Vielleicht wird das sogar ihre Reiselust befriedigen."

Das überrascht mich. „Darf ich das denn?"

„Natürlich. Nur nicht im Teamflieger, aber ich fliege erste Klasse mit dir zu jedem Spiel, das du sehen willst. Wir können auch mal länger bleiben und uns die Gegend ansehen. Jims Tochter Lucy nimmt Samson gern. Du kannst schon am Dienstag mit nach Denver fliegen."

„Oder vielleicht", schlägt Mom vor und bekommt effektvoll feuchte Augen, „kannst du auch jetzt ein paar Tage hierbleiben und deine Eltern ein bisschen länger besuchen. Es ist ewig her, seit du hier warst."

Ich sehe Kane an und er nickt kurz. Ich sollte meinen Eltern diesen Gefallen tun. „Okay", sage ich lächelnd. „Dann bleibe ich bis Mittwoch hier, bevor es wieder nach Phoenix geht."

Das freut Mom so sehr, dass sie mich umarmt und fast erdrückt. Dennoch lächele ich, denn ich liebe meine Eltern sehr. Sie sind es wert, sie glücklich zu machen, indem ich noch ein paar Tage bleibe.

***

Kane bewegt sich langsam in mir, doch nicht, weil er befürchtet, das Bett könnte quietschen. Nein, wir haben uns auf den Boden begeben, um keine Geräusche zu machen. Und er hat eine Hand auf meinen Mund gelegt, denn ich tendiere dazu, laut zu werden, wenn er mir eine solche Lust schenkt.

Wir baden im Mondlicht, und auf der Bettdecke auf dem Teppich befinde ich mich in einem Kokon aus Liebe und Sex, den ich nie mehr verlassen möchte.

Aber es fühlt sich so gut an, dass es jetzt zum Ende kommen muss. Kane stößt noch einmal fester zu. Seine Hand auf meinem Mund dämpft die Laute während des Orgasmus, der mich erschüttert. Kane grinst. Er liebt es, mich so in der Gewalt zu haben, und erhöht sein Tempo. Kurz danach, während ich noch die Wellen meines Höhepunktes spüre, explodiert er in mir und schafft es, sein Stöhnen zurückzuhalten.

Er stützt sich über mir ab, während wir keuchen und zu Atem kommen. Erst jetzt nimmt er die Hand von meinem Mund.

„Das war so schön", flüstere ich.

„Ich habe doch gesagt, dass Sex in deinem Zimmer super wird." Er grinst erneut.

„Mit dir ist Sex überall super." Tief in mir weiß

ich, dass dem nur so ist, weil wir vorher schon so lange verbunden waren.

Kanes Blick wird sanft. „Obwohl du mir fehlen wirst, freue ich mich, dass du noch bei deinen Eltern bleibst. Sie brauchen die Zeit mit dir, um zu sehen, dass es dir wirklich gut geht. Besonders, weil wir morgen fast den ganzen Tag bei meinen Eltern sind."

Wir haben beschlossen, seine Eltern auch gleich zu besuchen und ihnen die guten Neuigkeiten ebenfalls persönlich zu überbringen. Sie werden genauso begeistert sein wie meine.

„Danke für dein Verständnis." Ich streiche ihm eine Locke aus der Stirn. „Aber ich bin traurig, dein erstes Spiel zu verpassen."

„Es kommen noch jede Menge Spiele, die du dir ansehen kannst", versichert er mir. „Ich habe schon eine Dauerkarte für die Familienloge für dich."

Kane dreht sich auf die Seite und zieht mich mit. Er zieht eine Ecke der Decke über unsere feuchte Haut, denn langsam wird es kühl, und dann legt er einen Arm um mich.

Der Sex ist immer explosiv, aber das Kuscheln danach ist das Schönste daran. Auch wenn es irgendwie mädchenhaft erscheint, liebe ich es doch, mit Kane zu kuscheln. Ich bin mehr als froh, dass er nichts dagegen hat. Dabei führen wir meistens die tiefgründigsten Gespräche.

„Ich möchte dir etwas sagen." Bei seinem ernsten Ton spanne ich mich automatisch an. Ich nehme den Kopf leicht zurück, um Kane ansehen zu können. „Es ist klar, dass es da draußen gefährlich ist, dass wir eine wunderbare Beziehung haben und dass wir gern immer zusammen sein wollen. Aber mir ist auch klar, was du am liebsten machst. Reisen und bloggen. Du sollst wissen, dass ich voll hinter dir stehe, wenn du wieder reisen willst. Ich will nicht, dass du dich verbiegen musst, um bei mir zu sein."

Ich liebe Kane.

Schon seit Jahren, während der besten Freundschaft, die man sich nur wünschen kann. Doch in diesem Moment verliebe ich mich unsterblich in ihn und weiß, dass es kein Zurück mehr gibt.

Ich gebe ihm einen zärtlichen Kuss. „Danke, dass du das gesagt hast. Ich weiß wirklich nicht mehr, was ich will. Und momentan habe ich keine Absichten, in naher Zukunft etwas anderes zu tun, als bei dir zu sein. Aber ich danke dir, dass du immer nur das Beste für mich willst."

„Bei mir wirst du immer an erster Stelle stehen. Immer."

Kapitel 15

Kane

Das Hochgefühl, das erste Spiel der Vorsaison gewonnen zu haben, hält bei der Ankunft im Hotel in Denver noch an. Die Stimmung im Bus ist fantastisch. Als wir aussteigen, gehen die Jungs in kleinen Gruppen durch die Straßen und suchen nach Bier und Unterhaltung. Das Teamflugzeug geht erst morgen früh wieder zurück nach Phoenix.

Ich gehe ins Hotel und Jim folgt mir. Über die Schulter sehe ich ihn an. „Gehst du nicht mit auf ein Bier?"

„Nein." Er lacht leise. „Ich bin zu alt, um mit den jungen Leuten abzuhängen."

„Zu alt, von wegen", sage ich lachend. „Du hast heute alle auf dem Eis in Schach gehalten."

Jim mag einer der älteren Spieler sein, wobei dreiunddreißig alles andere als alt ist, aber er ist wahrscheinlich in besserer Form als neunzig Prozent des Teams. Er arbeitet unfassbar hart.

Denver konnten wir 6:1 besiegen. Ich habe zu einem Tor beigetragen und bin mit meiner Leistung zufrieden. In der Vorsaison geht es vor allem darum, die Schwachstellen herauszuarbeiten. Unsere Lines fügen sich zusammen und verschmelzen in der Hitze der Schlacht umso mehr.

Ich muss sagen, dass Riggs besonders gut gespielt hat. Obwohl er privat ein mürrischer

Einzelgänger ist, hatte er ein Tor und einen Assist. Unsere Second Line funktioniert hervorragend.

„Und wieso gehst du keinen trinken?", fragt Jim, als wir am Aufzug stehen. Er ist mein Zimmergenosse. Als sich die Tür öffnet, geht er hinein, und als sie sich schließt, grinst er mich an. „Ach, warte mal. Ich weiß. Du stehst dem Markt jetzt nicht mehr zur Verfügung und machst keinen mehr drauf."

Ich verdrehe die Augen und drücke auf den Knopf für den dritten Stock. „Nur weil Mollie und ich jetzt in einer Beziehung sind, heißt das nicht, dass ich nie wieder mit den Kumpels weggehe."

Zumindest hoffe ich das. Wir haben nie darüber gesprochen, doch ich bin ziemlich sicher, dass Mollie sagen würde, ich soll einen trinken gehen, wenn mir danach ist.

Die Wahrheit ist aber, dass ich heute keine Lust dazu habe. Nach dem Spiel bin ich müde. Ich möchte mich nur ausruhen und vielleicht ein Bier aus der Minibar nehmen, Mollie anrufen und bei einem Film vor dem Fernseher einschlafen. Glücklicherweise ist Jim ein ruhiger, gelassener Typ und ein super Zimmergenosse. Er wird nichts anderes tun wollen, abgesehen davon, dass er seine Frau nicht anrufen wird.

Wir gehen nacheinander ins Bad und der abendlichen Routine nach. Geduscht haben wir schon im Stadion, aber es geht noch ums Zähneputzen und Umziehen. Jim und ich waren schon in der letzten Saison Zimmergenossen und haben kein Problem damit, in Unterhosen herumzulaufen. Außerdem haben wir uns alle schon in der Kabine gegenseitig nackt gesehen.

Während Jim noch im Bad ist, lege ich mich mit einem Bier in der Hand aufs Bett und schreibe Mollie eine Nachricht. Bei den Eltern zu Hause in Kalifornien ist es schon fast dreiundzwanzig Uhr, sodass Mollie vielleicht schon schläft.

Aber sie schreibt sofort zurück.

> Mollie: *Ich beende gerade eine lebhafte Runde Scrabble mit Dad. Ich rufe dich an, wenn wir fertig sind. Du hast übrigens super gespielt!*

Lächelnd antworte ich.

> Ich: *Kein Stress. Sollte ich nicht rangehen, heißt das, ich bin eingeschlafen oder Jim schläft und ich will ihn nicht wecken. So ist das Leben auf Reisen.*

> Mollie: *Ich erfahre jeden Tag etwas Neues von dir.*

Ich lege das Handy neben mich und trinke einen Schluck Bier. Auch wenn wir sehr viel voneinander wissen, gibt es immer noch eine Menge zu entdecken. Dies ist ein gutes Beispiel. Liebend gern würde ich mit Mollie telefonieren, aber sollte Jim vor ihrem Anruf einschlafen, wird es beim schriftlichen Austausch bleiben. Und sollte ich einschlafen, muss genügen, dass ich Mollie morgen wiedersehe. Als meine feste Freundin sind das die Dinge, die sie lernen muss, wenn sie mit einem Profispieler zusammen ist.

Nicht, dass Mollie sich darüber aufregen würde. Sie ist zu ausgeglichen, um sich an so etwas hochzuziehen. Genau wie ich ihr nicht übel nehme, dass sie jetzt nicht mit mir reden kann, weil die beiden Bücherwürmer unbedingt ein Brettspiel spielen müssen.

Darüber muss ich lachen.

„Was ist so witzig?", fragt Jim, der soeben aus dem Bad kommt. Er öffnet den Kühlschrank, schaut eine Weile hinein und nimmt sich ein Bier.

„Mollie spielt mit ihrem Vater Scrabble und will mich deswegen später anrufen. Das erinnert mich daran, wie Clarke und Aaron sich kennenlernten. Als Clarke ihn das erste Mal in ihr Haus bat, schlug sie ihm vor, Scrabble zu spielen. Er dachte natürlich, das wäre das Codewort für Sex, aber sie wollte tatsächlich nur Scrabble spielen."

Jim lacht. „Das kann man aus verschiedenen Gründen spielen. Lucy und ich spielen es manchmal. Das heißt, wenn sie gerade mit mir redet."

„Das ist sicher sehr schwer für dich", sage ich mitfühlend.

Jim zuckt mit den Schultern. „Wahrscheinlich ist es normal, wenn eine Dreizehnjährige nicht versteht, warum ihre Eltern nicht mehr zusammen sind. Irgendwen muss sie ja dafür verantwortlich machen."

Ohne zu tief bohren zu wollen, frage ich zögerlich nach. „Hetzt Ella sie gegen dich auf?"

Er schüttelt den Kopf und wirkt verständnisvoll Ella gegenüber. „Nein, ganz im Gegenteil. Ständig schimpft sie über Lucys Verhalten mir gegenüber und bittet sie, mich mit Liebe und Respekt zu behandeln, so wie sie es ja auch mit Ella macht."

„Wo liegt dann deiner Meinung nach das Problem?"

Jim trinkt von seinem Bier und sieht zu mir herüber. „Das Problem ist, dass Lucy ein intelligentes Kind ist. Sie weiß genau, dass ich an der Trennung schuld bin."

Überrascht blinzele ich. Bisher hat Jim nie über die Gründe gesprochen, warum er und Ella nicht mehr zusammen sind. Ich dachte mir, dass vielleicht das Leben mit einem Partner, der so oft unterwegs ist, zu schwer geworden ist, aber das ist natürlich nur das, was man oberflächlich sehen kann. Jetzt verstehe ich, dass da noch viel mehr sein muss. Damit ich nicht in dieselbe Art Falle tappe, frage ich neugierig weiter. „Darf ich fragen, was du getan hast?"

Jim lacht freudlos auf. „Es liegt eher daran, was ich nicht getan habe."

„Und was hast du nicht getan?"

„Ich habe meiner Frau keine Aufmerksamkeit mehr geschenkt. Ich war zu sehr damit beschäftigt, ein Profi-Eishockeyspieler zu sein. Ich liebte den Ruhm und das Bekanntsein. Ella verstand, was ich tat, wenn ich auswärts spielte, aber dass ich auch zu Hause öfter mit meinen Teamkameraden abhing, als bei der Familie zu sein, konnte sie mir nicht verzeihen. Und das bisschen Zeit, das ich dann noch hatte, widmete ich Lucy. Ich war dumm und nahm an, dass Ella immer da sein wird, egal was passiert. Immerhin wusste sie, wie es ist, mit einem Profisportler zusammen zu sein."

Ich pfeife leise und kann kaum glauben, dass Jim es so weit kommen ließ. Ich kenne ihn nur als aufrechten Kerl. Dass er die Schuld für das Scheitern seiner Ehe auf sich nimmt, spricht auch für seine Rechtschaffenheit. Allerdings kenne ich ihn erst, seit er getrennt lebt, und weiß nicht, was für ein Mensch er vorher war.

„War Fremdgehen im Spiel?", frage ich. Das kann im Profisport ein Problem werden, denn die weiblichen Fans werfen sich uns buchstäblich zu Füßen. Ihnen ist egal, ob wir verheiratet sind oder nicht. Und vielen der verheirateten Spielern ist es auch egal. Zweifellos werde ich nie zu der Sorte gehören. Mollie ist mir genug Frau.

Wieder schüttelt Jim den Kopf. „Auf keinen Fall. Ironischerweise hatte mein Sexleben mit Ella nicht gelitten. Im Bett waren wir schon immer explosiv. Mein Fehler war, zu glauben, dass ihr das genügt. Ich rate dir, nie diesen Fehler zu machen. Mach Mollie zu deiner Priorität und stell sie sogar über das Eishockey. Ich habe diese Lektion leider zu spät gelernt."

Die Melancholie in seiner Stimme berührt mich.

„Gibt es denn keine Möglichkeit mehr, deine Ehe zu retten?"

Jim zuckt mit den Schultern. „Vielleicht. Ich weiß es nicht. Mann, du hast sie in dem Restaurant gesehen. Sie hatte ganz offensichtlich ein Date. Sie haben sogar Händchen gehalten, verdammt noch mal."

„Das bedeutet gar nichts. Hol sie dir zurück."

Überrascht blinzelt er. „Was? Du meinst, ich soll um sie kämpfen?"

„Na ja, klar doch. Aber erst musst du wissen, gegen wen du antrittst. Ich würde den Kerl erst mal überprüfen. Finde heraus, wie ernst die Sache ist. Weiß Lucy davon?"

„Selbst wenn, würde sie mir nichts sagen. Ihre Loyalität liegt ganz bei ihrer Mutter."

„Dann musst du selbst etwas Aufklärungsarbeit betreiben", schlage ich grinsend vor. „Ich helfe dir gern dabei."

„Indem wir ihr folgen oder so etwas?"

Ich zucke mit den Schultern. „Oder so etwas, ja. Finden wir mehr über den Typen heraus, mit dem sie ausgeht, und was er für sie tut, was du nicht getan hast, und denken wir dann darüber nach, wie du das hinkriegen kannst."

„Mit Sicherheit kümmert er sich besser um sie, schenkt ihr mehr Aufmerksamkeit", knurrt Jim.

„Hör zu, Mann … Wenn du deine Ehe retten willst, bewege deinen Arsch. Du hast gesagt, ihr zwei seid gut in der Kiste. Vielleicht brauchst du nur wieder Verstand in sie zu vögeln. Plus schöne romantische Dinner. Ich habe gehört, Gedichte kommen gut an. Komplimente. Pralinen."

Jim lacht. „Okay, okay, schon kapiert. Wenn ich das schaffen will, dann muss ich aufhören zu jammern, dass sie weitergezogen ist, und mich wieder in ihren Radius begeben."

„Vielleicht kannst du sogar Lucy als Hilfe einstellen", schlage ich vor. „Du hast schon Bonuspunkte bei ihr, weil sie auf Samson aufpassen darf. Und sie will, dass ihr zwei wieder zusammenkommt. Also schließe sie in den Plan mit ein."

Jim kratzt sich am Kinn. „Das ist echt eine gute Idee."

„Siehst du. Wenn du ihr einen Köter schenkst, hast du sie in der Tasche."

„Verdammt", knurrt Jim und trinkt sein Bier aus. „Das wird Schwerstarbeit."

„Ich stehe hinter dir", verspreche ich ihm.

„Apropos", sagt Jim in einem Ton, der einen Themawechsel ankündigt. „Wie weit ist die Sache mit Mollies Stalker?"

„Keine Ahnung. Die Polizei steckt in einer Sackgasse. Er könnte überall sein und sie können schlecht die ganze Welt nach ihm absuchen. Er ist in einer Datenbank registriert, und falls er irgendwo kontrolliert wird, wird er verhaftet. Mehr können wir nicht tun, außer warten, dass er auftaucht."

„Du könntest ihn selbst aufspüren", schlägt Jim vor.

Ich zucke zusammen und sehe ihn an. „Wie

meinst du das?"

Jim runzelt die Stirn, als könnte er nicht fassen, dass ich so blind bin, obwohl ich ihm gerade einen Rat gab, wie er seine Ehe retten könnte. „Spür den Dreckskerl auf. Du hast genug Geld dafür zur Verfügung. Beauftrage den besten Privatdetektiv, den du finden kannst. Oder noch besser diese Sicherheitsfirma in Pittsburgh, die Willow kennt. Sie war mit denen in Syrien. Die können dir ganz bestimmt weiterhelfen."

Jetzt begreife ich und ein Gefühl der Hoffnung macht sich in mir breit.

Verdammt, ja!

Ich habe tatsächlich die Möglichkeit, den Mistkerl zu finden. Zumindest habe ich das Geld, die richtigen Leute für den Job anzuheuern.

Ich grinse Jim an. „Du bist ein Genie. Nicht, wenn es um deine Ehe geht, aber beim Schnappen von Mollies Stalker."

„Und du hast keine Ahnung, wie man einen Stalker findet, aber du hast gute Ideen in Sachen Romantik, die mir umsetzbar erscheinen."

„Dann sind wir ein gutes Team", sage ich und stoße mit meiner Faust gegen seine.

Jim schaltet den Fernseher ein und ist kurz darauf eingeschlafen.

Als Mollie anruft, informiere ich sie per Textnachricht, dass Jim schläft.

Wir schreiben etwa eine Stunde hin und her, bis ich kaum noch die Augen offen halten kann. Mollie findet es schön bei ihren Eltern, aber sie freut sich auf morgen, weil sie dann wieder bei mir sein kann. Jims Idee, Matthew aufzuspüren, erwähne ich nicht. Ich werde das heimlich starten, denn ich will vermeiden, dass sie sich ärgert, wenn ich mich einmische, oder dass sie sich Sorgen um mich machen muss. Sollte er gefunden werden, sage ich es ihr, und dann können wir gemeinsam entscheiden, wie es weitergehen soll. Ich werde mich mit Willow in Verbindung setzen und sie nach der Sicherheitsfirma fragen, mit der sie zusammengearbeitet hat.

Wir beenden unseren Chat mit dem üblichen „Du fehlst mir". Ich frage mich, warum wir nicht die Worte „Ich liebe dich" benutzen.

Ich weiß, dass wir uns lieben. Schon bevor wir intim wurden. Zwar kann ich nicht für Mollie sprechen, aber meine eigenen Gefühle sind viel intensiver geworden. Dennoch haben wir es nie mit den deutlichen Worten ausgesprochen. Vielleicht gehen wir es immer noch langsam an, um sicher zu sein, dass es auch hält. Vielleicht befürchten wir, wenn wir es aussprechen, beschreien wir die Sache nur.

Oder es muss einfach zur passenden Zeit ausgesprochen werden. Jedenfalls schlafe ich mit meinen Gedanken an Mollie ein und träume von ihr.

Kapitel 16

Mollie

Kane besitzt einen wunderbaren begehbaren Schrank, was für eine Eigentumswohnung beeindruckend ist. Ich öffne die Tür und betrachte mich in dem langen Spiegel an der Innenseite.

Entweder bin ich das Erotischste oder das Albernste, was ich je gesehen habe.

Aber eigentlich ist es mir egal.

Falls er mich sexy findet, werde ich wundervollen Begrüßungssex bekommen. Falls er mich albern findet, werden wir beide lachen und ich bekomme trotzdem fantastischen Sex.

Ich vertraue Kane und unserer Verbindung so sehr, dass es mir egal ist, ob er mein Outfit lachhaft findet. Selbst wenn wir lachen werden, würde er es nie auf erniedrigende Weise tun.

Ich werfe einen Blick auf die Uhr auf dem Nachttisch. Als er aus dem Flugzeug gestiegen ist, hat er mir sofort geschrieben, dass er ungefähr um 22.00 Uhr zu Hause sein wird. Jetzt ist es kurz nach zehn und er wird jeden Moment da sein.

Ich habe heute früh den ersten Flug von San Diego nach Phoenix genommen, damit ich ihn nach dem ersten Auswärtsspiel zu Hause empfangen kann. Die Idee, wie ich ihn empfangen will, kam mir bei meinen Eltern. Ich benutzte Moms Nähsachen. Sie wollte wissen, wofür ich so viele

Bänder brauche. Ich tischte ihr eine lahme Ausrede auf, dass ich ein Sammelalbum anfangen will. Was nicht einmal eine krasse Lüge war. Schon immer wollte ich meine schönsten Fotos ausdrucken und in ein Buch kleben.

Nur eben nicht heute.

Stattdessen drapiere ich mich quer auf Kanes Bett und richte ein Knie auf. Den Kopf stütze ich auf der Hand ab. Eine simple Position, die dennoch sexy ist.

Leider stirbt mir langsam die Hand ab bei dem Winkel und anscheinend wiegt mein Kopf Tonnen. Ich lasse den Arm aufs Bett sinken und lege den Kopf darauf ab. Sexy Positionen sind anstrengend. Wer hätte das gedacht?

Ich höre den Schlüssel in der Wohnungstür. Kane kommt und in meinem Bauch tanzen Schmetterlinge. Er bekommt es nicht mit dem aufgeregten Samson zu tun, denn der bleibt bis morgen Nachmittag bei Lucy. Ihre Mutter hat dies großzügig erlaubt, weil Jim mit Kane unterwegs war.

„Mollie?"

Schnell begebe ich mich wieder in die Ausgangsposition und werfe noch einen Blick in den langen Spiegel, ob auch nichts verrutscht ist. „Im Schlafzimmer!"

Geräusche aus dem Wohnzimmer verraten, dass Kane seine Reisetasche dort fallen gelassen hat. Kurz darauf steht er im Türrahmen und betrachtet, was da auf seinem Bett liegt. Unglaublich langsam scannt er meinen Körper, angefangen bei den

Füßen, bis nach oben und wieder zurück. Kein Lächeln zeigt, dass ihm gefällt, was er sieht, aber an der Hitze in seinen Augen und der Wölbung in seiner Hose erkenne ich, dass er es anregend findet.

Demnach gefällt ihm sehr wohl, was er sieht.

„Wie komme ich zu der Ehre?", fragt er rau und blickt erneut an mir entlang.

„Nun", sage ich mit einer theatralischen Geste über meine Figur hinweg, „du hast dein erstes Spiel gewonnen. Ich finde, dafür hast du ein Geschenk verdient, also … hier ist es."

Ich brauche nicht in den Spiegel zu schauen, um zu wissen, was Kane sieht. Seine Frau in acht Zentimeter breiten Seidenbändern, die um ihren Körper geschlungen sind und viel verbergen, jedoch genug sehen lassen, dass es insgesamt erotisch wirkt. Am linken Fußknöchel anfangend habe ich das hellrote Band zur Hüfte hoch gewickelt, um die Taille und zwischen den Beinen durch, um den Schritt zu bedecken. Dann den Hintern hoch, noch einmal um die Hüften, um den Bauch und dreimal um die Brüste. Es endet mit einer Schleife in der Mitte der Brust.

„Magst du mich auswickeln?"

„Verdammt, ja", knurrt er und zieht sich schnell aus. Er trägt einen Anzug, denn das ist der Dresscode für das Team außerhalb der Stadien, und die Einzelteile fliegen durch die Gegend. Seinem konzentrierten Ausdruck entnehme ich, dass er mich höchstwahrscheinlich nicht lächerlich findet.

„Weißt du", sage ich, als er die Boxershorts auszieht und sein Schwanz kurz wippt, „das ist das erste Mal, dass ich versuche, einen Mann zu verführen."

„Also ich finde, du machst das fantastisch", murmelt er, kickt seine Unterhose fort und kommt auf mich zu.

Ich drehe mich auf den Rücken und Kane kriecht über mich und setzt sich locker auf meinen Schoß. Das bringt seine Erektion direkt in meine Reichweite. Ohne zu zögern, lege ich eine Hand um seinen Schaft und pumpe ihn langsam. Kane stöhnt, schließt die Augen und genießt das Gefühl. Ein Lusttropfen kommt aus seiner Spitze, den ich mit dem Daumen auffange. Kane öffnet die Augen und sieht auf mich herab.

„Wo soll ich anfangen, dich auszuwickeln?", fragt er und nimmt meine Hand von seinem Schaft fort.

Ich deute auf die Schleife auf der Brust. „Daran ziehen und dann einfach abwickeln."

„Nein, nein", sagt er lächelnd und schüttelt den Kopf. „Ich werde dich ganz langsam auspacken. Und jedes Stück Haut küssen, das ich freilege."

Hitze pulsiert durch mich hindurch und hauptsächlich zwischen meinen Beinen. „Wenn du unbedingt willst."

Kane rutscht ein Stück nach hinten auf meine Schenkel, ohne mich mit seinem Gewicht zu belasten. Andächtig löst er die Schleife und zieht daran. Er runzelt die Stirn, als er merkt, dass das Band abgewickelt werden muss, sodass es nicht funktioniert, wenn er auf mir sitzt. Er kniet sich neben mich und stößt mich sanft an, was einem Befehl zum Wenden gleichkommt. Ich drehe mich auf den Bauch und das Band lockert sich. Ich will weiter Richtung Mitte des Bettes rollen, doch er hält mich mit einer Hand an meinem Rücken auf.

„Langsam."

Ich spüre seine Lippen an einem Schulterblatt, auf der Wirbelsäule, dann am anderen Schulterblatt. Er hinterlässt eine kribbelnde Spur dort, wo das Band gewesen ist.

Noch zweimal rollt er mich, zieht mich in die Mitte zurück, damit ich nicht aus dem Bett falle, doch das alles sehr langsam. Seine Küsse auf meiner Haut sind wie gewisperte Versprechen. Und obwohl es sich nur um zarte Berührungen handelt, erregen sie mich enorm.

Schließlich liege ich auf dem Rücken und Kane entfernt das letzte Stück Band von meiner Brust. Er löst es auf der einen Seite, küsst zärtlich meine Rundung und setzt die Zunge an meinem Nippel ein. Ich bäume mich auf und greife in seine Haare. Ich könnte Kane den ganzen Tag an meine Nippel lassen, so schön fühlt es sich an. Sicherlich könnte er mich so sogar zum Kommen bringen, wenn ich ihn gewähren lassen würde. Kane geht zur anderen Brust über. Diesmal setzt er auch die Zähne ein.

„Ja!", rufe ich aus, um ihn anzuspornen, mir dort noch mehr Aufmerksamkeit zu gönnen.

Mein Becken beginnt automatisch zu kreisen, obwohl Kane noch nichts weiter getan hat als meinen Rücken und meine Brüste zu küssen. Ich öffne die Augen – mir ist nicht aufgefallen, dass ich sie irgendwann geschlossen hatte – und stelle fest, dass sich Kanes Schwanz wegen seiner knienden Position in Reichweite befindet. Ich umfasse ihn, während Kane fest an meinem Nippel saugt und ihn recht unsanft zwickt. In unserer kurzen Zeit als Lover habe ich schnell erkannt, dass er es manchmal mag, etwas grober vorzugehen.

Stöhnend saugt er noch einmal an meinem Nippel und entlässt ihn dann aus seinem Mund. Mit fiebrigem, lustverschleierten Blick sieht er mich an. „Zeit, dich noch einmal umzudrehen", sagt er mit dunkler Stimme.

Leider muss ich dafür seinen Schwanz loslassen und tröste mich damit, dass ich gleich wieder danach greifen kann. Doch als Kane mich auf den Bauch dreht, schlängelt sich das Band noch zwischen meinen Pobacken hindurch. Ich halte still, als Kane es dort wegschiebt und seine Küsse hinterlässt.

Plötzlich beißt er zu. Ich fühle einen scharfen Schmerz, den Kane mit der Zunge sofort wieder beruhigt. Ich spreize die Beine, damit er besser an das Band herankommt, aber er kann es nicht entfernen, wenn ich auf dem Bauch liege. Kane schiebt meine Beine auseinander. Ehe ich mich versehe, hebt er mich auf alle viere. Das sanfte Gleiten des Bandes verursacht Gänsehaut, als

Kane es von meiner Pussy zieht. Bestimmt sieht man an dem Satin den Beweis meines Verlangens. Ich warte darauf, dass Kane die Stellen küsst, an denen das Band war. Gott, er ist einfach der Beste im Oralsex. Mit dieser Zunge kann er mich innerhalb von Sekunden zum Kommen bringen. Doch überraschenderweise spüre ich nicht seinen Mund an mir, sondern sein Schwanz reibt an meinem feuchten Eingang. Und dann stößt Kane tief in mich.

„Sorry", sagt er noch, bevor er hinten anstößt. Er dringt in mich und stöhnt. „Ich kann einfach nicht mehr warten."

Ich lache und schaue über meine Schulter nach hinten. Sein Blick trifft auf meinen und es liegt gar keine Entschuldigung darin. Stattdessen erkenne ich den festen Entschluss, uns beide zum Höhepunkt zu bringen.

„Festhalten, Nudel. Ich nehme dich hart ran."

Mit dem Band um meine Taille, das sich unter mir zusammengerollt hat und immer noch um einen meiner Schenkel hängt, fickt Kane mich von hinten wie noch nie. Er stößt zu und kreist mit den Hüften, sodass ich jeden wunderbaren Zentimeter von ihm in mir spüre. Schnell beginne ich zu erzittern und es verlangt mich nach dem Orgasmus.

Immer schneller rammt er sich in mich. Ich komme ihm bei jedem Stoß mit dem Becken entgegen. Wir klatschen laut aneinander. Ich kann meine wimmernden Laute nicht kontrollieren und Kane stößt keuchend Flüche aus.

Ich explodiere.

Kane folgt mir und rammt mich so fest, dass ich flach aufs Bett sacke. Wieder und wieder stößt er in mich, melkt sich die letzten Tropfen heraus, während ich nichts weiter tun kann, als von der Wucht des Höhepunkts zu erbeben.

„Himmel, das war gut", murmelt Kane und rollt sich neben mich. Sein Schwanz gleitet aus mir heraus, und ich schaffe es, Kane den Kopf zuzuwenden. Für mehr habe ich keine Kraft. „Gib mir fünf Minuten, Mollie. Dann wickele ich dich ganz aus. Und dabei werde ich mir viel Zeit zwischen deinen Beinen lassen."

Soeben erlebte ich die Mutter aller Orgasmen, doch bei dem Versprechen, oral vernascht zu werden, kribbelt es schon wieder ... Wie zum Geier ...?

Verdammt, ich liebe diesen Mann. Allein seine Worte befähigen meinen Körper, Dinge zu tun, die ich nicht für möglich gehalten hätte.

Lange schweigen wir. Es ist die Art Schweigen, die zwischen Liebenden bestehen kann, ohne dass man sich gezwungen fühlt, etwas sagen zu müssen.

Als meine Muskeln wieder Energie haben, kuschele ich mich an Kane und lege das Kinn auf seine Brust.

Er grinst mich an. „Ich glaube, du hast mich kaputtgemacht."

„Dito", antworte ich und streichele mit einem Finger sein Schlüsselbein. „Was hast du heute noch so vor?"

„Ich würde gern trainieren." Er lacht auf. „Nicht, dass das eben kein Training gewesen wäre, aber ich will noch ein paar Gewichte heben. Magst du mitkommen?"

Ich rümpfe die Nase. „Du weißt, wie sehr ich Fitnesstraining hasse. Dann bleibe ich einfach zu Hause und gehe vielleicht mit Samson spazieren."

Kane dreht sich leicht, damit er mich besser ansehen kann. „Da heute kein Spiel ist, dachte ich, dass wir heute Abend vielleicht …"

„Was denn?"

„Wir hatten nie ein offizielles Date. Wir haben alles Mögliche getan, aber es ist schon fast lächerlich, dass wir nie ein erstes Date hatten. Was hältst du von einem schönen Dinner, für das wir uns schick machen?"

„Aber ich habe gar nichts Schickes zum Anziehen." Innerlich wird mir ganz warm ums Herz bei der romantischen Idee.

„Dann schlage ich vor, du gehst mit einer deiner neuen Freundinnen shoppen. Ich glaube, du hast die Wahl zwischen sieben."

„Sechs. Willow ist in Los Angeles."

Aber es stimmt. Ich werde mit den Frauen chatten und sehen, ob eine von ihnen Zeit hat, mir dabei zu helfen, ein geschmackvolles sexy Kleid für mein erstes Date mit Kane zu finden.

Kapitel 17

Kane

Da wir die alte Tradition nicht einhalten können, dass ich Mollie zu Hause zum ersten Date abhole, haben wir ausgemacht, uns getrennt fertig zu machen und uns vorher nicht zu sehen. Mollie ist mit Regan ein Kleid kaufen gegangen. Zwar hat sie es mir nicht gezeigt, aber sie hat versprochen, dass es mir gefallen wird.

Ich wähle meinen besten Anzug aus. Ein maßgeschneiderter im französischen Stil mit grauem Fischgrätenmuster. Das Jackett hat drei Knöpfe. Dazu ein hellblaues Hemd und eine Krawatte, die etwas dunkler ist als das Hemd und ein noch dunkleres Muster hat. Sieht aus wie Amöben, aber der Verkäufer nannte es, glaube ich, Paisley. Jedenfalls passt alles gut zusammen.

Nach etwas Schaumfestiger, um die Haare nach hinten zu zwingen, und einem Spritzer *Clive Christian 1872* bin ich so gut wie fertig.

Ich hole eine Tüte aus dem Schrank, die ich nach dem Work-out dort versteckt habe. Darin befindet sich ein Blumenstrauß, der inzwischen etwas gelitten hat, doch ich konnte ihn schlecht in den Kühlschrank stellen, wie der Florist empfohlen hat. Mollie hätte ihn sofort entdeckt, und auch die Schachtel Pralinen.

Das Ganze ist total lahm, klischeehaft und

altmodisch, aber was soll's. Ich habe noch nie einer Frau Blumen oder Pralinen geschenkt. Schlimmstenfalls kann mir passieren, dass sich Mollie über die schmalzige Romantik kaputtlacht. Und das täte mir nicht weh. Dann werde ich mitlachen, aber schöne Blumen und Pralinen wird sie so oder so bekommen.

Die Uhr auf dem Nachttisch zeigt halb sieben an. Mollie sollte im Gästezimmer bleiben, bis ich sie abhole, und jetzt ist es so weit.

Als ich anklopfe, verspüre ich den Drang, nervös an meiner engen Krawatte zu zerren. Aber das geht nicht, weil ich die Hände voll mit den Blumen und den Pralinen habe.

Mollie öffnet die Tür und bei ihrem Anblick bleibt mir fast die Luft weg. Früher, auf dem College, habe ich sie schon bei formellen Events schick angezogen gesehen, aber heute sehe ich sie anders. Mit den Augen eines Lovers sieht die Sache völlig anders aus als mit denen eines besten Freundes. Ich finde, sie ist das schönste Wesen, das ich je gesehen habe.

Sie dreht sich um sich selbst und das hellblaue Kleid fliegt hoch. Es ist eng in der Taille und reicht in mehreren Lagen bis zu den Knien. Der obere Teil umschmiegt sie wie eine zweite Haut, ist vorn tief ausgeschnitten und sitzt knapp unter den Schultern. Mollie hat die Strandwellenfrisur einer Kalifornierin. Das Haar fällt ihr über die Schultern und den Rücken.

Um den Hals trägt sie eine zarte silberne Kette,

die ich sofort erkenne.

Vor vier Jahren habe ich sie ihr zu Weihnachten geschenkt. Sie hat einen kleinen Seestern als Anhänger. Es ist nichts Besonderes, denn wir haben uns nie teure Geschenke gemacht, aber ich sehe die Kette zum ersten Mal an ihr. Sie bemerkt, dass ich die Kette betrachte, und berührt sie mit den Fingern.

Ich sehe ihr in die Augen. Mollie wirkt genauso unsicher, wie ich mich fühle. Dennoch fällt es mir nicht schwer, die Wahrheit auszusprechen. „Du siehst wunderschön aus. Ich überlege ernsthaft, das Date zum Teufel zu jagen und dich direkt ins Bett zu zerren."

„Wirklich?" Ihr Ton verrät, dass sie die Idee auch gut findet.

„Nein, nicht wirklich", sage ich lachend und halte die Geschenke hoch. „Denn ich habe dir Blumen und Pralinen gekauft und einen exklusiven Tisch in einem der besten Restaurants von ganz Phoenix reserviert. Jetzt werden wir zu unserem ersten Date gehen und es wird fantastisch werden."

Mollie stellt die Blumen ins Wasser. Zwar besitze ich keine Vase, aber eine hübsche Karaffe für Margaritas. Das funktioniert genauso gut. Die Pralinen legt sie in einen Schrank, damit Samson sie nicht erwischt.

Mollie verabschiedet sich in wortreicher Hundesprache von ihrem pelzigen Kameraden. Er darf auf die Couch, umgeben von seinem Lieblingsspielzeug.

Hand in Hand verlassen wir die Wohnung.

***

„Das war wunderbar", sagt Mollie beim letzten Bissen ihres Desserts.

Es handelte sich um einen Schokoball, über den der Kellner heiße Schokolade goss, sodass die Schokolade schmolz und eine Himbeer-Schoko-Tarte enthüllte. Es war der reinste Zuckerschock. Ich habe etwas davon probiert, aber das war mir zu viel des Guten. Ich esse selten ein Dessert. Stattdessen trinke ich heute ein Glas Portwein nach dem Essen.

Ich lasse den Blick durch das Restaurant schweifen. Dominik hat es mir empfohlen, nachdem ich ihm die Frage nach dem edelsten Restaurant in Phoenix geschickt habe. Ich wusste, dass er von all meinen Freunden und Bekannten am besten über so etwas Bescheid weiß. Sofort hat er mir das Restaurant mit dem simplen Namen *Dine* vorgeschlagen, jedoch gleich dazugesagt, dass man dort mindestens drei Wochen vorher reservieren muss.

Bevor ich darauf antworten konnte, schrieb er jedoch: „Aber ich werde euch den besten Tisch für heute um halb acht besorgen."

Dieser Mann ist einfach unglaublich.

„Also war es ein schönes erstes Date?", frage ich nach.

„Das schönste, das ich je hatte", versichert sie mir und schiebt den Dessertteller von sich. „Ich bin satt."

„Ich auch." Ich hebe mein Glas und trinke einen kleinen Schluck Portwein. „Wäre es unangebracht, vorzuschlagen, uns etwas Bequemes anzuziehen und uns zu Hause einen Film anzusehen?"

Mollie lacht. „In meinen Augen wäre das sogar sehr angebracht."

„Wie läuft es übrigens so bei Clarke im Buchladen?", frage ich. Mollie hat dort stundenweise ausgeholfen. Nicht aus Geldnot, sondern um mal raus und unter Menschen zu kommen.

„Clarke ist cool." Mollie lächelt angetan. „Die Arbeit ist ein Zeitvertreib, der mir Spaß macht."

Ihre Worte hängen in der Luft und ich kenne Mollie sehr gut. Sie hat noch mehr zu sagen, also rate ich drauflos. „Aber das ist nicht das, was du auf Dauer tun willst?"

Mollie nickt. „Ich bin noch nicht wieder bereit, auf Reisen zu gehen, und ich weiß auch nicht, ob ich es je wieder sein werde. Das mit Matthew hat mich wirklich erschüttert. Und momentan genieße ich die Zeit mit dir sehr."

„Du wirst spüren, wann der richtige Zeitpunkt da ist." Die Vorstellung, dass sie wieder abreisen könnte, tut weh, aber ich würde sie nie aufhalten.

Ihre Augen leuchten aufgeregt. „Ich hätte da eine Idee. Vielleicht ist sie aber auch bescheuert."

„Spuck's aus."

Leicht verschämt wendet sie den Blick ab. Dann sieht sie mich wieder an. „Ich denke darüber nach, einen Reiseführer zu schreiben. Keinen der üblichen, sondern für Leute, die genauso reisen wie ich. Für Menschen, die ihr Auto nur mit dem Nötigsten bepacken und sich auf ein Abenteuer begeben."

„Gefällt mir", sage ich. „Dein Blog ist sehr beliebt und dafür könntest du vielleicht sogar einen Verlag begeistern."

Sie zuckt mit den Schultern. „Jedenfalls hätte ich etwas zu tun, bis ich mich entscheiden kann, ob ich jemals wieder reisebloggen will."

Ich nippe an meinem Portwein. „Im Sommer kann ich mit dir reisen, wenn du willst."

Kurz befürchte ich, sie damit vor den Kopf gestoßen zu haben. Sie wird blass und weitet die Augen.

„Das würdest du für mich tun?"

Ihre bebende Stimme zeigt mir, dass sie alles andere als abgeneigt ist.

„Natürlich."

„Du würdest deine Sommerpause für mich aufgeben?", fragt sie ungläubig.

„Ich gebe gar nichts auf, wenn ich bei dir sein kann, Mollie."

„Aber ich reise billig und mit leichtem Gepäck. Das ist kein bisschen luxuriös."

„Aber ich wäre bei dir", wiederhole ich.

Mollie senkt den Blick und spielt mit der Serviette auf ihrem Schoß. Offensichtlich denkt sie darüber nach. Schließlich sieht sie mich wieder an. „Ich muss dir etwas sagen. Es ist wichtig, also hör mir bitte einfach nur zu. Und wenn ich fertig bin, sollst du bitte auch nichts sagen. Du kannst gern über etwas anderes reden, aber zunächst sollst du bitte einfach nur zuhören."

Ein Schauder läuft mir über den Rücken. Vielleicht ist das ein schlechtes Omen, doch ich verdränge das Gefühl. „Okay."

Mollie atmet tief durch und greift über den Tisch nach meiner Hand. „Ich liebe dich. Das tue ich schon seit Jahren, aber anders als jetzt. Ich habe dich als Freund und Vertrauten geliebt. Als Mensch, dem ich vertraue und der für mich da ist – für immer. Aber wir haben uns nie die berühmten drei Worte gesagt, und ich habe mich gefragt, wann wohl der richtige Moment kommt, dass ich es dir sage. Ist es noch zu früh, weil wir erst seit ungefähr zehn Tagen miteinander schlafen? Oder hätte ich es dir schon nach dem ersten wundervollen Sex sagen sollen? Ich weiß die Antwort nicht, aber mein Herz will, dass ich es dir jetzt sage. Damit du weißt, dass ich dich als meinen Freund und Vertrauten liebe und auch als meinen Lover und Lebenspartner. Als der Mann, der mir wichtiger ist als jeder und alles andere. Ich weiß nicht, wohin das Leben uns führt, aber ich freue mich auf den Weg mit dir. Und ich möchte nicht, dass du mir sofort darauf antwortest. Vielleicht antwortest du mir irgendwann, wenn ich nicht damit rechne. Dann werde ich dich küssen, wir werden uns lieben und unsere Beziehung feiern. Aber momentan … lass uns von etwas anderem reden."

Es ist gut, dass ich nichts sagen soll, denn mir hat es die Sprache verschlagen.

Als sie gesagt hat, dass sie mich liebt, verließ die Luft meine Lungen, und meine Kehle war schlagartig trocken. In meinem Kopf dreht sich immer noch alles und das Herz will mir aus der Brust springen. Das ist das Aufregendste, was ich je erlebt habe. Natürlich empfinde ich das Gleiche für sie. Und das weiß sie auch. Daher möchte sie es nicht einfach so von mir bestätigt bekommen. Es soll weder abgedroschen noch übermäßig theatralisch wirken.

Heute ist für sie der richtige Zeitpunkt.

Und sie will, dass ich es ihr an meinem sage.

Ich drücke ihre Hand und lächele. Dann ziehe ich die Hand zurück und wechsele wie gewünscht das Thema. „Übrigens … Jim hat die verrückte Idee, über den Mann nachzuforschen, mit dem seine Frau ausgeht. Er hat mich um Hilfe gebeten."

Mollie grinst, erfreut, dass ich ihre Bitte respektiere. „Das ist irgendwie süß."

„Ich glaube, er liebt seine Frau noch und will seine Ehe reparieren, aber er weiß nicht so genau, wie er das anstellen soll."

„Dann solltest du ihm wirklich helfen", antwortet Mollie und nickt entschlossen.

Kapitel 18

Mollie

Dies ist nicht meine erste Sportveranstaltung. Auch nicht mein erstes Eishockeyspiel. Und schon gar nicht sehe ich das erste Mal Kane auf dem Eis. Dennoch ist heute alles anders.

Die Stimmung im Stadion verursacht Gänsehaut. Als sich das Team aufgewärmt hat, war die Musik so laut, dass der Betonboden unter meinen Füßen bebte. Es gab nicht einen leeren Platz im Stadion, als das Spiel begann. In der Vorsaison ist das beeindruckend. Dass die Vengeance Titelverteidiger sind, hat die Aufregung über den Saisonstart angeheizt.

Kane hat mir zwar eine Dauerkarte für die Loge der Angehörigen besorgt, aber mithilfe von Brooke und Blue konnten wir noch einen Platz eine Reihe und direkt hinter den beiden für mich ergattern. Noch schöner ist, dass neben mir Nora, Pepper und Clarke sitzen. Willow sitzt bei Dominik in der Loge des Besitzers. Regan, Willows Schwägerin, ist ebenfalls dort oben.

Zwar weiß ich nicht, ob ich von jetzt an immer bei den Spielerfrauen sitzen kann, aber ich habe nach dieser kurzen Zeit bereits das Gefühl, Freundinnen fürs Leben gefunden zu haben. Jedenfalls besteht so etwas wie eine Schwesternschaft und ich wurde mit offenen Armen empfangen. Alle finden, dass Kane und ich eine romantische Liebesgeschichte haben. Sie reden immer auf schwärmende Weise von uns.

Dabei haben diese Frauen ihre eigenen romantischen Geschichten erlebt und auf gar nicht mal so einfache Art die Liebe gefunden, wie ich inzwischen erfahren habe. Es begann vor einem Jahr, als Brooke, die zufällig die Tochter von Coach Perron ist, einen One-Night-Stand mit Bishop hatte, dem Teamcaptain. Beide kannten einander vorher nicht. Wegen Brookes streng moralischem Vater erfanden sie eine nicht existente Verlobung. Glücklicherweise ging alles gut aus und jetzt sind sie verheiratet.

Blue und Eriks Geschichte ist auch spannend. Sie ist Stewardess im Teamflugzeug. Gemeinsam pflegen sie Blues Bruder Billy, der gelähmt im Rollstuhl sitzt.

Pepper und Legend waren einst streitende Nachbarn, aus denen ein Liebespaar wurde, als ein Baby vor Legends Tür abgelegt wurde. Ganz schön verrückt.

Regans Geschichte macht Hoffnung. Sie litt unter einer seltenen und lebensgefährlichen Blutkrankheit. Dax heiratete sie, damit sie krankenversichert war und sich die Behandlung leisten konnte. Und dann haben sie sich ineinander verliebt.

Tacker ist der tragischste Fall im Team, denn er verlor seine Verlobte bei einem Flugzeugabsturz, bei dem er selbst der Pilot war. Die Geschichte ging mir ans Herz. Aber wenn dann noch dazukommt, dass er sich in seine Therapeutin verliebt hat, hat man den perfekten Plot für einen Fernsehfilm, bei dem sich die Zuschauerinnen die Augen ausheulen.

In der letzten Saison sind all diese Singles wie Dominosteine umgefallen und haben die Liebe gefunden.

Oh, und dann gibt es noch Clarke und Aaron. Die beiden sind erst kurz zusammen, aber man merkt schon, dass es eine dauerhafte Beziehung wird. Außerdem darf ich den Teambesitzer Dominik nicht vergessen. Er hat sich in die freche, widerspenstige Willow verliebt.

Vielleicht ist hier in Phoenix irgendetwas im Wasser, denn es sieht so aus, als wäre Kane der Nächste, der umkippt. Ich bin nur froh, dass es in meine Richtung geschieht.

Ich selbst habe das Gefühl, momentan genau dort zu sein, wo ich schicksalsmäßig sein soll.

Nora stößt mich mit dem Ellbogen an. „Du siehst heute Kane nicht zum ersten Mal spielen, oder?"

Ich schüttele den Kopf. „Ich habe ihn schon oft gesehen. Auf dem College habe ich kaum eins seiner Spiele verpasst. Ich bin sogar zu manchen seiner Auswärtsspiele gereist. Als er zum Profi wurde und ich selbst viel gereist bin, habe ich es noch zu ungefähr zwei oder drei Spielen pro Jahr geschafft."

„Das ist aufregend, nicht wahr?", fragt sie und grinst albern. „Seinem Mann zuzusehen, wie er das Eis erobert."

Kane sitzt momentan auf der Bank und die Third Line spielt. Sie sind halb durchs zweite Drittel und die Vengeance führen mit einem Tor. Kane hat bisher gut gespielt, aber bekommt nur wenig Spielzeit. Schließlich werden in der Vorsaison die noch etwas wackligen Spieler getestet, um dann die Teamaufstellung zu beschließen. Kane spielte während der Play-offs so gut, dass er sozusagen schon gesetzt ist.

Zumindest reime ich mir alles so zusammen.

Es ist wirklich aufregend, hier zu sein. Kane hat mir ein Trikot mit seinem Namen auf dem Rücken gegeben. In all den Jahren als sein Fan hatte ich nie eins. Heute war es ihm jedoch wichtig, dass ich es trage, und jetzt verstehe ich gar nicht mehr, wieso ich nicht schon lange ein Trikot von ihm habe. Am liebsten würde ich es gar nicht mehr ausziehen.

„Klappt es morgen wirklich bei dir?", fragt Clarke auf der anderen Seite neben mir.

„Na klar", antworte ich.

Es findet ein Frauenabend statt. Ich fühle mich geehrt, eingeladen zu sein, denn das ist keine gewöhnliche Frauenrunde mit ein paar Drinks, schick essen gehen oder in einem Club tanzen.

Oh nein.

Blue hat uns in ihr Haus eingeladen. Welches eine riesige Villa sein soll, wie mir erzählt wurde. Inklusive Übernachtung. Es gibt viel zu essen und zu trinken. Wahrscheinlich wird es unser eigener Club werden, nur eben im Pyjama. Sozusagen eine Pyjamaparty für Erwachsene.

Das ist das Albernste und doch Tollste, was ich je gehört habe. Ich freue mich darauf. Früher hatte ich zwar auch Freundinnen, aber keine „beste". Als Kane diese Rolle übernommen hat, brauchte ich niemanden sonst mehr, dem ich mich anvertrauen konnte. Mir reichte es, viele gute Bekannte zu haben und coole Schulkameraden, um wegzugehen. Und auf meinen Reisen hing ich viel mit anderen Campern ab.

Nie hatte ich das Bedürfnis nach einer besten Freundin. Mit der ich über alles reden konnte. Aber jetzt habe ich das Gefühl, dieses Vertrauen in den Frauen gefunden zu haben. Ich habe bereits mit jeder von ihnen einzeln Zeit verbracht, und auch in kleinen Gruppen, besonders nach der Sache mit Matthews eventuellem Auftauchen. Aber das wird jetzt das erste Mal sein, dass wir über einen längeren Zeitraum alle zusammen sind. Ich bin total begeistert.

„Was hat Kane morgen Abend vor? Aaron hat ihn gefragt, ob er zu ihm kommen will, aber er sagte, er habe andere Pläne."

Kurz denke ich darüber nach, ob ich es lieber für mich behalten sollte, aber ich glaube, den Frauen vertrauen zu können. Ich winke Clarke ein wenig näher. „Kane und Jim wollen morgen Abend Ella nachspionieren. Sie hat ein Date, und Jim will den Kerl abchecken."

Clarke zieht die Augenbrauen zusammen. „Warum denn?"

Ich grinse. „Weil er seine Frau zurückhaben und

mehr über den Konkurrenten erfahren will, gegen den er antritt."

„Du machst Witze!", ruft Clarke etwas zu erfreut und laut aus.

Nora, Blue und Brooke entgeht das nicht.

„Was ist los?", fragt Nora.

Alle stecken die Köpfe zusammen, schauen ab und zu aufs Eis und ich erzähle von Kane und Jims Aufklärungsmission.

„O mein Gott", sagt Brooke und legt eine Hand an ihren Mund. „Das ist ja köstlich."

„Es ist bezaubernd", meint Blue. „Ich hätte nie gedacht, dass Jim dazu fähig ist. Echt cool."

„Wie ist Ella so?", frage ich. Ist sie die ganze Mühe überhaupt wert?

„Sie ist eine tolle Frau", sagt Brooke. „Sie und Jim haben jung geheiratet, als sie mit Lucy schwanger wurde. Eine Weile blieb sie zu Hause. Als Lucy in die Schule kam, ging Ella aufs College und studierte Grafikdesign. Sie arbeitet für eine Werbeagentur in New York im Homeoffice."

„Beeindruckend", sage ich leise. „Weiß jemand, warum sie sich getrennt haben?"

Alle zucken ratlos mit den Schultern außer Brooke. „Wir waren nicht oft mit ihr zusammen. Sie war immer im Stress zwischen Lucy und ihrem Job, wenn Jim in der Saison viel unterwegs war."

„Egal, was der Grund war, es ist nie zu spät zur Wiedergutmachung und dafür, das Richtige zu tun", sagt Nora. Als Therapeutin sollte sie es am besten wissen.

„Ich drücke den beiden jedenfalls die Daumen", sagt Blue.

Bevor jemand noch etwas dazu sagen kann, ertönt der Buzzer, die Vengeance-Fans jubeln, und uns wird klar, dass wir ein Tor verpasst haben.

„Wer hat es gemacht?", ruft Brooke.

Wir sind alle aufgesprungen und jubeln mit. Die Second Line ist auf dem Eis, zusammengeknäult als kleine Gruppe vor dem Tor der Gäste, und tätschelt jemandem in der Mitte den Helm.

Scheiße! Was, wenn es Kane war und ich habe es nicht gesehen?

Wir blicken auf den großen Bildschirm, auf dem die Szene wiederholt wird. Sie läuft in Zeitlupe.

Kane und Riggs gegen einen Defenseman.

Klassisches Eishockey.

Sie rasen über das Eis und spielen sich gegenseitig den Puck zu. Der Defenseman läuft rückwärts, um einen möglichen Schuss zu verhindern. Der Goalie bewegt sich vor dem Tor hin und her, damit er an dem Verteidiger vorbeisehen kann.

Kane … Riggs … wieder Kane, der einen Pass zu Riggs nur antäuscht und dann blitzschnell links am Defenseman vorbei schießt. Der Puck saust dem Goalie über die Schulter und landet so schnell im Netz, dass der Mann keine Zeit hat, zu reagieren.

Ich hüpfe auf der Stelle und kreische Kanes Namen. Die Mädels geben mir High Fives und umarmen mich. Später werde ich Kane meine Sünde gestehen müssen: dass ich vor lauter Tratschen sein

Tor verpasst habe.

Doch jetzt sehe ich ihn, und es kribbelt in mir, als er zur Bank skatet und zu mir hochsieht. Ich weiß nicht, ob er mich wirklich findet, aber ich winke ihm wie blöde. Er hält den Schläger hoch und lächelt. Dann wird er von seinen Kameraden umzingelt und man klopft ihm auf den Rücken.

„Das war ein fantastischer Spielzug", sagt Brooke zu mir. „Dein Typ sieht heiß aus da draußen."

„Genau wie Riggs", wirft Blue ein. „Man sagt, dass die Second Line mit ihm die First Line das Fürchten lehren wird."

„Was ist sein Background?", fragt Nora. „Tacker sagt, Riggs ist noch verschlossener, als er selbst in seinen schlimmsten Zeiten war."

„Schwer vorstellbar", sagt Blue und schnaubt.

Ich fühle mich ein bisschen außen vor bei diesen persönlichen Details zwischen den Freundinnen. Nicht ausgeschlossen, aber ich tappe im Dunkeln. Mit der Zeit werde ich wohl alle Hinweise einordnen können.

„Kane hat Riggs zum Essen eingeladen", informiere ich die Frauen. „Aber er hat noch nicht zugesagt."

„Ich weiß nur, dass er seine jüngere Schwester großzieht", sagt Brooke, als wir uns alle wieder hinsetzen.

„Wirklich?" Nora beugt sich vor und Brooke vor uns dreht sich zu uns nach hinten um. „Wie alt ist die Schwester?"

„Ich glaube, Dad hat siebzehn gesagt. Sie beginnt

mit der letzten Klasse auf der Highschool."

„Wow", sagt Nora leise. „Das ist eine Menge Verantwortung für einen Mann, besonders bei diesem hektischen Zeitplan."

„Er sollte sich mal mit Regan unterhalten", schlägt Blue vor. „Sicher hat sie gute Ratschläge parat."

„Wieso?", frage ich nach.

Brooke beugt sich noch weiter vor. „Regans Bruder war auch ein Profi-Eishockeyspieler. Er wuchs mit Dax als bestem Freund auf. Nachdem die Eltern gestorben waren, zog er Regan groß."

Mein Gott, wie tragisch. Dann hat Regan bestimmt wirklich gute Ratschläge für Riggs. Ich frage mich jedoch, wieso Riggs so verschlossen ist. Ein Team ist wie eine Familie. Die persönlichen Beziehungen kommen zu den Fähigkeiten und Talenten hinzu und alles zusammen verbessert das Spiel. Davon bin ich überzeugt.

Vielleicht braucht er nur jemanden zum Reden. Ob Kane der Richtige dafür ist, bezweifele ich. Wahrscheinlich eher Bishop, der ja auch der Captain ist.

Erstaunlich, wie kompliziert das Team ist, aber auch so wunderbar. So viele heftige Geschichten, unterschiedliche Hintergründe, jede Menge Fürsorge, Loyalität und Respekt. Nie hätte ich gedacht, das einmal erleben zu dürfen, nur weil ich mit Kane zusammen bin. Als seine beste Freundin war mir das alles nicht aufgefallen, aber ich war auch nicht oft dabei.

Jetzt freue ich mich einfach, hier zu sein und mich in dieser Gemeinschaft, von der ich ein Teil geworden bin, sicher aufgehoben zu fühlen. Ich frage mich, ob ich diese Freundschaften in Zukunft erhalten kann, besonders wenn ich wieder auf Reisen gehe. Freundschaften sind wie Gärten. Sie brauchen Pflege. Werde ich in diesem engen Kreis auch noch willkommen sein, wenn ich nicht mehr ständig da bin und die Beziehungen pflege?

Noch wichtiger ist, dass man dieselbe Frage auch über meine Beziehung zu Kane stellen kann. Ja, wir haben bereits eine ziemlich starke Verbindung. Wir verfügen über eine lange Geschichte und unser Band ist stabil.

Dennoch ist mir klar, dass Fernbeziehungen das Band schwächen können.

Darüber muss ich nachdenken. Aber noch nicht so bald.

Momentan bin ich mit dem Stand der Dinge wahnsinnig glücklich.

Kapitel 19

Kane

Als wir den Plan ausgeheckt haben, ist er mir nicht nur brillant vorgekommen, sondern versprach auch viel Spaß. Wie damals in der Highschool, als wir dumme, aufregende Dinge anstellten und die Gefahr, erwischt zu werden, alles noch spannender machte.

Aber jetzt denke ich, dass dies der blödsinnigste Plan ist, den man sich nur einfallen lassen kann.

Angefangen hat alles damit, dass Ella Jim darüber informierte, dass sie Freitagabend etwas vorhat, da Jim laut der Sorgerechtsvereinbarung das Recht hat, als Erster gefragt zu werden, ob er Lucy nehmen mag. Und natürlich wollte Jim das, aber Lucy wollte lieber bei einer Freundin übernachten. Obwohl das Jims Gefühle verletzte, fand er, dass dies die perfekte Gelegenheit wäre, zu spionieren, um seinen Konkurrenten besser einschätzen zu können.

In einem lockeren Gespräch mit Lucy erhielt er die Information, die er brauchte. Ihre Mom wollte gegen sechs Uhr das Haus verlassen.

Seit Viertel vor sechs sitzen Jim und ich in meinem Wagen, danken Gott für getönte Scheiben und parken einen halben Block von Ellas Haus entfernt. Dort hat Jim vor der Trennung mit Ella und Lucy als Familie gelebt. Zwar ist das hier eine gehobene Wohngegend mit wunderschönen

Häusern, aber er hat keine der protzigen Villen gekauft wie andere Spieler, um mit seinem Geld anzugeben. So ein Typ ist Jim nicht. Er fährt ein schönes Auto, einen großen Range Rover, und hat Ella einen Mercedes gekauft, doch das Haus ist nur ungefähr halb so groß wie das vieler anderer Spieler.

Vielleicht wollte Ella mehr und er hat es ihr verweigert? Wer weiß das schon? Allerdings bezweifele ich, dass das irgendetwas mit ihren Problemen zu tun hat, für die Jim allein sich selbst die Schuld gibt.

Jim war auf eine ausgedehnte Observierung vorbereitet. Er hat eine Thermoskanne Kaffee und eine Tüte mit Knabberzeug mitgebracht. Ich sah hinein und fragte Jim, ob er auch eine Kamera mit einem guten Teleobjektiv hat.

Er grinste gutmütig. „Das neue iPhone hat eine super Zoomfunktion."

Pünktlich um sechs fährt ein Lexus-SUV in die Einfahrt. Wir beobachten, dass derselbe Kerl wie neulich im Restaurant an die Haustür geht. Er hat weder Blumen noch Pralinen dabei. Schlechter Stil, Kumpel! Aber wahrscheinlich sind sie über die Rituale der Anfangszeit bereits hinaus. Es ist mindestens zwei Wochen her, seit wir wissen, dass sie sich mit ihm trifft, aber wir haben keinen Schimmer, wie oft. Ich gehe davon aus, dass uns ihr Umgang miteinander einige Fragen beantworten wird.

Neben mir auf dem Beifahrersitz spannt sich Jim an.

Ella öffnet die Tür, begrüßt den Mann mit einem strahlenden Lächeln und umarmt ihn herzlich. Sie bittet ihn jedoch nicht herein. Er greift nach ihrer Hand und führt sie zu seinem Auto. Er öffnet ihr die Tür – Bonuspunkt, Kumpel! – und fährt mit ihr die Einfahrt entlang.

Netterweise fahren sie in die Richtung, in der wir parken, sodass ich ihnen problemlos und mit diskretem Abstand folgen kann.

„Was hältst du davon?", fragt Jim.

„Wovon genau?"

„Sie haben sich umarmt, aber nicht geküsst. Vielleicht sind sie nur befreundet."

Ich weiß genau, wie das mit der Freundschaft ist, und „nur Freunde" halten nicht derartig Händchen. „Nein, da ist mehr als nur Freundschaft", muss ich leider zugeben. „Aber dass sie sich nicht geküsst haben, kommt mir auch seltsam vor. Schließlich treffen sie sich mindestens seit zwei Wochen, oder?"

„Wahrscheinlich schon länger", sagt er düster.

„Aber vielleicht nur einmal die Woche."

„Oder auch mehrmals pro Woche", knurrt er.

Schweigend folgen wir Ella. Wir sind davon ausgegangen, dass sie in ein Restaurant wollen, aber sie fahren Richtung Innenstadt, in den Bezirk Scottsdale. Wir folgen ihnen in ein Parkhaus und dann mit großem Abstand zu Fuß runter zum Kanal, von wo Livemusik schallt. Überall stehen Imbissbuden und Foodtrucks.

„Ein verdammtes Fress-Festival", sagt Jim

brummig.

„Nette Location für ein Date", finde ich. Daher ist Jim wohl so mies gelaunt. Wahrscheinlich ist er so gut wie nie mit Ella zu solchen Events gegangen.

Wir bleiben immer schön weit hinter ihnen. Die beiden schlendern Hand in Hand an den diversen Buden und Wagen vorbei, die von einigen der besten Restaurants in Phoenix betrieben werden. Es ist ein schöner Abend, die Menge dicht gedrängt, sodass wir uns bei der Verfolgung etwas weniger auffällig fühlen.

„Was macht Mollie heute Abend?", fragt Jim, während wir weiterschlendern.

Die Anspannung in seiner Stimme entgeht mir nicht. Ich bezweifele, dass Mollie ihn jetzt wirklich interessiert. Sicherlich will er sich nur davon ablenken, dass seine Frau lächelt, lacht und Hand in Hand mit einem Mann spaziert, der nicht Jim ist.

„Die Mädels haben sie zu einem Frauenabend eingeladen. Eigentlich ist es mehr eine Pyjamaparty bei Blue zu Hause."

Jim sieht mich abrupt an. „So etwas machen Frauen?"

Ich zucke mit den Schultern. „Ich glaube, sie werden einfach nur ungesunde Sachen essen und viel Wein trinken. Und Pyjamas sind schließlich gemütlich."

„Dann wird Eric sich wie im Himmel fühlen." Jim schnaubt. „Das Haus voller schöner Frauen in Pyjamas."

„Er wurde verbannt. Ich glaube, er pennt heute

bei Bishop."

„Ich frage mich, ob Ella bei so etwas auch mitmachen würde."

Ella und ihr Date halten vor einem Sushi-Stand an. Wir bleiben stehen und beobachten sie. Während sie auf ihre Bestellung warten, führen sie ein Gespräch mit viel Gelächter. Das zu sehen, muss besonders schwer für Jim sein. Er konnte seine Frau schon lange nicht mehr zum Lachen bringen und muss gegen widrige Umstände ankämpfen, um jemals wieder die Chance dazu zu bekommen.

Man reicht den beiden ein Bambustablett mit zwei Tellern, Sushi, einer Flasche Sake und zwei Bechern. Ellas Date führt sie an einen Picknicktisch am Wasser. Pfosten mit Hängelaternen um den Tisch sorgen für eine romantische Beleuchtung. Hier ist die Menge nicht so dicht, sodass wir weiter zurückbleiben müssen. Wir stellen uns neben einen Donut-Truck, und Jim schaut ab und zu um die Ecke und berichtet mir, was er sieht.

„Sie essen und reden dabei", sagt er aus dem Mundwinkel. „Halt ... jetzt reicht er ihr ein Stück Sushi rüber ... er füttert sie damit." Jetzt kichert Jim. „Er ist ein Schwein! Sie macht ihn darauf aufmerksam, dass er Sojasoße am Kinn hat."

Plötzlich weicht Jim abrupt zurück. „Oh Scheiße!"

„Was ist los?"

Er späht um die Ecke und schaut schnell wieder zu mir. „Fuck! Wir sind aufgeflogen!"

Irgendwie packt mich der Instinkt, wegzurennen,

als wäre eine Herde Büffel hinter mir her. Jim geht es ebenso und er geht los. Wir verschmelzen mit der Menschenmenge, kommen jedoch nicht weit.

Ella packt Jim am Arm und stoppt ihn. „Was zur Hölle soll das, Jim? Was machst du da?"

Anstatt sich verlegen zu entschuldigen, geht er in den Angriffsmodus. „Was ich mache? Was machst *du* denn da? Du hast dir ja schnell einen Neuen gesucht, würde ich mal sagen."

Ellas Date ist dazugekommen und macht ein besorgtes Gesicht, hält sich aber glücklicherweise im Hintergrund. Ich habe keine Lust, Jim vom Kragen dieses Typen zupfen zu müssen.

Ella seufzt frustriert. „Was ich mache, geht dich nichts an, Jim. Wir sind getrennt."

Jim wirft einen kurzen Blick auf den Kerl und beugt sich dann leicht zu ihr. „Du hättest mir auch sagen können, dass du dich mit jemandem triffst."

In diesem Moment wünschte ich mir, woanders zu sein. Man hört Jim das aufrichtige Leid an, und dieses Gespräch sollten sie besser unter sich führen. Aber ich traue mich nicht, wegzugehen. Eventuell greift Jim den Mann doch noch in einem Anfall von akuter Eifersucht körperlich an.

Ella lässt Jims Arm los und spricht leise, kaum hörbar. „Ich habe nach niemandem gesucht. Es war ein Blind Date, von Freunden arrangiert."

„Mehr als eins", sagt er vorwurfsvoll. „Neulich habe ich euch mittags in einem Restaurant gesehen."

Sie runzelt die Stirn. „Ja, ich war ein paarmal mit

ihm aus."

„Ich kann einfach nicht glauben, dass du mich so schnell ersetzt." Er fährt sich mit der Hand durch die Haare.

Ella hebt verzweifelt kurz die Hände. „Wir sind schon seit Monaten getrennt. Das würde ich nicht *schnell* nennen. Und du hast mir nie einen Hinweis gegeben, dass wir auf irgendetwas anderes zusteuern als auf eine Scheidung."

„Es ist einfach nicht okay", sagt er erneut vorwurfsvoll. „Wir sind immer noch verheiratet."

„Nicht okay?", zischt sie. „Warum denn nicht? Warum sollte ich allein zu Hause hocken und nach demselben Muster weiterleben, als wären wir noch zusammen? Als eine einsame, vernachlässigte Frau, die zu Hause festsitzt?"

„Das habe ich nie …"

„Doch, das hast du mir verdammt noch mal angetan, und das weißt du auch!"

Ich muss zugeben, die Frau dafür zu bewundern, derartig für sich selbst einzutreten.

Jim merkt wohl, dass er diese Schlacht nicht gewinnen kann, und lässt die Schultern sinken. „Okay. Ich war ein beschissener Ehemann. Und das tut mir leid."

Ella schnaubt. „Das ist leicht gesagt, oder? Aber das sind nur leere Worte. Eine Entschuldigung bedeutet jetzt nichts mehr."

„Aber wir können unsere Ehe retten, Ella", sagt Jim bittend.

„Das glaube ich kaum."

Autsch. Mein Herz schmerzt für ihn, denn das klang sehr überzeugt. Sie hat keine Hoffnung mehr.

„Gibst du mir wenigstens noch einen Versuch?" Man hört ihm an, dass er glaubt, ein besserer Mann sein zu können.

Verständnislos zieht sie die Augenbrauen zusammen. „Wie meinst du das?"

Jim wirft einen Blick auf ihr Date und sieht dann wieder seine Frau an. „Gegen die Konkurrenz anzutreten."

„Antreten? Gegen wen?"

Er deutet mit dem Daumen auf den Mann, der uns unsicher zusieht. „Gegen den da. Gib mir bitte nur die eine Chance, dich zurückzugewinnen."

Ella taumelt leicht rückwärts und sieht Jim an, als hätte er zwei Köpfe. „Du machst Witze, oder?"

Jim geht so nah an sie heran, dass sie den Kopf in den Nacken legen muss, um ihm ins Gesicht zu sehen. Sie weicht nicht zurück. Man merkt, dass noch etwas fast Greifbares zwischen ihnen ist.

Er spricht nicht leise, sodass ich ihn deutlich höre. „Ich will eine Chance, dich an unsere schönen Zeiten zu erinnern."

Ella blinzelt kurz, denn seine tiefe Stimme war voller Erotik und sexueller Andeutungen, sodass sogar ich kapiert habe, was er mit den *schönen Zeiten* meint.

„Du meinst den Sex?", antwortet sie leicht abfällig.

Er nähert sich ihrem Ohr und spricht heiser. „Der

Sex war großartig. Und ja, du musst wohl daran erinnert werden."

Das lässt Ella nicht kalt. Sie weiß aber auch, dass ihr Date zusieht. Also weicht sie von ihrem Ehemann zurück und hebt trotzig das Kinn. „Eine Beziehung bedeutet mehr als nur Sex."

„Stimmt." Er grinst schelmisch. „Aber er ist ein echt guter Anfang. Ich trete gegen jeden deiner Dates an, den Typ da hinten eingeschlossen."

Ellas Wangen röten sich. Schnell wispert sie: „Wir haben keinen Sex, also gibt es nichts, wogegen du antreten könntest."

Jim lächelt strahlend. So sehr, dass die Außenbeleuchtung hier dagegen verblasst. Diese Information macht ihn verdammt glücklich.

Er nickt seiner Frau zu. „Entschuldige bitte, dass ich mich in deinen Abend eingemischt habe. Viel Spaß noch."

Jim dreht sich um und geht. Ich sehe Ella an, bei deren verblüfftem Ausdruck ich ein Lachen unterdrücken muss.

Grinsend folge ich Jim. Er hat einen Plan, und es wird ihm sicher auch Spaß machen, sein Ziel zu erreichen und seine Frau zurückzuerobern.

Wir gehen zum Parkhaus und ich gratuliere Jim zum Erfolg seiner Mission, da klingelt mein Handy. Ich hole es aus der Tasche und sehe den Namen Kynan McGrath auf dem Display.

Vor zwei Tagen erst habe ich ihn in meine Kontakte eingetragen, als Jim vorschlug, Jameson Security zu beauftragen, Matthew zu suchen. Mit dieser Truppe ist Willow als Fotojournalistin unterwegs gewesen. Kynan gehört die Firma.

„Hallo?"

„Wir haben den Typen gefunden", sagt Kynan schlicht und ergreifend.

Ich bleibe stehen. Jim dreht sich nach mir um.

„Was? Ihr habt ihn schon?", frage ich völlig erstaunt. Der Auftrag besteht erst seit zwei Tagen. Da habe ich ihm alle Infos über Mollie und Matthew gegeben und erzählt, dass sie glaubt, ihn gesehen zu haben. Und dass ein Haftbefehl gegen ihn vorliegt.

„Er hat mit seiner Kreditkarte Spuren hinterlassen. Sie wurde in der Gegend von Phoenix benutzt und erst vor vier Stunden in einem Restaurant in der Innenstadt."

„Fuck." Ich kratze mich am Kinn. Der Drecksack ist tatsächlich hier. „Und jetzt?"

„Hast du schon daran gedacht, ihn in der Öffentlichkeit zu stellen?", fragt Kynan.

„Und dann? Soll ich eine Bürgerverhaftung machen?"

„Ganz genau. Die Polizei wird sich nicht besonders um ihn bemühen. Aber wir können einen Plan erstellen und die Polizei dazu bewegen, in der Nähe zu sein, um ihn zu verhaften. Ich schlage vor, dass Mollie ihn kontaktiert und ihn zu einem Treffen in der Öffentlichkeit bewegt. Wir können euch dabei helfen, wenn ihr wollt."

„Die Polizei in North Carolina hat Mollie ausdrücklich erklärt, dass sie ihn auf keinen Fall kontaktieren soll."

„Und das ist normalerweise ein guter Rat. Aber die Alternative wäre, in Angst abzuwarten, bis er zuschlägt. Da er sie angegriffen und in Phoenix aufgespürt hat, habt ihr meiner Meinung nach keine andere Wahl, als die Sache selbst in die Hand zu nehmen."

„Und wie genau könnte das ablaufen?"

„Als Erstes beauftragst du uns. Aber Achtung! Wir sind nicht billig. Ich schicke ein Team zu euch. Mollie bekommt Personenschutz bei jedem Treffen mit ihm. Außerdem haben wir Kontakte bei der örtlichen Polizei und werden die Beamten dabeihaben. Er wird verhaftet – Ende der Geschichte."

„Das klingt ein bisschen zu einfach", murmele ich.

„Ist es nicht. Aber wir haben seine E-Mail-Adresse und seine Handynummer. Kriegen wir ihn auf diese Weise nicht, haben wir noch andere Möglichkeiten, aber der Plan ist bei Weitem der einfachste und schnellste. Ich wette, der Kerl lässt sich die Chance, Mollie zu treffen, nicht entgehen."

„Glaubst du, dass er so dumm ist?"

„Ich halte ihn für geistig gestört und er hat keine rational denkende Zelle mehr im Hirn. Seine Besessenheit steuert ihn. Er wird die Chance nutzen, sie treffen zu können."

„Ich muss das mit Mollie besprechen, aber die Idee gefällt mir. Ich rufe dich in einer Stunde an."

„Okay", antwortet er und das Gespräch ist

beendet.

„Hast du etwas dagegen, wenn wir zu Blue fahren?", frage ich Jim, während wir weitergehen. Ich erzähle ihm, was Kynan gesagt hat.

Der Plan ist gut und wir sollten keine Zeit verschwenden. Ich möchte Mollie noch heute einweihen, damit Kynan sein Team schicken kann. Die Kosten sind mir egal. Ich will diesen Idioten aus unserem Leben entfernen, damit Mollie keine Angst mehr haben muss.

Kapitel 20

Mollie

Kane fährt Ellas Einfahrt hinauf und macht den Motor aus. Samson ist auf der Rückbank, stellt jedoch die Vorderpfoten auf die Mittelkonsole und steckt den Kopf zwischen unsere Vordersitze. Kane legt einen Arm um Samsons Hals und kuschelt mit ihm.

„Du wirst mir fehlen, Kumpel."

Seit ich Samson habe, hat Kane den Hund immer gemocht. Im Laufe der Jahre haben die beiden eine Beziehung zueinander entwickelt. In den vergangenen Wochen sind sie sich noch nähergekommen. Manchmal rollt Samson sich sogar lieber neben Kane zusammen als neben mir. Ich sollte eifersüchtig sein, aber das bin ich nicht. Erst bestand unser Team nur aus uns zweien, und jetzt ist Kane dazugekommen, was ich super finde.

Kane lässt Samson los. „Ich warte so lange im Auto."

„Okay." Ich hake die Leine an Samsons Halsband ein. Ich hätte ihn auch allein herbringen können, aber seit Kane weiß, dass Matthew in Phoenix ist, lässt er mich nirgends mehr allein hin.

Morgen fliegt das Team nach New York und danach nach Pennsylvania. Irgendwie hat Kane die Erlaubnis bekommen, mich mitzunehmen.

„Wie hast du das geschafft?", wollte ich wissen.

Er zuckte mit den Schultern. „Der Teambesitzer

kümmert sich sehr gut um sein Team. Nachdem ich ihm die Situation erklärt habe, hat er sofort zugestimmt, dass du mitreisen darfst, bis die Gefahr gebannt ist."

Und so ist es nun. Ich werde mit den Vengeance an die Ostküste fliegen. Ella und Lucy haben sich großzügig bereit erklärt, Samson zu nehmen, damit ich ihn nicht mit ins Flugzeug nehmen muss.

„Bin gleich wieder da", sage ich und steige aus. Samson springt nach vorn auf meinen Sitz und folgt mir.

Als ich an der Tür ankomme, geht diese bereits auf. Lucy rennt aus dem Haus und Ella steht lächelnd auf der Schwelle. Lucy geht auf die Knie und begrüßt Samson, der aufgeregt mit dem Schwanz wedelt. Als er das letzte Mal hier war, sollen die beiden unzertrennlich gewesen sein, obwohl es sich nur um eine Nacht handelte. Lucy hat ihn mit Bällewerfen todmüde gemacht.

„Hast du Lust zum Spielen?", fragt Lucy ihn.

Ich umarme meinen Hund kurz, doch er hat mich schon abgehakt. Seit wir nicht mehr auf Reisen sind, wird er immer mehr zum Menschenfreund.

Lucy und Samson rennen, ohne einen Blick zurück, ins Haus.

„Magst du noch mit reinkommen?", fragt Ella und macht eine einladende Handbewegung.

Ich deute über meine Schulter. „Nein, Kane wartet im Wagen. Und wir müssen noch packen."

Ella sieht seitlich an mir vorbei, grinst und winkt Kane kurz zu. Kane hebt eine Hand vom Steuer und erwidert den Gruß.

„Danke, dass du Samson nimmst", sage ich und sie sieht mich wieder an. „Ich hasse es, ihn mit ins Flugzeug zu nehmen. Und sobald die Sache mit meinem Stalker vorbei ist, werde ich nicht mehr zu vielen Auswärtsspielen mitkommen."

„Wir nehmen ihn gern", versichert mir Ella freundlich. „Lucy freut sich sehr und er ist so ein braver Hund. Er macht überhaupt keine Umstände."

„Ich fürchte, dass Lucy jetzt bestimmt einen eigenen Hund haben will", sage ich lachend.

Ella lacht strahlend. „Oh, danach fragt sie schon andauernd. Und wahrscheinlich werde ich mich überreden lassen. Sie will schon seit Jahren einen Hund, aber Jim ist allergisch."

„Dagegen gibt es ja Medikamente."

Ella lacht, wird dann aber ernst. „Es tut mir leid, dass du das alles durchmachen musst."

Als ich Ella wegen Samson angerufen habe, erzählte ich ihr von meiner Lage.

Sie schaut erneut an mir vorbei zu Kane. „Er tut das Richtige, indem er darauf besteht, dass du ständig bei ihm bist."

„Ja, ich weiß", sage ich und seufze.

„Meinst du, Kane hat einfach nur keine Lust, oder bleibt er im Auto, weil er sich nach dem Abenteuer mit Jim gestern Abend schämt, mit mir zu reden?" Ella lacht gutmütig.

Ich schnaube und denke daran, wie lächerlich die beiden sich gemacht haben müssen. Details habe ich allerdings noch nicht erfahren, weil wir zu sehr mit dem Thema Matthew und dem Plan beschäftigt waren. Allerdings scheint sich Ella nicht sehr darüber geärgert zu haben. „Männer bleiben immer Jungs."

Ella lacht erneut und schaut zum Wagen. „Sagen wir es mal so: Es ist irgendwie ironisch, dass Kane dich vor einem Stalker beschützen will und dann mit meinem Mann selbst zum Stalker wird."

„Warst du sehr wütend?"

„Nicht wirklich. Es war eher zum Lachen. Die beiden dachten, sie täten ach so heimlich, und dann habe ich sie gestellt."

Ich schaue ebenfalls zu Kane. Er macht ein trotziges Gesicht. Mit Sicherheit ahnt er, worüber wir sprechen. „Was hat Jim denn gesagt?"

Ella senkt den Blick und ein verlegenes Lächeln umspielt ihre Lippen. „Er hat gesagt, er will noch eine Chance mit mir."

Ich runzele die Stirn.

„Er war auf mein Date eifersüchtig. Er hat gesagt, dass er gegen alle anderen an mir interessierten Männer antreten will, um mir zu beweisen, dass wir wieder zusammenkommen sollten."

„Oh wow." Das berührt mein Herz. „Und wirst du es ihm erlauben?"

„Das weiß ich nicht so genau. Ich muss erst mal abwarten, was er sich so einfallen lässt."

„Ist das mit dem Typen, den du datest, denn etwas Ernstes?", frage ich neugierig rundheraus.

Sie schüttelt den Kopf. „Ich war ein paarmal mit

ihm aus. Es gab Gute-Nacht-Küsse, aber nichts weiter. Als alleinerziehende Mutter ist es schwer, oft auszugehen, und er hat einen Job, bei dem er viel reisen muss. Aber ich mag ihn. Er hat sich wieder mit mir verabredet, warten wir es also ab."

Verschwörerisch lehne ich mich an sie. „Geh weiter mit ihm aus. Es ist gut, wenn Jim sich so richtig anstrengen muss."

Ella lacht. Und überrascht mich mit einer Umarmung. „Deine Einstellung gefällt mir, Mollie."

Ich gehe die Treppe vor ihrer Tür hinunter. „Noch mal vielen Dank, dass du Samson nimmst."

„Ich werde dir jede Menge Fotos schicken", versichert sie mir.

Winkend gehe ich zu Kanes Wagen zurück. Kaum bin ich eingestiegen, fährt Kane schon los. Während er aus der Einfahrt biegt, schnalle ich mich noch schnell an.

„Wann erzählst du mir mehr von deinem Stalker-Abenteuer gestern?", frage ich.

Zum ersten Mal heute sehe ich ihn lächeln. Seine Stimmung ist bedrückt, aus Sorge um meine Sicherheit und wegen der Konzentration auf die Lösung des Problems. Doch jetzt sieht er schelmisch aus.

„Es hat Spaß gemacht, zu sehen, wie sich Jim wie ein Junge benimmt, der versucht, beim beliebtesten Mädchen der Schule zu landen."

„Kann ich mir vorstellen", sage ich und betrachte die Häuser, an denen wir vorbeifahren.

„Und? Hatte er Erfolg?", fragt Kane.

Ich hebe eine Augenbraue. „Wie meinst du das?"

„Hat Ella dir erzählt, ob es ihr gefallen hat?"

„Ich glaube schon", antworte ich grinsend. „Es wird spannend, die weitere Entwicklung zu beobachten."

„Es sei denn, Jim vermasselt es. Dann wird es tragisch enden."

Ich lege eine Hand in seinen Nacken und kraule seinen Haaransatz. „Sei nicht so pessimistisch. Meistens gewinnt die Liebe."

Er nimmt meine Hand von seinem Nacken und platziert sie auf seinem Schenkel. Seinem Ausdruck sehe ich an, dass er das Thema Ella und Jim abgehakt hat.

Sicherlich denkt er bereits wieder an Matthew und den Plan, ihn zu erwischen.

Als wir gestern Abend wieder in Kanes Wohnung waren, ich noch immer im Pyjama, denn er hat mich von der echt tollen Party mit den Frauen weggeholt, diskutierten wir über Kynans Plan. Zu meinem Erstaunen war Kane absolut dagegen. Er hielt das Risiko für viel zu groß, mich persönlich mit Matthew zu treffen.

„Was, wenn er eine Waffe dabeihat? Und sofort auf dich schießt?" Bevor ich antworten konnte, dachte er sich noch ein anderes Szenario aus. „Oder was, wenn er ein Messer hat, dich schnappt und dich wegzerren kann und wir nichts dagegen tun können, weil er das Messer an deine Kehle hält?"

Das waren zugegebenermaßen gute Argumente.

Ich konnte nur dagegenhalten, dass Matthew nicht der Typ für Schusswaffen ist. Er wollte noch nicht einmal meine in die Hand nehmen. Bei einem Messer bin ich mir nicht so sicher. Aber ich warf das Argument ein, dass die Männer von Jameson da sein werden, die Profis sind und bewaffnet.

Am Ende riefen wir Kynan an, der Kane den Plan detailliert und insgesamt dreimal erklären musste. Das überzeugte ihn jedoch immer noch nicht. Schließlich musste ich einwenden, dass es meine Entscheidung ist, nicht seine. Und ich finde, dass ich es tun sollte. Ich schlang die Arme um seinen Hals und kuschelte mich auf der Couch an ihn. „Ich will, dass es endlich vorbei ist, Kane. Diese dunkle Wolke soll nicht mehr über uns hängen. Ich will mein Leben leben – unser Leben –, ohne ständig über die Schulter schauen zu müssen."

Er knurrte etwas, und ich musste ihm versprechen, dass wir das Ganze abblasen würden, falls Matthew schon bei der Verabredung einen durchgeknallten Eindruck machen sollte.

Der Plan ist einfach. Kynan schickte uns einen Textvorschlag, was in der E-Mail an Matthew stehen sollte. Die Psychologin der Firma hat ihn erstellt, und er enthält offenbar Trigger, die in Matthew ein sicheres Gefühl erzeugen sollen. Wir sollen ihm die E-Mail senden, wenn wir zum Flughafen fahren, um nach New York zu fliegen, was in wenigen Stunden geschehen wird.

Während ich vier Tage fort sein werde, kann Kynan das Team schicken und hier alles vorbereiten.

Sollte Matthew auf die E-Mail antworten, werden uns Kynan und seine Psychologin helfen, so zu antworten, dass Matthew keinen Verdacht schöpft.

„Du musst aufhören zu grübeln", sage ich zu Kane.

Er zuckt leicht zusammen und wirft mir einen Blick zu. „Wie bitte?"

„Du grübelst die ganze Zeit über Matthew nach. Bekommst das nicht mehr aus dem Kopf. Das macht dich reizbar, und das gefällt mir nicht. Außerdem wird es sich auf dein Spiel auswirken, wenn du es nicht schaffst, diesen Mist auszublenden."

Kane sieht mich wieder an. Dann wieder nach vorn. Und wieder mich. Schließlich bringt er ein aufrichtiges Lächeln zustande und drückt meine Hand auf seinem Bein. „Du hast recht. Ich verspreche dir, wenn es so weit ist, nur noch an das Spiel zu denken."

„Hoffentlich", sage ich ernst. „Diese Woche beginnt die reguläre Saison. Du darfst keine Fehler machen."

„Verstanden, Coach", sagt er im Ton eines Soldaten zu seinem Sergeant.

Zusammen lachen wir darüber. Ich lehne den Kopf an die Stütze und frage mich, wie sich mein Leben so schnell ändern konnte. Dafür gab es definitiv einen Auslöser.

„Streng genommen sollten wir Matthew sogar dankbar sein", sinniere ich.

„Was?", ruft Kane aus. „Wofür sollten wir dem Mistkerl dankbar sein?"

„Hätte er mich nicht angegriffen, wäre ich nicht vor Angst zu dir gekommen. Dann hätte ich Jett nicht kennengelernt und er hätte mich nicht zu einem Date eingeladen. Du wärst nicht eifersüchtig geworden und wir hätten uns nicht geküsst."

Kane versucht, nicht zu lächeln, doch ich sehe es in seinen Augenwinkeln. „Okay, ich gebe zu, dass er die Dinge ins Rollen gebracht hat, aber danken werde ich dem Arschloch niemals."

Ich kichere und schaue nach vorn. „Ich prophezeie dir, eines schönen Tages, wenn wir verheiratet sind, Kinder haben und ein Haus mit einem weißen Lattenzaun, wirst du an Matthew zurückdenken und froh sein, dass er das getan hat."

„Niemals." Er wirft mir wieder einen Blick zu. „Meinst du, dass wir heiraten werden?"

Überrumpelt blinzele ich. Bis eben war mir gar nicht aufgefallen, dass ich vom Heiraten gesprochen habe. Und vom Kinderhaben.

Mir sind einfach so diese Gedanken gekommen, als ob ganz klar wäre, dass es so mit uns weitergeht.

Ich zucke leicht mit den Schultern. „Ich nehme es an. Schließlich liebe ich dich. Und du liebst mich. Du bist mein bester Freund. Ich kann mir nicht vorstellen, mit einem anderen zusammen zu sein. Ich würde liebend gern den Rest meines Lebens mit dir verbringen. Und ist heiraten nicht das, was Leute in unserer Situation tun?"

Kane lacht in sich hinein, hebt meine Hand an seinen Mund und küsst sie. „Ja, traditionell läuft es so. Aber bei uns war bisher alles eher unkonventionell. Sieh uns doch an … wir reden übers Heiraten wie über das Wetter. Und wir können tun und lassen, was wir wollen. Wir müssen keine Hochzeit feiern. Wir können uns auch so als Lebenspartner bezeichnen."

„Oh nein", sage ich und winke mit der freien Hand ab. „Meine Mutter würde ausrasten, wenn sie keine Traumhochzeit bekommt."

Diesmal sieht Kane mich prüfend an. So lange, dass ich befürchte, dass er mit dem Wagen von der Straße abkommt. Doch er wendet den Blick wieder nach vorn. „Okay. Dann wird geheiratet."

Noch vor ein paar Wochen hätte ich diese Idee befremdlich gefunden. Ich hätte mit den Augen gerollt, wenn jemand behauptet hätte, dass ich mich bald verlieben und eine dauerhafte Beziehung eingehen würde.

Doch da bin ich nun und es fühlt sich kein bisschen seltsam an.

Kapitel 21

Kane

Ungelogen, heute war es schwer, mich auf das Spiel zu konzentrieren. Aber ich glaube, ich habe es geschafft. Zu wissen, dass Mollie im Stadion in Sicherheit war, während wir gegen die New York Phantoms spielten, war hilfreich.

Seit Mollie die E-Mail an Matthew geschickt hat, sind meine Nerven angespannt. Dr. Corinne Ellery hat ihr beim Formulieren geholfen. Sie riet Mollie, Matthew ganz offen zu sagen, dass sie sich über seinen Angriff zwar ärgert, aber gern die Gründe verstehen würde. Dies alles nur, um eine Antwort von Matthew zu bekommen. Dann sollte sie ein Treffen in Phoenix vorschlagen, da sie ihn dort gesehen hat. Ihr letzter Satz sollte ihn schlussendlich überzeugen: „Um darüber hinwegkommen zu können, brauche ich eine Erklärung von dir."

Dr. Ellery meinte, das müsste ihn wütend machen. Wie könnte sie es nur wagen, über ihn hinwegkommen und ihn vergessen zu wollen? Diesen Köder würde er höchstwahrscheinlich schlucken.

Gestern, vor dem Flug nach New York, haben wir die E-Mail gesendet, aber bis jetzt ist keine Antwort gekommen. Es ist die reinste Folter, auf eine Antwort zu warten, und noch frustrierender, dass er nicht sofort geantwortet hat.

Doch Mollie ist hier und wir haben einen Plan.

Mit diesen beiden Gedanken im Kopf war ich konzentriert, wie ein Eishockeyspieler, der den Sieg vor Augen hat.

Die Phantoms spielten stark und präsentierten großartige Off-Season-Verstärkungen. Ich habe das Gefühl, dass sie weiterhin starke Gegner sein werden. Wir schafften es, 2:1 zu gewinnen. Bishop und Jett machten die Tore, Dax und Jim assistierten. Unsere Second Line hat trotzdem ein gutes Spiel geliefert. Auch wenn wir privat immer noch keine persönlichen Beziehungen zu Riggs aufbauen konnten, verstehen wir uns auf dem Eis wunderbar. In der kurzen Zeit des Trainings und während der Vorsaisonspiele hat er sich nahtlos in unseren Spielstil eingefügt.

Da das Teamflugzeug erst morgen früh wieder nach Pittsburgh fliegt, machen die meisten Spieler heute Abend für ein paar Stunden den Big Apple unsicher.

Mollie und ich gehen in eine Bar in der Nähe des Hotels. Außerdem kommen meine Second-Line-Kameraden mit uns, außer Riggs, der unsere Einladung abgelehnt hat. Blue und Erik sind auch dabei, allerdings bekommt Blue in drei Monaten ein Kind, sodass sie nichts Alkoholisches trinken wird.

Wir stellen zwei runde Tische zusammen, um die wir stehen, und die Kellnerin bedient uns flott. Die beiden einzigen Frauen unserer Gruppe, Mollie und Blue, stehen erwartungsgemäß zusammen. Ich stehe links neben Mollie und Erik rechts neben

Blue. Jett, Jim und Bain drängeln sich zu uns um die Tische.

„Auf den großartigen Sieg!", sagt Erik und hält sein Bier hoch.

Wir stoßen mit unseren Flaschen an seine. Nur Blue stößt mit einem Glas Wasser an.

„Wie lange fliegst du noch mit dem Team?", fragt Mollie Blue.

Sie reibt sich den Bauch. „Nicht mehr lange. Wahrscheinlich ist das hier das letzte Mal."

„Nicht nur wahrscheinlich. Es ist das letzte Mal", sagt Erik in einem Ton, als wäre er der Chef in dieser Sache und Diskussionen wären überflüssig. Sicherlich haben die beiden bereits darüber gestritten. „Sie wird jetzt keine Tabletts mehr herumschleppen."

„Wie machst du es, wenn sich das Geburtsdatum nähert?", möchte Mollie von Erik wissen. „Nimmst du dir vorher und auch danach Urlaub?"

Erik und Blue tauschen einen Blick aus und sie antwortet: „Er wird natürlich versuchen, bei der Geburt dabei zu sein. Aber sollte er unterwegs sein, wenn die Wehen früh einsetzen, ist Brooke meine Ersatzperson bei der Geburt."

Mollie blickt verwirrt zwischen den beiden hin und her und landet bei Erik. „Das heißt, du könntest die Geburt eventuell verpassen?"

„Hoffentlich nicht. Aber die Gefahr besteht immer bei einem Job, der zur Hälfte aus Reisen besteht. Babys sind unberechenbar."

„Aber danach nimmst du dir Elternzeit, oder?",

hakt Mollie nach.

„Nicht wirklich." Blue lacht. „Immerhin wollen wir den Cup wieder gewinnen. Und er ist wichtig für jedes Spiel."

„Aber … aber … das ist nicht fair", sagt Mollie entsetzt.

Ich lege einen Arm um ihre Schultern. „Viele Spieler haben Familien. Sie sprechen sich untereinander ab, wo ihre Grenzen sind. Aber die meisten spielen weiter. Das ist Teil der Hingabe für den Job."

„Wenn das Team zu Hause spielt, habe ich jede Menge Zeit für das Baby", wirft Erik ein.

Begeistert nickt Blue und scheint sich nicht daran zu stören, dass sie einen großen Teil des Jahres eine alleinerziehende Mutter sein wird. Sie müsste eigentlich zumindest etwas Angst haben und sich überfordert fühlen.

„Kann ich dir irgendwie helfen?", fragt Mollie.

Das wärmt mein Herz. Ich liebe es, dass sie sich als Teil der Eishockeyfamilie fühlt.

„Ich werde es dir sagen, wenn ich es herausgefunden habe", sagt Blue lachend. „All ihr Spielerfrauen habt mir schon eure Hilfe angeboten. Wenn Erik auf Reisen ist, wird das eine Gruppenarbeit werden."

Erik küsst seine Blue auf den Kopf. „Du weißt aber, dass ich lieber bei dir wäre, ja?"

„Natürlich", antwortet sie nickend. „Aber ich habe unsere Eishockeyfamilie parat stehen, falls ich Hilfe brauche."

Das Gespräch wendet sich anderen Themen zu, doch ich merke Mollie an, dass sie noch mit dem Konzept beschäftigt ist, mit einem Profispieler ein Kind zu haben, der manchmal seine Karriere vor die Bedürfnisse seiner Frau stellt.

Vor die seines Kindes.

Das ist auch schwer zu erklären. Ich persönlich habe noch nie viel darüber nachgedacht, weil Kinder so schnell nicht an meinem Horizont aufzutauchen schienen. Aber ich hatte nie das Gefühl, dass den Frauen meiner Teamkameraden etwas fehlte, wenn sie Kinder bekamen und das Sportlerleben für ihre Männer wie gehabt weiterging.

Zwar habe ich schon in Teams gespielt, in denen sich der eine oder andere Spieler ein paar Tage freigenommen hat, doch generell wird vorausgesetzt, dass jeder Spieler bei jedem Spiel anwesend ist. Außerdem würden die meisten Eishockeyfrauen dem zustimmen. Sie sind praktisch die Seele und die Motivatoren des Teams. Die Spielerfrauen sind genauso vom Gewinnen besessen wie ihre Männer, und ich habe noch keine Beschwerden gehört – zumindest keine lautstarken –, dass ihre Männer nicht jederzeit zur Verfügung stehen.

Ich schaue Jim an. Er steht mir gegenüber und lacht über etwas, was Jett zu Mollie gesagt hat. Jim hat ja zugegeben, seine Frau und die Ehe vernachlässigt zu haben, was zur Trennung führte. Aber war das von Anfang an so? Als Lucy geboren wurde? War Jim für Ellas Bedürfnisse zu wenig da? Fühlt Lucy sich auch vernachlässigt?

Ich schüttele den Kopf, um diese Gedanken loszuwerden. Mein Blick fällt auf Mollie. Wie würde ich mich verhalten, wenn sie schwanger wäre?

Oder besser gesagt, was würde sie erwarten?

Mir wird klar, dass dies ein wichtiger Aspekt ist.

Gott, auch wenn wir sehr viel voneinander wissen und einer die Sätze des anderen zu Ende sprechen kann, tappe ich in dieser Hinsicht im Dunkeln. Natürlich ist es etwas früh, über dieses Thema nachzudenken, aber übers Heiraten haben wir schließlich auch schon ganz locker gesprochen.

Eine Woge der Empfindungen für Mollie und alles, was wir zusammen erlebt haben, was aus uns nun geworden ist, übermannt mich. Ich kann nicht anders, als den Arm um sie zu legen und sie an mich zu ziehen. Mollie sieht zu mir hoch, und ihr Lächeln sagt mir, dass sie meinen Arm um sich sehr mag. Auch kann ich nicht anders, als sie zart auf den Mund zu küssen und zu wispern: „Ich liebe dich."

„Ich dich auch", flüstert sie.

Ich höre ein würgendes Geräusch. Jett tut so, als müsste er sich bei unserem Anblick übergeben. Alle lachen, denn es macht Spaß, unsere Kameraden aufzuziehen und das auch auf deren Frauen auszudehnen.

„Es ist einfach seltsam, dich so herumschmusen zu sehen", sagt Bain grinsend.

„Warum denn?" Ich lache. „Ich bin doch generell ein liebenswerter, freundlicher Kerl."

„Ja, aber es ist, als hättest du Mollie eben erst kennengelernt", mischt sich Jett ein. „Ihr datet euch erst seit ein paar Wochen, aber du bist schon total verknallt und siehst sie verträumt an. Als wäre das plötzlich über Nacht passiert."

„Aber eigentlich hatte er einen zehnjährigen Vorsprung", merkt Mollie an.

Ich drücke Mollie an mich und grinse Jett an. „Hör nicht auf ihn, Babe. Er ist nur neidisch, dass der bessere Mann dein Herz gewonnen hat."

Alle lachen und necken Jett, der mitlacht und zugibt: „Ich wusste gleich, dass Mollie nicht mit dem Herzen bei unserem Date war. Sie hat die ganze Zeit nur von diesem Idioten hier geschwärmt."

„Also ich finde das verdammt cool", sagt Erik und hebt seine Bierflasche hoch. „Das ist die beste aller Liebesgeschichten. Eine, die sich über lange Zeit gebildet hat. Diesen Luxus kann man nur beneiden. Ich freue mich für euch zwei."

Alle stoßen mit uns an. Mollie errötet, und ich fühle mich, als hätte ich den Stanley Cup ein zweites Mal gewonnen. Aber das geht mir bei Mollie oft so.

Wir bleiben ein paar Stunden, nippen an unserem Bier und bestellen Nachos und Chicken Wings für alle. Blue bestellt sich einen Hamburger und scherzt, dass sie ja schließlich für zwei essen muss. Da ich diese Entschuldigung nicht vorbringen kann, nehme ich mir vor, morgen früh noch vor der Fahrt zum Flughafen eine Runde laufen zu gehen.

Später beginnt Blue als Erste zu gähnen. Erik beschließt, zu gehen. Dem schließen wir uns alle an und begeben uns ins Hotel.

Jim hat unser Zimmer heute für sich allein und ist dafür bestimmt genauso dankbar wie ich.

Mollie und ich gehen zu unserem Zimmer. Als wir die Tür geschlossen haben, packe ich Mollie um die Taille. Sie lacht, dreht sich zu mir um und wir küssen uns.

Beide leicht angeheitert stolpern wir zum Bett, ohne den Kuss zu unterbrechen, und ziehen uns währenddessen aus. Ich schaffe es, ihr das Shirt auszuziehen, sie aufs Bett zu drängen und mich auf sie zu legen. Ich küsse sie zwischen den Brüsten und greife nach dem Vorderverschluss ihres BHs. Bevor ich ihn jedoch öffnen kann, gibt Mollies Handy in ihrer Handtasche einen Signalton von sich.

Wir erstarren beide.

Wir sehen uns an, und ich weiß, dass wir dasselbe denken.

Ist er es?

Das passiert jedes Mal, seit sie die verdammte E-Mail gesendet hat. Immer wenn das Handy einen Ton von sich gibt, rast Adrenalin durch mich hindurch und erfüllt mich mit schrecklichen Vorahnungen.

Mollie schiebt mich von sich, krabbelt aus dem Bett und geht zu ihrer Handtasche. Als sie das Handy hervorholt, stehe ich hinter ihr und schaue über ihre Schulter. Schnell und effizient entsperrt sie das Handy und ruft die E-Mails auf.

Mir wird leicht schwindelig im Kopf, als ich die neueste E-Mail erkenne. Sie ist von Matthew.

Mollie pfeift leise durch die Zähne und öffnet die E-Mail.

Keine Anrede, nur eine kurze Antwort.

> *Ich bin überrascht, von dir zu hören, Mollie. Aber ich bin nicht sicher, wie ich deine Bitte auffassen soll. Können wir nicht telefonieren?*
> *Matthew*

Kynan hat uns auf diese Reaktion vorbereitet. Matthew versucht, auf eine andere Art der Konversation auszuweichen. Kynan hat uns angewiesen, Matthew nicht wütend zu machen und uns nicht von ihm in eine Falle locken zu lassen. Mollie weiß inzwischen, welche Antwort Dr. Ellery empfiehlt.

> *Sorry, Matthew, aber ich will die Sache ein für alle Mal zu Ende bringen. Ich werde am Donnerstagnachmittag um fünf in der 3rd Avenue bei Perlman's draußen an einem Tisch sitzen. Wenn du mit mir reden willst, dann sei bitte da. Oder ich werde eben ohne den mir wichtigen Abschluss alles hinter mir lassen.*

Mollie sieht mich an und hebt die Augenbrauen.

„Gut so?"

Das ist genau, was uns Dr. Ellery zu schreiben empfohlen hat. Sie glaubt, dass Matthew dem Drang nicht widerstehen kann, Mollie sehen zu wollen und sie vielleicht verbal zu demütigen, da sie sich in der Öffentlichkeit befinden werden.

„Sende es ab", rate ich ihr.

Sie tut es, und uns wird klar, dass jetzt alles ins Rollen kommt. Entweder Matthew erscheint und die Leute von Jameson schnappen ihn, oder er kommt nicht. Dann werde ich die Firma Jameson beauftragen, ihn zu jagen. Das mag teuer sein und seine Zeit dauern, aber das ist es mir wert.

Mollie wirft das Handy aufs Bett und sich selbst in meine Arme. „Jetzt habe ich keine Lust mehr auf Sex." Sie klingt niedergeschlagen.

„Ich auch nicht", sage ich zustimmend, was allerdings eine Lüge ist. Ich mag Sex mit Mollie jederzeit, doch offensichtlich ist ihr gerade nicht danach. „Legen wir uns einfach nur hin und kuscheln. Und schalte dein Handy aus. Sollte er antworten, können wir es auch noch morgen lesen, das ist früh genug."

Sie nickt an meiner Brust. „Das ist auch etwas, was ich an dir liebe. Du verstehst mich."

Das stimmt.

Und es ist auch für mich eine der Eigenschaften, die ich an ihr liebe.

Neben einer Million anderer Dinge.

Kapitel 22

Kane

Die beiden Männer, die Kynan mitgebracht hat, machen einen durchaus fähigen Eindruck. Während wir in meinem Esszimmer sitzen und die Details des Plans durchgehen, den sie sich ausgedacht haben, betrachte ich die Männer genauer.

Mir gegenüber sitzt ein Riese. Er ist mindestens fünf Zentimeter größer als ich mit meinen eins zweiundneunzig, hat dunkle Haare, einen Bart und einen verdammt coolen Namen.

Cruce Britton.

Kynan stellte Cruce als ehemaligen Agenten des Secret Service und seinen besten Scharfschützen vor. Seine Beobachtungsgabe für kleinste Details beim Personenschutz ist einmalig. Er ist derjenige, der den Plan, Matthew zu erwischen, erarbeitet hat.

Der andere Mann heißt Saint Bellinger. Er sitzt Mollie gegenüber und wirkt etwas rätselhaft. Tadellos in einen Anzug gekleidet, wirkt er eher, als wäre er auf dem Weg zu einem Geschäftsmeeting mit Dominik als auf einer Mission, einen Kriminellen zu verhaften. Doch Kynan versicherte uns, dass Saint einer seiner besten Agenten sei.

„Ich befürchte, dass er zu unberechenbar ist, um Mollie in seine Nähe zu lassen", werfe ich geschätzt zum dritten oder vierten Mal ein.

Nachdem Mollie Matthew am Sonntag in New York eine Antwort geschickt hatte, dachten wir, das wäre es jetzt. Entweder würde er einem Treffen zustimmen oder nicht. Doch stattdessen antwortete er am nächsten Tag mit einer wütenden E-Mail und beschwerte sich, dass sie ihn einfach so aus ihrem Leben geworfen hat. Noch beängstigender war, als er sich zornig darüber ausließ, dass er genau weiß, dass sie nach Phoenix geflohen ist, um mit mir zusammen zu sein.

Genauer gesagt schrieb er: *„Ich weiß, dass du ihn fickst, und das macht mich wahnsinnig."*

Das gab mir den Rest. Ich war bereit, die Vengeance zu verlassen und mich mit Mollie in der Wildnis Kanadas niederzulassen, bis der Irre geschnappt und eingebuchtet wird.

Mollie reagierte allerdings brillant. Ich drängte darauf, Dr. Ellery um Rat zu fragen, aber sie antwortete sofort und bestritt seine Anschuldigung. Sie betonte, dass ich nur ein Freund sei und es beleidigend sei, wenn er etwas anderes denkt. Außerdem schrieb sie: *„Ich versuche nur, dich zu verstehen, aber du bringst Dinge ins Gespräch, die völlig irrelevant sind."*

Gespannt warteten wir auf seine Antwort. Die kam schnell und er ruderte zurück. Entschuldigte sich für die Anschuldigung und stimmte dem Treffen zur vorgeschlagenen Zeit zu.

Und nun sind wir an diesem Punkt. Ich habe so viele Zweifel, dass die Flucht nach Kanada immer mehr nach der besten Idee klingt, Sicherheit und

Ruhe zu finden.

„Die Sache ist die", antwortet Kynan mir. „Es besteht kein Zweifel daran, dass der Mann krank im Kopf ist. Er ist von Mollie besessen, was bedeutet, dass er das Potenzial hat, gewalttätig zu werden. Trotzdem glauben wir immer noch, dass dies die beste Methode ist, ihn zu schnappen. Momentan kennen wir seinen Aufenthaltsort nicht, weil er die Kreditkarte nicht für ein Hotel benutzt hat. Wir nehmen an, dass er irgendwo kampiert, was ihn ohne Köder schwer auffindbar macht."

„Außerdem", fügt Cruce hinzu, „ist das Treffen in der Öffentlichkeit mit dem Anlegen von Handschellen vergleichbar. Wir glauben, dass er sie nicht anfassen wird, wenn so viele Zeugen dabei sind."

„Und wir sind ganz in der Nähe", versichert uns Saint.

Sie haben sogar den Restaurantleiter eingeweiht, und der hat zugestimmt, dass sich Saint an den Tisch neben Mollie setzt. Er ist also nur eine Armeslänge von ihr entfernt. Und Scharfschütze Cruce ist auch in der Nähe versteckt und hat Matthew im Visier seiner Waffe.

Mir ist klar, dass der Plan wasserdicht ist. Am meisten beeindrucken mich die fantastischen Kontakte von Jameson zur hiesigen Polizei. Beamte in Zivil werden um Mollie verteilt sein und bereitstehen, um Matthew festzunehmen.

Mir ist immer noch unbegreiflich, wie sie die Polizei dazu bekommen konnten, diese Mission zu erlauben, und dann auch noch anwesend zu sein, um eine Verhaftung vorzunehmen. Mollie und ich haben von der Polizei keine Hilfe bekommen. Ich verstehe aber auch deren Mangel an Mitteln. Jameson anzuheuern, war auf jeden Fall die beste Lösung. Das kostet mich eine Stange Geld, was es aber absolut wert ist.

„Okay, ich verstehe den Plan", sage ich und atme tief aus. Mollie legt eine Hand auf mein Bein. Eine Geste der Courage und Kraft. „Und wo soll ich sein?"

Schweigen macht sich breit. Die Blicke der Männer deuten an, dass sie Mollie die Antwort überlassen wollen.

Stirnrunzelnd wende ich mich an die Frau, die ich liebe.

Mit entschlossenem Blick und stur erhobenem Kinn sagt sie: „Du bist nicht dabei. Du hast ein Spiel."

Schockiert zucke ich zusammen. Das stimmt zwar, aber ich habe längst mit Coach Perron gesprochen und ihm erklärt, dass ich nicht spielen kann und warum. Er war zwar nicht froh darüber, aber er wird mich deswegen auch nicht aus dem Team werfen.

Außerdem sind unsere Gegner die Winnipeg Rebels. Letztes Jahr waren sie das Schlusslicht der Liga und sie sind keine Bedrohung für uns.

„Ich spiele heute aber nicht", presse ich zwischen den Zähnen hervor. Es beleidigt mich, dass sie davon ausgeht, dass ich in einer solchen Situation nicht für sie da bin.

„Doch, Kane, du wirst spielen. Es gibt keinen Grund, warum du unbedingt dabei sein musst", antwortet sie recht spitzzüngig.

„Die Frau, die ich liebe, begibt sich in Gefahr, und du denkst, es gibt keinen Grund, warum ich dabei sein sollte?", frage ich ungläubig.

Sie winkt ab und rollt mit den Augen, was mich noch wütender macht. „Ich bin völlig sicher. Und was ist mit all dem Gerede in New York, wie wichtig dir dein Job ist? Ihr Spieler lasst eure Frauen und Kinder ständig für den Job allein, ohne einen Gedanken daran zu verschwenden. Und weißt du auch, warum? Weil eure Frauen genauso ein Teil des Teams sind wie ihr und sie eure Pflichten unterstützen. Genau wie ihr sind wir Teamplayer. Also sage ich dir, geh zum Spiel und spiele, so gut du kannst!"

Ich bin sprachlos, dass sie so bevormundend mit mir spricht. Aber ich bin auch seltsam stolz auf sie. Mein Herz ist von noch mehr Liebe erfüllt, weil sie sich als Teil des Teams betrachtet. Ich schaue in die Runde. Die Männer grinsen darüber, wie Mollie mich zusammengestaucht hat.

„Dann legen wir das Treffen eben auf einen Tag, an dem ich kein Spiel habe", schlage ich vor und weiß, dass das ein kläglicher Versuch ist.

Kynan schüttelt den Kopf. „Wir müssen das durchziehen, solange er gute Laune hat und keine Falle erahnt. Wenn wir den Termin verschieben, wird er nervös werden."

Mollie legt eine Hand an meine Wange und sieht mir direkt in die Augen. „Wir müssen es heute machen, Kane. Und ich werde absolut sicher und beschützt sein. Und wenn du dabei wärst, würdest du mich nur noch nervöser machen, denn ich würde mir Sorgen machen, dass du dir zu viele Sorgen machst."

Fuck. Ich hasse es, dass sie das von mir verlangt.

„Hör zu, Kane", sagt Kynan dazwischen. In einem Ton, der anzeigt, dass er das letzte und vernünftigste Wort in der Sache hat. „Das Spiel beginnt erst um sieben. Soweit ich weiß, kommt erst das Aufwärmen dran. Und das Ganze wird vorbei sein, noch bevor das eigentliche Spiel beginnt. Sobald der Kerl in Handschellen ist, werde ich dich persönlich anrufen."

„Und ich werde mit einem Uber ins Stadion fahren", sagt Mollie. „Vielleicht bin ich schon da, bevor der Puck aufs Eis fällt."

„Wahrscheinlich wirst du erst auf der Polizeistation eine Aussage machen müssen", wirft Kynan bedauernd ein. „Aber vor Ende des Spiels müsstest du es noch schaffen, da zu sein."

Ich betrachte die Gesichter der Männer am Tisch. Kynan, Cruce, Saint ... alle wirken zuversichtlich und entschlossen. Ich vertraue ihnen.

Mollie wirkt genauso entschlossen.

Gott, wie sehr ich sie liebe. Sollte ihr etwas passieren, würde es mich zerstören.

Doch ich muss etwas tun, was vollkommen und unmissverständlich meine Liebe und Hingabe beweist. Ich muss über meine Ängste hinwegkommen und … Mollie einfach vertrauen.

„Okay", sage ich und gebe ihr einen Kuss. „Dann machen wir es so."

***

Spieltage bedeuten eine Menge Planung und Aktivität. Wir tauchen nicht einfach auf, ziehen uns um und hüpfen aufs Eis.

Meistens trainieren wir noch vorher und nehmen eine gesunde, energiereiche Mahlzeit mit Kohlenhydraten zu uns. Danach ruhen sich manche Spieler aus, und einige benutzen ein Fitnessgerät, um locker und warm zu bleiben. Andere warten einfach in der Teamloge mit den Angehörigen und spielen zur Ablenkung etwas, zum Beispiel auf der Xbox, um Lampenfieber zu vermeiden.

Egal welches Ritual die Einzelnen haben, um die Zeit, zu der das Treffen mit Matthew stattfindet, sind wir alle in der Spielerkabine. Ich bin kurz vor dem Durchdrehen und kann mich unmöglich auf irgendetwas konzentrieren.

Normalerweise gehöre ich zu denen, die sich vor einem Spiel gern bewegen, locker bleiben, und man findet mich oft beim Spinning auf dem Trainingsfahrrad. Jetzt ist es Viertel vor fünf und ich sitze auf der Bank in der Umkleide und starre blickleer auf meine Ausrüstung. Mollie müsste auf dem Weg ins Restaurant sein. Cruce, Saint und Kynan werden schon auf ihren Positionen sein. Vor zehn Minuten habe ich mit Mollie telefoniert. Es hat sich wie die letzte Unterhaltung angefühlt, die wir je haben werden. Die meiste Zeit hat sie mir versichert, dass alles gut gehen wird.

Am Ende hat sie nicht „Ich liebe dich" gesagt, und darüber bin ich froh. Das hätte suggeriert, dass sie sich Sorgen macht, anstatt zuversichtlich zu sein wie ihre Ausstrahlung, die sie den ganzen Tag schon wie eine Ehrenauszeichnung zur Schau gestellt hat.

Sie sagte nur „Bis später", und das in einem derartig lockeren Tonfall, als hätte sie lediglich einen Spaziergang im Park vor sich. Sie verpasst mir eine Lektion in Courage und Beharrlichkeit, also werde ich mich fügen und mich auf mein Spiel vorbereiten.

Eine Hand legt sich auf meine Schulter. Erschrocken zucke ich zusammen, denn ich war zu sehr in Gedanken versunken, um die anderen zu bemerken.

Es sind Bain und Jett mit Jim hinter ihnen. Überraschenderweise steht Riggs daneben. Er betrachtet mich ohne eine Spur seiner gewöhnlichen Gleichgültigkeit, sondern mit einem Blick, der entfernt nach Bruderschaftsgefühlen aussieht.

Meine Kameraden der Second Line.

„Wir wollten kurz zu dir kommen", erklärt Bain. Sie wissen Bescheid. Das gesamte Team weiß es. „Wenn du nichts dagegen hast, würde ich gern ein Gebet sprechen."

Ich bin überhaupt nicht religiös. War nie im

Gottesdienst, nicht einmal als Kind. Aber ich habe dennoch eine spirituelle Seite. Ein Gebet würde ich nie ablehnen oder gar meine Jungs abweisen und darauf bestehen, allein mit dem Problem zurechtzukommen. Ich nicke zustimmend und erhebe mich von der Bank. Wir bilden einen Kreis und berühren uns leicht an den Schultern. Wir halten uns nicht an den Händen oder legen die Arme umeinander, sondern senken nur die Köpfe, als Bain zu beten beginnt.

„Lieber Gott, wir bitten dich heute um deine himmlische Unterstützung. Bitte beschütze Mollie, die eine schwere Zeit durchmacht, und flöße unserem Bruder Kane Tugenden ein, die er bereits besitzt, die aber einen Booster brauchen können."

Jett lacht in sich hinein und ich grinse.

„In dir wohnen diese Tugenden, lieber Gott. Kraft, Hoffnung, Entschlossenheit und der Glaube, dass bald alles wieder gut sein wird. Wir beten im Namen des Herrn …"

„Amen", sagen wir im Chor.

Ich hebe den Blick und sehe in die kleine Runde, betrachte meine Teamkameraden. Alle schauen mich mit der Zuversicht an, dass der Tag auf allen Ebenen erfolgreich zu Ende gehen wird. Mollie wird helfen, diesen Mistkerl hochzunehmen, und wir werden aufs Eis gehen und den Rebels in den Hintern treten.

„Danke, Männer", sage ich.

Sie tätscheln mir kameradschaftlich die Schulter und dann geht jeder zu seiner Ausrüstung. Jett schlägt mir auf den Hintern, und ich rolle mit den Augen, weil es so zwickt.

Geplauder schallt durch die Umkleide, weitere Spieler kommen herein, um sich umzuziehen.

Ich schaue auf die Uhr. Vier Minuten vor fünf.

Bald sollte ich eine Nachricht bekommen.

Entschlossen, keine Zeit zu schinden und mit demselben Mut weiterzumachen, den Mollie an den Tag legt, drehe ich mich zu meinem Regal um und bereite mich auf das Spiel vor.

Kapitel 23

Mollie

Ich folge einer Kellnerin nach draußen an einen Tisch, der für Matthew und mich vorgesehen ist. Es ist beeindruckend, wie die Firma Jameson so kurzfristig mit dem Restaurant und der Polizei alles arrangiert hat.

Meine Hände fühlen sich schweißnass an, sodass ich sie mir an der Jeans abwische. Ich befürchte, dass das Tape auf meinem Rücken abgehen könnte; ich bin verkabelt, damit das Gespräch mit Matthew aufgezeichnet werden kann.

Fieberhaft gehe ich die letzten Ratschläge von Kynan noch einmal durch, die er mir gegeben hat, bevor ich in den Uber stieg, der mich zum Restaurant fuhr. Kynan wollte, dass ich allein ankomme, falls Matthew misstrauisch wird, wenn ich jemanden mitbringe – zum Beispiel Kane. Cruce und Saint waren bereits in Position, bevor ich meine Wohnung verlassen habe.

Was hat Kynan noch mal gesagt?

Ach ja: *Sprich ruhig und gelassen. Frage ihn, warum er das getan hat, aber nur auf neugierige Art, ohne Ärger zu zeigen. Das sollte ihn dazu bringen, über seinen Übergriff zu reden. Frage ihn, ob er immer noch vorhat, handgreiflich zu werden. Zeig ihm, dass dir das Angst macht. Frage ihn, was er als Nächstes vorhat. Auch wieder auf interessierte Art. Überlasse ihm das Reden.*

Kynan sagte, je mehr ich ihn reden lasse, und

zwar über sich anstatt darüber, was ihn an mir geärgert hat, wird es viel dazu beitragen, eine Eskalation zu verhindern.

Ich sehe Saint an einem Tisch sitzen. Er ignoriert mich völlig und liest ganz klischeehaft eine Zeitung. Genau wie am Nachmittag in meiner Wohnung trägt er einen modischen Anzug und wirkt überzeugend wie ein adretter Geschäftsmann. Als wir am Nachmittag Zeit totzuschlagen hatten, erzählte mir Cruce, dass Saint einst ein erstklassiger Dieb war. Diese Vorstellung fand ich faszinierend. Gott, zu gern würde ich ihn eines Tages über seine Reisen und Abenteuer ausfragen.

Vor Saint stehen ein volles Wasserglas und ein halb volles Weinglas sowie eine Vorspeise, von der er bereits gegessen hat. Sicher gehört das zur Tarnung, damit es wirkt, als ob er ein Gast wäre, der bereits eine Weile da ist.

Cruce befindet sich irgendwo in der Straße, jedoch nah genug, um Matthew eine Kugel zu verpassen, falls dieser gewalttätig wird.

Die Kellnerin führt mich an den Tisch neben Saint. Ich wage es nicht, ihn anzuschauen, und wähle wie geplant den Stuhl ihm gegenüber. Erst dachte ich, sie wollen Saint näher an mir positionieren, doch nein, sie wollen, dass er sich, wenn nötig, schnell auf Matthew stürzen kann.

Die Kellnerin reicht mir eine Speisekarte. Sie weiß, dass ein Polizeieinsatz läuft, auch wenn sie keine Einzelheiten kennt, bleibt jedoch entspannt und gelassen. Sie fragt mich sogar für die Echtheit, ob ich allein speise.

Ich schüttele den Kopf. „Ich treffe mich hier mit einem Freund."

Sie nickt. „Dann komme ich wieder, wenn er Platz genommen hat."

Ich lege das Handy neben die Karte und sehe, dass die Uhr eine Minute nach fünf anzeigt. Ich habe nicht erwartet, dass Matthew zuerst hier sein wird, sondern gehe davon aus, dass er misstrauisch ist, was mein Motiv angeht. Ich wette, dass er sich hier irgendwo versteckt und beobachtet hat, wie mich der Uber vor dem Restaurant abgesetzt hat.

Ein anderer Kellner kommt an meinen Tisch und gießt mir Wasser aus einer Karaffe in das bereitstehende Glas. Nachdem er sich zurückgezogen hat, trinke ich nervös einen Schluck, bin dankbar für das beruhigende, erleichternde Gefühl in der Kehle, die rau ist vor Angst und Zweifeln.

Wieso habe ich Kane gesagt, er solle zu seinem Spiel gehen?

Ich werde langsam panisch und wünschte, er wäre hier.

Aber nein, ich habe das Richtige getan.

Und er tut auch das Richtige.

Ich muss allein damit fertigwerden.

Eine Bewegung im rechten Augenwinkel erregt meine Aufmerksamkeit. Langsam wende ich den Kopf und sehe, wie Matthew der Kellnerin folgt, die auch mich zum Tisch geführt hat. Kurz sieht sie mich an, dann schaut sie nervös zu Saint und wieder zu mir.

Ich sehe Matthew an. Sofort will ich mich abwenden, denn ihn wiederzusehen ist schlimmer, als ich mir vorgestellt hatte. Bei dem Gedanken, einmal mit diesem Mann intim gewesen zu sein, wird mir übel. Egal wie gut er aussieht, ich kann nur noch daran denken, wie wahnsinnig er wirkte, als er über mich hergefallen ist.

Er ist leger mit Cargo-Shorts und einem langärmeligen Oberhemd bekleidet. Er kommt mir dünner vor, als ich ihn in Erinnerung hatte, zumindest im Gesicht, das ausgemergelt aussieht. Wahrscheinlich ernährt er sich nicht gesund. Das erscheint mir wirklich krank, denn offenbar achtet er nicht mehr auf sich. Ein geistig gesunder Mensch würde das tun.

Die Kellnerin ist übertrieben fröhlich und deutet auf den Stuhl für Matthew. Nachdem er sich gesetzt hat, reicht sie ihm die Speisekarte. Er wirft einen Blick auf Saint. Ob er sich wundert, dass wir die einzigen Gäste hier draußen sind? Auf diese Weise wollen wir andere Gäste schützen, aber ich hoffe, dass Matthew annimmt, dass es einfach noch zu früh für den Andrang zum Abendessen ist.

Matthew schaut erneut zu Saint und dann die Straße entlang. Als er wiederholt nach rechts und links schaut, verstehe ich, was er tut.

„Ich bin allein hier", erkläre ich, da er offenbar nach Kane Ausschau hält.

„Ich gehe nur auf Nummer sicher", antwortet er.

Sein Blick fällt auf mich und seine Lippen verziehen sich zu einem Grinsen.

Sofort überlagert Wut meine Angst. Dieser Arsch glaubt tatsächlich, er hätte schon gewonnen, weil ich wie von ihm verlangt allein gekommen bin. Dumm nur, dass ich alles andere als allein hier bin, was er bald herausfinden wird.

Bevor ich ein Gespräch beginnen kann, kommt der Kellner von vorhin und schenkt Matthew ein Glas Wasser ein. Matthew ignoriert den Kellner und das Wasser.

„Warum bist du in Phoenix?", frage ich, sobald wir wieder allein sind.

Matthew lehnt sich leicht schräg auf seinem Stuhl zurück und legt einen Ellbogen auf seine Rücklehne. „Natürlich deinetwegen."

Ein Schauder läuft mir über den Rücken, doch ich strenge mich an, mein Gesicht ausdruckslos zu belassen. „Wir treffen uns nur hier, um zu reden", bringe ich in Erinnerung.

„Selbstverständlich", antwortet er und senkt leicht das Kinn.

Gott, wie kann er nur? Wie kann er hier so gelassen sitzen, mit diesem arroganten Ausdruck, nachdem er mich das letzte Mal körperlich angegriffen hat? Das kann ich mir nur damit erklären, dass er nicht den geringsten Verdacht hat, dass ich ihn angezeigt habe. Dass er keine Ahnung hat, dass ein Haftbefehl gegen ihn erwirkt wurde. Denn sonst wäre er wohl vorsichtiger in der Öffentlichkeit und nicht so sorglos. Jedenfalls sitzt er hier selbstgefällig wie eine Katze, die den Kanarienvogel gefressen hat, und glaubt, Macht über mich zu haben.

Ich versuche, demütig und neugierig zu wirken, und neige den Kopf leicht zur Seite. „Warum hast du das getan?"

„Warum hast du mich aus deinem Leben gestrichen?", kontert er. Als ich nicht sofort antworte, spricht er weiter. „Ich habe meiner Wut die Kontrolle überlassen." Er zuckt mit den Schultern.

„Das kaufe ich dir nicht ab." Damit entferne ich mich etwas vom Drehbuch. Mir wurde gesagt, dass ich ihm nie widersprechen soll, aber mit diesem Blödsinn kann ich ihn nicht durchkommen lassen. „Du hast nicht einmal versucht, mit mir zu reden. Dein einziges Ziel war, mich anzugreifen."

Er beugt sich vor und spricht leiser, faucht fast wie ein Löwe. „Ich wollte dich bestrafen. Du hast mir wehgetan, also musste ich es dir heimzahlen."

„Du hättest mich umgebracht, Matthew", sage ich ebenfalls leise. „Das hattest du vor, stimmt's?"

„Aber dein verfickter Köter hat dafür gesorgt, dass das nicht passiert ist, oder?", knurrt er und reibt sich den Arm.

Ob er immer noch einen Verband unter dem Ärmel hat? Ich hoffe, ihm bleiben für immer gut sichtbare, entstellende Narben.

Er hat immer noch nicht sein wahres Vorhaben zugegeben. Anscheinend ist er zu exzentrisch, um es einfach zu sagen. Vielleicht findet er es krank von mir, es ausgesprochen hören zu wollen. Ich versuche es mit der Taktik, die Kane vorgeschlagen hat. „Und was hast du jetzt vor, hier in Phoenix?"

Er antwortet nicht sofort, doch ich sehe ihm an seinem gruseligen Lächeln an, dass ihm die Frage gefällt. Er trinkt von seinem Wasser, schluckt gemächlich und stellt das Glas ab. „Nun, das hängt ganz von dir ab, nicht wahr?"

„Von mir?"

„Du wirst mir noch eine Chance geben", sagt er überzeugt. „Wir reisen wieder zusammen, aber diesmal ohne deinen verrückten Hund. Und den unschönen Zwischenfall in North Carolina vergessen wir einfach."

In meinen Ohren rauscht es. Zuerst höre ich es kaum, weil ich so wütend bin, dass er an so etwas überhaupt denkt. Hat der Mann in den Monaten mit mir denn gar nichts über mich gelernt? Kynan hat gesagt, ich solle ganz ruhig bleiben. Die Nerven behalten. Ich solle Matthew sanft dazu bringen, seine Tat zu gestehen, sodass wir einen wasserdichten Fall gegen ihn haben.

Sämtliche Ratschläge verblassen und werden zu einem Hintergrundrauschen in meinem Verstand. Ich stütze die Ellbogen auf dem Tisch ab und beuge mich vor. „Du erwartest wirklich, dass ich wieder mit dir auf Reisen gehe?" Meine Stimme bebt vor Wut.

Matthew blinzelt irritiert. Anscheinend hat er mir meine unterwürfige Ausstrahlung voll abgenommen.

Ich gebe ihm nicht die Möglichkeit, zu antworten. „Du bist in meinem Minibus über mich hergefallen. Hast mich auf dem Boden festgehalten. Du warst außer dir und hattest einen irren Blick. Und du erwartest von mir, dass ich das einfach vergesse und so tue, als wäre nichts passiert? Dann sage ich dir jetzt etwas, Matthew. Du bist völlig wahnsinnig. Und erbärmlich." Matthews Ausdruck wird wütend, doch ich bin noch nicht fertig. „Du bist die billige Entschuldigung für einen Menschen, der keine Ahnung hat, was es bedeutet, ein wahrer Mann zu sein."

Mit gerötetem Gesicht knirscht er mit den Zähnen. Er hebt eine Hand, deutet mit dem Finger auf mich, öffnet den Mund, um etwas zu sagen, aber ich unterbreche ihn.

„Du hast ein winziges Selbstbewusstsein und einen noch kleineren Schwanz. Gott, ich weiß nicht mal, ob du mich umbringen oder vergewaltigen wolltest, aber mit dem kleinen Schniedel hättest du sowieso nicht viel Schaden anrichten können …"

„Ich wollte dich umbringen, Schlampe!", brüllt er und steht vom Stuhl auf.

Ich spüre nicht einmal einen Funken Angst. Triumphierend sehe ich ihn an, lächele zufrieden, weil ich es geschafft habe, ihn aus der Fassung zu bringen.

Und dazu, ein Geständnis abzulegen.

Ehe ich überhaupt so recht begreife, dass Saint sich bewegt, hat er Matthew schon im

Schwitzkasten.

Matthew weitet die Augen und sieht mich schockiert an. Noch immer hat er nicht kapiert, dass dies eine Falle ist.

Wahrscheinlich glaubt er, Saint wäre nur ein Gast, der uns zugehört hat und bei dem Wort Schlampe der Dame galant zu Hilfe eilt.

Matthew versucht, Saint abzuschütteln, beschimpft ihn lautstark, doch Saint rührt sich keinen Millimeter. Fußgänger bleiben stehen und sehen zu. Aber innerhalb von wenigen Augenblicken schlängeln sich die Polizisten in Zivil mit gezogenen Waffen zwischen den Tischen hindurch.

„Nehmen Sie diesen Mann fest", stößt Matthew wütend aus. Dann ringt er um Luft, weil Saint den Arm um Matthews Hals enger zieht.

Ich schaue nur zu. Das ist wie die beste TV-Serie überhaupt. Fehlt nur das Popcorn.

„Wir übernehmen ihn", sagt einer der Polizisten mit gehobener Waffe.

Saint lässt Matthew los und tritt zurück.

Wütend reibt sich Matthew den Hals und deutet mit einem zitternden Finger auf Saint. „Verhaften Sie den Mann! Ich habe mich nur nett mit meiner Freundin unterhalten und er hat mich völlig grundlos angegriffen!"

Der andere Beamte steckt die Waffe ins Holster zurück und geht auf Matthew zu.

Dieser grinst frech und macht einen Schritt zur Seite in dem Glauben, dass Saint jetzt verhaftet wird.

Doch stattdessen ergreift der Beamte Matthews Arm, dreht ihn auf dessen Rücken und legt ihm blitzschnell Handschellen an.

„Was soll der Scheiß?", beschwert sich Matthew. „Ich habe nichts getan!"

Der Beamte, der die ganze Zeit seine Waffe auf Matthew gerichtet hat, steckt sie ebenfalls weg und leiert Matthew dessen Rechte herunter. „Matthew Brighton, ich verhafte Sie gemäß dem in North Carolina erlassenen Haftbefehl gegen Sie. Sie haben das Recht, zu schweigen …"

Saint kommt zu mir herüber und reicht mir die Hand. Mit einem Grinsen ergreife ich sie und lasse mich von ihm vom Stuhl fort führen.

Matthew starrt mich an und dann begreift er endlich. „Du hast mich in eine Falle gelockt!", kreischt er.

Ungerührt zucke ich mit den Schultern. „Und du wolltest mich umbringen, Matthew. Also ist das nur fair, oder?"

Er stößt Flüche aus, aber die Polizisten drängen ihn durch das Eingangstürchen im Zaun des Restaurant-Außenbereichs auf den Bürgersteig. Ein Polizeiwagen fährt vor. Der Beamte öffnet die Tür und schiebt Matthew mit dem Kopf voran in den Wagen, während Matthew mich immer noch verflucht.

Kynan und Cruce stellen sich neben Saint und mich. Wir sehen zu, wie Matthew abtransportiert wird.

„Du konntest dann doch nicht cool bleiben,

was?", fragt Kynan sarkastisch. „Musstest ihm eine Falle stellen."

Mein Lächeln hat nichts Entschuldigendes. „Dein Plan hat nicht gezogen. Aber meiner war erfolgreich."

Kynan legt den Kopf zurück und lacht.

Saint nimmt mein Handy vom Tisch und reicht es mir. „Ich glaube, ein gewisser Eishockeyspieler sitzt auf glühenden Kohlen und will wissen, wie es gelaufen ist."

Dankbar nehme ich es und tippe Kanes Namen an erster Stelle meiner Favoriten an. Momentan müsste er in der Kabine sein und sich bereit machen.

Es klingelt kaum, da nimmt Kane schon ab.

„Mollie? Ist alles okay?"

„Ja, alles gut. Alles lief nach Plan. Matthew wurde verhaftet."

„Und du bist wirklich unverletzt?", bohrt er nach.

„Mir wurde kein Haar gekrümmt. Aber ich bin etwas gekränkt, weil er mich eine Schlampe genannt hat."

Kane lacht in sich hinein. Ich höre ihm die Erleichterung und Freude an. „Das bist du ganz sicher nicht, Nudel."

„Puh", antworte ich. „Ich habe mir schon Sorgen gemacht."

„Kommst du ins Stadion?"

„Nach meiner Aussage bei der Polizei. Ich hoffe, du spielst dir die Seele aus dem Leib, Kane Bellan. Oder schießt ein Tor für mich."

„Schon erledigt, Babe. Ich liebe dich."

„Ich liebe dich auch", antworte ich und fühle mich so erleichtert wie schon lange nicht mehr.

Kapitel 24

Kane

Heute ist für eine ganze Weile unser letzter freier Samstag. Freitag hatten wir ein Heimspiel. Und am Sonntag fliegen wir nach Los Angeles für Spiele gegen die L.A. Demons und die L.A. Dragons.

Nora und Tacker nutzen den freien Samstag für ein BBQ auf ihrer Ranch. Das findet in größerem Rahmen statt als die Party von Coach Perron, die nur für die Erwachsenen war. Auf der Ranch wimmelt es von den Kindern der Vengeance und sie machen das BBQ zu einem Familienfest.

Ich weiß nicht, ob es an der Feierstimmung liegt, dem Duft des Grillfleisches, der schönen Frau an meiner Seite oder dass wir vor zwei Tagen Matthew verhaften konnten, dass ich so verdammt glücklich bin. Vermutlich ist es eine Mischung aus allem.

Hand in Hand schlendern Mollie und ich über den Hof, an den Picknicktischen voller Grillbeilagen und an den Bänken vorbei, auf denen die Spieler und ihre Familien sitzen. Auf Coach Perrons Party habe ich Mollie bereits vielen vorgestellt, doch das war recht viel auf einmal für sie, sodass ich ihr noch einmal ein paar Leute vorstelle. Diejenigen, die mehr über Mollie und ihren Stalker wissen, umarmen und beglückwünschen sie zum Ende des Dramas, was sie gern annimmt. Das

Gewicht und der Stress der Situation wurden ihr von den Schultern genommen. Sie kann jetzt wieder leichter lächeln. Mir ist gar nicht bewusst gewesen, dass ich dafür hatte schwer arbeiten müssen, als Matthew noch wie eine dunkle Wolke über unseren Köpfen hing. Sogar Mollies Schritte wirken leichter.

Als wir uns auf den Weg zur Warteschlange vor dem Büfett machen, kommen wir an einem Tisch vorbei, an dem die Gastgeber Nora und Tacker sitzen. Tacker ist über einen Teller voll Grillrippchen, gebackenen Bohnen, Maiskolben, Maisbrot und Krautsalat gebeugt. Vor Nora hingegen steht nur eine Wasserflasche.

„Du isst nichts?", frage ich Nora.

Sie verzieht das Gesicht. „Ich leide unter Morgenübelkeit. Trockener Toast ist momentan mehr mein Ding."

„Ich kann dir einen Toast machen gehen", bietet Tacker an und nickt Richtung Haus.

„Nein, danke", sagt sie lächelnd und stößt ihn mit der Schulter an. „Nachher vielleicht. Jetzt reicht mir erst einmal das Wasser." Sie wendet sich uns zu. „Holt euch doch etwas zu essen und setzt euch zu uns. Ihr müsst uns alles über euer aufregendes Abenteuer erzählen."

Mollie lacht. „So aufregend war es gar nicht."

„Doch, das war es absolut", widerspreche ich und lege einen Arm um Mollie. Stolz drücke ich sie an mich. Nachdem sie jetzt in Sicherheit ist, kann ich so tun, als wäre es keine große Sache gewesen. In Wahrheit hatte ich eine scheiß Angst, bis ich wusste, dass er verhaftet und sie unverletzt und in Sicherheit war. „Ich erzähle euch gleich alles."

Wir stellen uns in die Schlange und unterhalten uns mit den Leuten vor und hinter uns. Die Auswahl an Essen ist so groß, dass ich gar nicht weiß, was ich nehmen soll. Ich entscheide mich für einen Hamburger, einen Hotdog, Bohnen, Mais und zwei Chocolate-Chip-Cookies, die ich noch auf den Rand meines vollen Tellers schieben kann. Mollie nimmt sich Ribs, Nudelsalat und ein Stück Erdbeerkäsekuchen.

Als wir an den Tisch kommen, haben Jim Steele und unser Goalie Legend Bay dort ebenfalls schon Platz genommen und mit Bergen beladene Teller vor sich.

„Wo ist Pepper?", frage ich Legend und sehe mich suchend um.

„Charlie fiebert leicht. Wir glauben, dass es vom Zahnen kommt, aber Pepper wollte lieber mit ihr zu Hause bleiben."

Mollie und ich setzen uns, doch bevor Mollie einen Bissen essen kann, verlangt Nora, dass sie erzählt, wie Matthews Festnahme abgelaufen ist.

Diese Geschichte habe ich inzwischen schon mehrmals gehört, und da hat sie mir auch schon nicht gefallen. Besonders nicht der Teil, an dem sich Mollie nicht an den Plan gehalten und Matthew absichtlich wütend gemacht hat. Ihn praktisch herausforderte. Zwar bekam sie dadurch das gewünschte Geständnis, aber sie hätte stattdessen genauso gut eine Kugel in den Kopf bekommen können, falls er bewaffnet gewesen wäre.

Doch ich bin darüber hinweg. Es ist vorbei. Ich gönne Mollie den Triumph, denn es gibt ihr Kraft, dass sie die Gewinnerin der Schlacht gegen ihren Angreifer ist. Ohne Übertreibungen einzuflechten, bleibt Mollie bei den Fakten, erzählt, und alle lauschen ihr gespannt. So ist sie eben. Bescheiden und nicht darauf aus, sich in den Mittelpunkt zu stellen.

„Und wie geht es jetzt weiter?", fragt Jim.

„Er wurde nach North Carolina gebracht", erklärt Mollie. „Am Montag wird darüber entschieden, ob er auf Kaution rausdarf."

„Wird er das dürfen?", fragt Nora besorgt.

„Der Staatsanwalt bezweifelt es. Der Anklage wurden versuchter Mord und Stalking hinzugefügt. Daher glaubt er nicht, dass der Richter einer Kaution zustimmen wird."

„Und bis zum Prozess wird es Monate dauern, also wird er lange im Knast sitzen", ergänze ich.

„Was für eine Erleichterung", sagt Nora und atmet tief durch.

„Wie viele Jahre erwarten ihn?", fragt Tacker mit einem abgenagten Rippchenknochen in der Hand.

„Mindestens zwanzig Jahre, sollte er wirklich in jedem Punkt schuldig gesprochen werden", sagt Mollie. „Vielleicht auch länger. Oder er kann irgendeinen Deal abschließen. Jedenfalls muss ich mir seinetwegen ziemlich lange keine Sorgen mehr machen."

„Da ich etwas Erfahrung habe, was wahnsinnig gewordene Stalker angeht, kann ich nur sagen, dass du es wunderbar gemeistert hast, diesen Abschaum zu schnappen", sagt Legend und prostet Mollie mit seinem Bier zu.

Ja, Legend weiß einiges über Ex-Partner, die zu irren Stalkern werden, so viel ist sicher.

„Es ist vorbei", sagt Mollie und hebt ebenfalls ihre Bierflasche. „Und jetzt werde ich nur noch das Leben in vollen Zügen genießen."

„Und wie genau soll das aussehen?", fragt Nora.

Ich sehe Mollie an und bin gespannt, was sie antworten wird. Wir haben noch nicht über Zukunftspläne gesprochen, seit Matthew von der Sorgenliste gestrichen wurde.

Mollie zuckt unbekümmert mit den Schultern. „Ich habe noch keinen Plan und lasse mir Zeit. Ich habe Kane von meiner Idee erzählt, einen Reiseratgeber zu schreiben. Und natürlich werde ich zu einigen Vengeance-Spielen reisen und ihr neuester begeisterter Fan sein."

Alle am Tisch lachen. Besonders, weil ich das Spiel vor zwei Tagen ausfallen lassen wollte und Mollie mich überredet hat, zu spielen. Das machte sie zur Heldin des Tages.

„Aber ich habe nicht allzu viele Reisen geplant. Ich würde Samson vermissen. Und ich will die Hundesitterin nicht überstrapazieren."

Grinsend schüttelt Jim den Kopf. „Lucy liebt es, auf ihn aufzupassen. Ich höre sogar nichts anderes mehr, als dass ich einen Hund anschaffen soll."

„Mann, das würde dir jede Menge Bonuspunkte bei Lucy einbringen", sage ich, obwohl das offensichtlich ist. Jim könnte während der Pubertät echt Hilfe mit seiner launischen Tochter gebrauchen.

„Wem sagst du das." Er verzieht das Gesicht. „Sie versucht ständig, mich zu manipulieren, indem sie die Trennung benutzt, um an meine Gefühle zu appellieren." Er ahmt ihre hohe Stimme nach. „Ich bin so traurig, seit du und Mom getrennt seid. Ein Hund würde mich wieder glücklich machen."

Ich schnaube über seine gute Imitation und lache in mich hinein über Lucys Versuch, die Situation auszunutzen, um ihren Willen zu bekommen.

Mollie lacht ebenfalls. „Dann schenke ihr doch einen Hund. Dann hat Samson einen Spielkameraden, wenn er da ist."

„Vielleicht", sagt Jim. „Darüber muss ich noch eine Weile nachdenken."

Zu gern würde ich Jim fragen, ob er bei seiner Frau inzwischen Fortschritte machen konnte, doch das Thema will ich jetzt nicht anschneiden. Das bleibt zwischen ihm und mir. Natürlich habe ich es Mollie erzählt, aber der Rest des Teams weiß nichts von der Überwachung seiner Frau durch Jim und mich.

Es ist nicht überraschend, dass Ella nicht hier ist. Seit der Trennung hat sie an keinem Team-Event mehr teilgenommen. Und natürlich wäre es einer Wiedervereinigung nicht förderlich, wenn er sie eingeladen hätte, weil er sie zurückgewinnen will.

Das wäre jetzt viel zu unangenehm für alle Beteiligten. Nein, Jim muss sie anders erobern. Bei Wein und gutem Essen. Ohne jegliche Ablenkungen. Es darf nur um sie beide gehen.

Innerlich muss ich über mich selbst lachen. Mit Sicherheit bin ich kein Experte in Romantik. Ich musste Mollie nicht auf diese Weise erobern. Aber ich nehme an, dass ich trotzdem romantisch sein könnte, damit sie ihre Wahl nie bereut. Ich mache mir eine geistige Notiz, ihr morgen Blumen liefern zu lassen, nachdem ich nach Los Angeles geflogen bin. Diesmal reist Mollie nicht mit, damit sie Samson nicht schon wieder unterbringen muss. Zwar weiß sie, dass er in guten Händen wäre, doch er ist wie ihr Baby und sie mag nicht oft von ihm getrennt sein.

Es ist ein verdammt schöner Tag, um ihn mit den Kameraden und deren Familien zu verbringen. Alle haben Mollie mit offenen Armen empfangen. Es fühlt sich wunderbar an, sie auf jede Art, auf die ein Mann eine Frau haben kann, die Meine nennen zu können, und besonders als mein Fan als Spieler. Wenn sie im Stadion ist und mich anfeuert, fühle ich mich auf den Schlittschuhen schneller und meine Schüsse sind zielgenauer.

Wir essen und trinken Bier.

Nora und ihr Manager Raul holen ein paar Pferde aus dem Stall und führen anschließend Kinder darauf im Kreis herum.

Als die Sonne langsam untergeht, geht die Party zu Ende. Alle Spieler müssen für die Reise nach

L.A. packen. Eine Handvoll Männer bleibt noch, um Nora und Tacker aufräumen zu helfen. Danach fahren wir in die Stadt zurück und fühlen uns wegen all der guten Kameradschaft vollauf zufrieden. Nur Riggs hat gefehlt. Ich hatte gehofft, er käme mit seiner Schwester. Von Mollie weiß ich, dass er sie allein erzieht. Vielleicht ist das die Ursache seiner miesen Stimmung. Ich werde ihn noch einmal mit mehr Nachdruck zu uns einladen, vielleicht spreche ich ihn auf der Reise nach L.A. an.

Auf dem Weg nach Phoenix macht Mollie es sich neben mir bequem und summt die Musik mit. Es war ein langer Tag, und ich merke an ihrem Schweigen, dass sie müde ist. Wenn Mollie die Worte ausgehen, ist es ein Zeichen dafür, dass sich ihr Verstand abschaltet und in den Ruhemodus geht. Aber ich bin sicher, dass ich Mollie zu Hause wiederbeleben kann.

Ich drehe das Radio leiser. „Was hast du so vor, wenn ich weg bin?"

Langsam wendet sie mir ihren Blick zu. Ich schaue kurz hinüber. Obwohl ich ihr Gesicht ganz genau in Erinnerung habe, ist ihr Anblick immer wieder atemberaubend.

Sie lächelt und atmet durch. „Mal sehen … Ich werde mit Samson lange spazieren gehen und genießen, nicht angstvoll hinter mich schauen zu müssen. Vielleicht arbeite ich ein bisschen in Clarkes Laden. Natürlich nicht wegen des Geldes, sondern aus Langeweile. Und vielleicht beginne ich mit dem Reiseführer."

Letzteres klingt unsicher, was untypisch für Mollie ist. Sie fühlt sich fast nie unsicher.

„Willst du ihn doch nicht schreiben?"

„Doch", antwortet sie schnell. „Ich habe nur keine Ahnung, wie ich anfangen soll."

Kurz denke ich darüber nach, da unsere intime Beziehung nicht wie üblich begonnen hat. Rückblickend stelle ich jedoch fest, dass wir uns von Anfang an auf den Punkt zubewegt haben, an dem wir jetzt sind. Wir haben lediglich einen langen, kurvigen Weg genommen, ähnlich Mollies Art, zu reisen.

Ich greife hinüber und ziehe sanft an dem geflochtenen Zopf, der über ihrer Schulter liegt. „Ich schlage vor, du fängst am Anfang an. Da beginnen alle schönen Geschichten."

Jedenfalls unsere.

Sie sieht mich wieder an und lächelt so liebevoll, dass mir von oben bis unten warm wird.

„Du findest immer die richtigen Worte", sagt sie leise.

Ich nicke. „Dann ist es beschlossene Sache. Während ich weg bin, fängst du mit dem Reiseführer an."

„Genau, das werde ich."

Kapitel 25

Kane

Zwar bevorzuge ich es, wenn Mollie zu den Auswärtsspielen mitkommt, aber ich muss sagen, es hat etwas, sich spät nachts in die Wohnung zu schleichen und sie mit der Hand zwischen ihren Beinen zu wecken.

Fuck sei Dank hat Samson inzwischen gelernt, aus dem Zimmer zu trotten, wenn es heiß zwischen Mollie und mir wird, sodass ich nicht ertragen muss, dass er mich die ganze Zeit anstarrt, während ich sein Frauchen vernasche.

Kurz gesagt, gestern Abend bin ich aus L.A. zurückgekommen, da das Flugzeug direkt nach dem Spiel ging. Mollie war noch nie ein Nachtmensch. Wahrscheinlich auch deshalb, weil sie beim jahrelangen Reisen stets mit der Sonne aufstand und am Ende des Tages todmüde war. Ich wusste, dass sie bereits schlief, als ich mich hineinschlich.

Glücklicherweise ist Samson kein Kläffer, und er scheint immer zu spüren, dass ich es bin. Still wartet er darauf, dass ich ihn hinter den Ohren kraule. Das tat ich auch gestern und sagte zu ihm: „Frauchen und ich machen jetzt versaute Sachen. Am besten kommst du nicht mit ins Schlafzimmer."

Natürlich verstand er das nicht und trottete mir nach. Er setzte sich und sah zu, wie ich nackt zu Mollie ins Bett kroch. Ohne Zeit zu verschwenden, küsste ich sie im Nacken und schob die Hand zwischen ihre Beine. Bei Mollies erstem Stöhnen drehte sich Samson um und verließ das Zimmer.

Braver Hund.

Also … zu Mollie, die warm und bereit auf mich wartet, nach Hause zu kommen und sie in Ruhe und Frieden zu halten, brachte mich dazu, ein Zuhause neu zu definieren. Ohne sie ist meins keins.

Nach dem Frühstück auf der Terrasse frage ich Mollie: „Machst du heute Morgen einen Ausflug mit mir?"

Sie hebt eine ihrer schön geformten Augenbrauen. „Wohin denn?"

Ich zucke unbestimmt mit den Schultern. „Einfach nur herumfahren. Ich möchte dir mehr von der Gegend zeigen. Heute Nachmittag um zwei muss ich beim Training im Stadion sein."

„Okay, gern", antwortet sie und steckt sich das restliche Stück Bacon in den Mund. „Lass mich erst noch schnell duschen."

„Okay", antworte ich grinsend und wir sehen uns in die Augen. „Nehmen wir erst zusammen eine lange Dusche."

Ihr Grinsen sagt alles, was ich wissen muss. Die Idee gefällt ihr sehr.

***

Frisch gevögelt und geduscht sieht Mollie schöner denn je aus. Sie trägt ein leichtes Sommerkleid, weil es heute fast dreißig Grad heiß werden soll. Es rutscht an ihren Schenkeln hoch, als sie auf dem

Beifahrersitz Platz nimmt. Das ist sehr ablenkend, doch ich schaffe es, die meiste Zeit auf die Straße zu achten.

Wir fahren aus der Innenstadt nach Scottsdale, und ich deute auf interessante Plätze, die ich in der kurzen Zeit, seit ich hier lebe, schon entdeckt habe.

„Die meisten unserer Spieler wohnen in Scottsdale", erkläre ich, als wir an stattlichen Villen vorbeifahren. „Hier wohnen Erik und Blue, und Bishop sucht hier ebenfalls nach einer Immobilie."

„Wunderschöne Häuser", sagt sie, während wir langsam durch die gepflegten Straßen fahren und uns die hohen Zäune ansehen, hinter denen die traumhaften Häuser stehen, deren Wände mit pink blühenden Bougainvilleen umrankt sind.

„Ich dachte, wir könnten uns ein paar ansehen, die zum Verkauf stehen", sage ich im Plauderton. „Merken wir uns diejenigen, die uns von außen gefallen, und dann können wir irgendwann eine Besichtigung machen."

Mollie sieht mich skeptisch an. „Du willst hier ein Haus kaufen?"

„Ja", antworte ich mit einem Lächeln. „Die Häuser hier sind grandios. Und dann haben wir so viel mehr Platz. Und Samson hat einen Garten."

Mollie sieht aus dem Fenster und ist lange still. Ich kann nicht sagen, ob ich sie auf gute oder schlechte Weise sprachlos gemacht habe.

Dann antwortet sie zögerlich. „Und du findest das nicht ein bisschen zu schnell?"

Das verblüfft mich. „Ein Haus für uns beide zu

kaufen? Nein, das finde ich nicht zu schnell. Wir arbeiten seit zehn Jahren darauf hin."

Sie schüttelt den Kopf. „Nein, ich meine nicht, endgültig zusammenzuziehen. Ich meine, dass ich immer noch nicht genau weiß, was ich will. Was, wenn ich wieder auf Reisen gehen möchte?"

Etwas an ihrem Ton macht mir das Herz schwer. Es ist geradezu erdrückend. Zwar haben wir schon darüber gesprochen, doch da war sie immer damit zufrieden, einfach nur bei mir zu sein. Das Thema muss von Angesicht zu Angesicht besprochen werden und nicht, wenn ich fahren muss. Aber es kann auch nicht warten. Daher parke ich vor einem großen Grundstück mit einer mediterran wirkenden Villa hinter einem Eisentor.

„Ich dachte, wir nutzen die Sommer zum Reisen", sage ich und wende mich ihr zu.

Sie sieht mir in die Augen und nickt. „Das ist eine gute Idee. Es wäre wunderbar, mit dir zu reisen. Aber … bis zum nächsten Sommer ist es noch lange hin."

Gott, sie vermisst ihren Lebensstil. Mit Samson zu reisen, wunderbare Orte zu sehen und schöne Worte darüber zu schreiben.

„Willst du damit sagen, dass du wieder permanent reisen gehen willst?", frage ich vorsichtig.

Sofort schüttelt sie den Kopf, was mich erleichtert. Aber mir gefällt kein bisschen, dass sie immer noch aussieht, als wäre da ein Problem.

„Ich will sagen, dass ich das Reisen vermisse, aber auch gern mit dir zusammen bin. Ich muss herausfinden, wie ich das jonglieren kann."

Natürlich hat sie recht. Genau wie ich hat sie es verdient, ihren Träumen nachzugehen. Aber die Vorstellung, dass sie immerzu lange fort sein würde, macht mich traurig. Würde unsere Beziehung das überleben? Schon jetzt habe ich das Gefühl, dass Mollie ein wesentlicher Teil meines Lebens ist. Von mir. Es wäre, wie wenn mir jemand den Arm abschneiden würde.

Mollie greift über die Mittelkonsole und nimmt meine Hand, verschränkt unsere Finger miteinander. „Außerdem kann ich mich damit anfreunden, dass wir uns ein Haus kaufen, besonders, weil Samson dann einen Garten hat …" Sie macht eine kurze Pause und deutet mit der anderen Hand auf das monströse Anwesen, vor dem wir parken. „Aber diese Häuser sind einfach viel zu groß, Kane. Du weißt, dass ich ein einfacher Mensch bin. Ich brauche den ganzen Luxus nicht, der zu deinem Level des Erfolgs gehört. Es sei denn, du willst so etwas. Dann könnte ich mich überreden lassen."

Ich schaue an ihr vorbei zu dem Haus. Es ist riesig. Erik und Blue wohnen in einem ähnlichen. Es ist ein Symbol seines Reichtums und seiner harten Arbeit.

Ich schaue wieder Mollie an. „Ich brauche so etwas nicht."

„Wollen wir uns dann nicht lieber bescheidenere Häuser ansehen?" Sie lächelt. „Vielleicht in Jim und Ellas Wohngegend."

Mollie versucht, meinen Drang, dass wir zusammen irgendwo Wurzeln schlagen, zu beruhigen. Auch lenkt sie von Gesprächen ab, ob sie je wieder auf Reisen gehen will, denn sie ist klug genug, um mir anzumerken, dass mich das stresst. Und ich kenne sie ebenfalls gut genug, um zu erkennen, dass sie mich auch jetzt beschwichtigen will, indem sie das Anspannung verursachende Thema Reisen nicht erneut anschneidet.

Vor Wochen, als wir zum Pärchen wurden, uns ineinander verliebten, körperlich intim wurden, habe ich ihr versichert, dass ich voll hinter ihr stehe, falls sie wieder reisen will.

Jetzt bin ich mir da nicht mehr so sicher.

„Okay, fahren wir dort ein bisschen herum", stimme ich zu.

Ihr Lächeln ist aufrichtig und erleichtert. „Super Plan."

Wir fuhren eine Stunde durch Jims frühere Wohngegend, in der nun nur noch Ella lebt, denn sie hat das Haus behalten, und sahen wunderschöne Häuser. Viel kleiner als das, was ich mir vorgestellt habe, aber dennoch größer als ein durchschnittliches Einfamilienhaus. Egal welches, ich könnte sie alle sofort bar bezahlen, falls wir uns für eins entscheiden würden. Wir notierten uns ein paar, die uns gefielen, und Mollie will sich um einen Makler kümmern, der uns an einem Termin herumführen kann.

Danach gingen wir in einem veganen Restaurant, das Mollie ausprobieren wollte, essen. Erst war ich nicht gerade begeistert, doch es schmeckte wunderbar dort und ich wurde genauso satt wie sonst auch. Dann brachte ich Mollie zur Wohnung, und da ich sie jetzt in Sicherheit weiß, weil Matthew hinter Gittern ist, brauchte ich nur vorzufahren, anstatt sie bis zur Tür zu begleiten.

Ich fuhr zum Stadion. Dort fand ein super Training mit dem Team statt. In der Kabine rissen wir unanständige Witze und lachten. Einige Spieler verabredeten sich für später auf ein Bier. Ich lehnte dankend ab, denn ich wollte lieber nach Hause zu Mollie. Die blöden Sprüche, dass ich unter dem Pantoffel stehe, ignorierte ich einfach. Diesen Vorwurf trage ich wie ein Ehrenabzeichen, denn es ist jederzeit tausendmal schöner, mit Mollie nur schweigend herumzusitzen, als mit den Jungs herumzuziehen und von massenweise willigen Frauen belästigt zu werden.

Als ich in die Wohnung gehe, finde ich Mollie auf der Couch vor und der Duft von etwas Köstlichem aus der Küche liegt in der Luft. Sie hat den Laptop auf dem Schoß und starrt mit gerunzelter Stirn auf den Bildschirm.

Samson, der neben ihr liegt, springt auf und kommt mir erfreut entgegen. Ich lasse meine Sporttasche stehen und kraule Samson wie erwartet hinter den Ohren.

Ich setze mich neben Mollie auf die Couch. Sie stößt mich kurz mit der Schulter an. Mein Blick fällt auf den Bildschirm. Eine Überschrift steht dort. „Ideen für den Reiseführer."

Sonst nichts.

Mollie starrt immer noch auf den leeren Bildschirm.

Dann seufzt sie, lehnt den Kopf an das Kissen hinter ihr und schaut an die Zimmerdecke. „Mir fällt nicht das Geringste ein, worüber ich schreiben könnte."

„Wie lange versuchst du es schon?"

„Mindestens seit einer halben Stunde", knurrt sie und sieht mich seitlich an. „Das Ganze ist eine blöde Idee."

„Nein, es ist eine tolle Idee. Und da du den Reiseführer an Leute richtest, die auf deine Art reisen, wird er sich von allen anderen abheben."

„Klar", brummt sie und deutet auf den Laptop. „Wenn ich in der Lage wäre, das, was sich in meinem Kopf befindet, auf Seiten zu übertragen."

Mir kommt eine Idee und ich greife nach meinem Handy. Schnell rufe ich Mollies Instagram-Seite und die Unmengen an Fotos auf. Ich kann kein Lieblingsfoto mehr nennen, genau wie ich keins meiner vielen Tore als Lieblingstor bezeichnen könnte. Sie sind alle etwas Besonderes. Ich suche eins aus und ziehe es größer. „Wie wäre es damit? Ein Kapitel könnte davon handeln, wie du dein Reisefahrzeug ausgerüstet hast."

Mollie legt den Kopf an meine Schulter und betrachtet das Foto. Ich höre ein Lächeln in ihrer Stimme. „Mein Minibus hat es wirklich drauf."

„Du hast dir sorgfältig überlegt, wie du ihn umbauen willst, damit er innen platzsparend und außerdem energieeffizient ist. Wahrscheinlich könntest du allein mit dem Thema Reisefahrzeuge zwei Kapitel füllen."

„Das ist eine gute Idee." Mollie richtet sich wieder auf und legt die Finger auf die Tastatur. Schnell schreibt sie die Idee nieder. „Was noch?"

Ich scrolle durch die Fotos, bis mir eins besonders auffällt. Es zeigt einen gegrillten Fisch, den sie selbst geangelt hat. Ich vergrößere das Bild. „Kapitel: Wie man sich unterwegs etwas zu Essen kocht. Irgendwann könntest du sogar ein Kochbuch schreiben. Aber vorerst nur erklären, wie man günstig einkauft und Essen zubereitet, wenn man nur so wenig Equipment an Bord hat."

„Genial", sagt sie und ihre Finger fliegen über die Tastatur.

Wir verbringen eine Stunde damit, die Fotos durchzugehen und uns von ihnen zu Ideen inspirieren zu lassen, die sich als Ratschläge eignen, die Reisende wie Mollie interessieren könnten. Ich liebe den Enthusiasmus, den sie für das Projekt hat, nachdem ihre Kreativität angeschubst wurde, und helfe ihr sehr gern dabei.

Und ich liebe es, ein Teil ihres Erfolgs zu sein, so wie sie ein Teil meiner Karriere wurde.

Kapitel 26

Mollie

„Das ist das wahre Leben", sagt Clarke, seufzt und lehnt sich auf dem Klappstuhl zurück.

Wir haben ein kleines Lagerfeuer entfacht, die Sonne ist untergegangen und der Himmel ist voller Sterne. Clarke hebt ihre Bierflasche an den Mund und trinkt einen Schluck.

Ich lächele über ihre Bemerkung. Das bringt es wirklich auf den Punkt. Dieser Abend versinnbildlicht, was ich am Reisen und Bloggen so liebe. Eine malerische Fahrt zum Bulldog Canyon etwa vierzig Meilen westlich von Phoenix, ein gutes Essen, über dem Feuer gekocht, und eine kühle, sternklare Nacht. Allein darüber könnte ich berichten und mehrere Seiten füllen.

Gestern Abend in Clarkes Buchladen redeten wir über mein Problem, mit dem Reiseführer von der Stelle zu kommen. Zwar gehe ich strukturiert vor und mir kommen täglich neue Ideen, doch es fühlt sich wie ein Kampf an. Sie stellte mir Fragen zu meinen Erlebnissen, um mir auf die Sprünge zu helfen, und dann hatte ich die Idee! Ich fragte Clarke, ob sie mit mir campen gehen möchte, damit ich ihr zeigen kann, wie es ist.

Spontan, wie sie ist, war sie sofort begeistert. Sie holte sich ihre Freundin Veronica in den Laden, wir packten ein paar Sachen ein und fuhren mit

Samson los. Die Vengeance hatten ein Heimspiel. Wir informierten unsere Männer über unseren Plan. Ich fand es herrlich, dass wir nicht um Erlaubnis baten. Wir sagten ihnen einfach, dass wir einen Ausflug machen und morgen wieder da sein werden. Und weil unsere Männer cool sind, wünschten sie uns viel Spaß und baten darum, dass wir heil wieder nach Hause kommen.

„Ich kann verstehen, dass diese Art zu leben verlockend ist", sagt Clarke und schaut verträumt ins Feuer.

Es ist so friedlich hier draußen. Die Nacht fühlt sich wie eine beruhigende Decke um mich an. Clarke deutet mit dem Daumen hinter sich zum Minibus. Ich habe ihr gezeigt, wie einfach ich die Küche wegklappen und die Mitte des Fahrzeugs in ein Bett verwandeln kann.

„Es sieht alles so leicht aus", fügt sie hinzu.

„Ich habe lange über die Innenausstattung gegrübelt, bevor ich den Minibus habe umbauen lassen", sage ich und höre den Stolz in meinem Ton. Den Umbau habe ich nicht auf die leichte Schulter genommen.

Clarke lacht. „Als Kane erzählte, dass du eine reisende Bloggerin mit einem Minibus bist, hatte ich das Bild eines VW-Busses aus den Siebzigern vor mir."

Ich kichere und nicke. „Das wäre auch mehr mein Stil, viel unkonventioneller, aber leider sehr unpraktisch."

Mein Minibus ist ein gebrauchter Mercedes

Sprinter Turbodiesel, den ich günstig bekommen konnte. Meine Eltern halfen mir finanziell und der Umbau war fast genauso teuer wie der Kaufpreis. Aber nach zwei Jahren Reisen, finanziert durch den Reiseblog, der mich zur Influencerin machte, die für Werbung bezahlt wird, konnte ich meinen Eltern das Vertrauen in mich wieder zurückzahlen.

„Ich kann mir vorstellen, dass du allgemein eine Menge über die Reisemethode schreiben könntest", sagt Clarke. „Nicht jeder braucht ein Wohnmobil. Man kann jede Art Auto nehmen und im Zelt schlafen."

„Genau. Jeder reist anders."

Sie legt einen Finger an ihr Kinn und sieht mich fragend an.

„Was ist?"

Clarke schüttelt leicht den Kopf. „Ach, ich dachte nur gerade, dass du ein bisschen … enttäuscht klingst."

„Echt?" Überrascht blinzele ich.

„Ich glaube ja", antwortet sie zögerlich. „Willst du dieses Buch denn überhaupt schreiben?"

Ich antworte nicht sofort. Stattdessen schaue ich ins Feuer, sehe zu, wie die Flammen in die Luft schnellen und winzige Funken in den Nachthimmel abheben.

Clarke hat nicht die richtige Frage gestellt. Sie hätte fragen sollen: „Was willst du wirklich?"

Ich atme zischend ein und gebe etwas zu, was ich Kane noch nicht gesagt habe. Ich bin um das

Thema herumgeschlichen wie um den heißen Brei, war nicht in der Lage, die wichtige Wahrheit auszusprechen. Ich weiß, dass Clarke mir ansieht, wie schlecht es mir dabei geht. „Das Reisen fehlt mir sehr. Ich vermisse es, täglich etwas Neues zu sehen. Fremde Menschen kennenzulernen, Wanderwege zu entdecken, erschöpft schlafen zu gehen, sich aber schon auf das frühe Aufstehen zu freuen."

„Wow", sagt Clarke leise und überrascht, denn sie hört in meinem Geständnis das ungeheure schlechte Gewissen, das ich habe, weil ich dieses Leben vermisse.

Mit Kane habe ich ein wunderbares neues Leben. Was er mir an Liebe, Sicherheit, Freundschaft und Schutz gibt, ist so viel schöner als ein Leben als Nomade. Ganz zu schweigen von der gesamten neuen Familie der Vengeance.

Ich schüttele den Kopf. „Aber dieses Leben ist vorbei", sage ich bestimmt und bin nicht sicher, ob ich mich selbst oder Clarke überzeugen will. „Es macht nichts, dass es mir fehlt, denn ich liebe mein neues Leben noch viel mehr."

Clarke antwortet nicht sofort. Ich spüre, dass sie mir die rein logische Betrachtung meiner Lage nicht abkauft. Nach einer Weile des Nachdenkens sagt sie: „Man darf ruhig etwas vermissen. Das heißt ja nicht, dass man sich selbst gegenüber untreu ist."

„Aber was, wenn ich es eines Tages so sehr vermisse, dass ich dafür den akuten Zustand sausen lasse?", jammere ich.

Clarke weitet die Augen. „Denkst du denn schon daran?"

„Nein!", rufe ich aus. „Nein, nein. Der Gedanke ist mir nur so herausgerutscht."

„Dann ist sicher etwas Wahres dran", sagt sie sanft.

Mein Blick sinkt auf die Bierflasche. Ich spiele an dem Etikett herum und denke nach. Ich glaube, Clarke hat recht. Meine Sehnsucht, zu reisen, hat nichts mit meinen Gefühlen für Kane zu tun. Die perfekte Lösung wäre, wenn er mit dem Sport aufhören und mit mir um die Welt reisen würde. Aber das ist nicht abzusehen, wäre auch nicht fair, denn er liebt seinen Beruf genauso sehr wie ich meinen.

„Weißt du, mir war nicht klar, wie viel Angst Matthew mir eingejagt hat." Ich sehe Clarke an. „Ich war total zufrieden damit, mit dem Reisen aufzuhören, mich in Kane zu verlieben und mich in der Sicherheit zu baden, die er mir gab. Ich dachte, die Zeit des Reisens wäre vorbei."

„Aber jetzt, wo Matthew hinter Gittern sitzt …"

„Ist die Angst fort, und ich stelle fest, dass sie meine Gefühle benebelt hat. Und jetzt sind sie wieder klar, und ich weiß nicht, was ich mit ihnen machen soll."

Clarke trinkt ihre Flasche aus und steht auf. Sie geht vor der kleinen Kühlbox zwischen uns in die Hocke und öffnet sie. „Magst du auch noch eins?"

Ich nicke, nehme die Flasche entgegen und trinke die andere aus. Die leere Flasche stelle ich neben mich. Ich werde sie nachher einpacken, um sie morgen ins Altglas zu werfen.

Clarke setzt sich wieder hin. „Bestimmt gibt es eine Kompromisslösung, mit der ihr beide zufrieden seid."

„Ja, bestimmt." Kane und ich haben bereits darüber gesprochen. „Er hat angeboten, im Sommer mit mir mitzukommen. Und ich kann Kurzreisen für beispielsweise eine Woche in den USA machen, während er auswärts spielt. Wir wären zwar ab und zu getrennt, aber das wäre noch im Rahmen des Machbaren."

Clarke runzelt die Stirn. „Und wo ist dann das Problem?"

„Ich weiß nicht, ob mir das reicht", gebe ich gequält zu. „Wochenlang oder monatelang wegbleiben zu können, ist Teil der Faszination. Nur mit einem kleinen Wohnmobil und einem Hund unterwegs, auf meine Intelligenz und die Verpflegung angewiesen. Das ist eine Herausforderung. Und jeder Tag, jede Woche und jeder Monat, die ich schaffe, ist wie ein gewaltiger Sieg."

„Es erfüllt dich", sagt sie leise.

„Ja." Ich schaue wieder ins Feuer. „Aber Kane erfüllt mich auch. Genauso. Vielleicht sogar noch mehr."

„Wenn sogar noch mehr, wo ist dann die Schwierigkeit? Sieht doch nach einer leichten Entscheidung aus."

„Sollte man meinen", sage ich lachend. „Aber was, wenn mir etwas Fantastisches entgeht? Was, wenn um die Ecke das beste Abenteuer auf mich wartet? Vielleicht sollte ich noch einmal reisen. Für das Buch. Und dann kann ich vielleicht aufhören."

Clarke wurde mir in kurzer Zeit eine gute Freundin und sie nimmt kein Blatt vor den Mund. „Aber was, wenn du nach noch einem langen Abenteuer ein neues Leben mit Kane beginnen willst, dich aber weiterhin fragst, ob du etwas verpasst? Ich meine, woher willst du wissen, dass das nächste Abenteuer das letzte ist?"

„Das kann ich nicht wissen", wispere ich und höre die Furcht in meiner Stimme. Ich habe solche Angst davor, was das alles bedeutet. Ich liebe Kane so sehr. Von ganzem Herzen. Und doch denke ich darüber nach, ihn zu verlassen, weil ich befürchte, etwas zu verpassen.

Wie abgedreht ist das denn?

„Ich habe etwas getan", gebe ich zu und werfe Clarke einen schuldbewussten Seitenblick zu, senke den Kopf aber sofort, damit ich die Verurteilung in ihren Augen nicht sehen muss. „Ich habe mich auf eine bezahlte Reise in Australien beworben. Eine Firma für Outback-Zubehör veranstaltet sie. Sie bezahlen die ganze Reise, plus Überführung meines Minibusses sowie Sprit und Verpflegung. Sie dauert ein ganzes Jahr."

Ich sehe Clarke wieder an. Sie weitet die Augen und hebt die Augenbrauen. „Hast du eine Zusage bekommen?"

„Ich habe noch keine Antwort."

„Angenommen, du bekommst die Reise und

willst sie auch antreten. Was würde Kane dazu sagen?"

Ich atme zittrig ein und lächele traurig. „Er ist mein bester Freund und liebt mich sehr. Er würde mich gehen lassen, auch wenn es ihn zerstören würde. Er will ein Haus kaufen und ist bereit, ein gemeinsames Leben zu beginnen, aber trotzdem würde er mir raten, meine Träume zu leben."

„Und bist du bereit, ihn zu zerstören? Auch wenn er sagt, dass es okay ist, wenn du gehst?"

Ich kann nichts anderes sagen als die Wahrheit. „Ich weiß es nicht."

Kapitel 27

Kane

Es ist ein komisches Gefühl, im Stadion zu sein, wenn es so gut wie leer ist. Wir hatten ein Training am späten Nachmittag, aber um sechs sind fast alle gegangen. Niemand machte Work-outs nach dem Training, die Imbiss- und Verkaufsstände für morgen waren schon aufgebaut und die Büromitarbeiter waren schon lange ins Wochenende gegangen. Sogar die Hausmeistertruppe war schon weg, da heute kein Spieltag ist.

Wir kommen an ein paar Nachzüglern vorbei, während ich Mollie an der Hand tiefer ins Innere des Gebäudes führe.

„Wann verrätst du mir endlich, warum wir hier sind?", fragt Mollie zum mindestens zehnten Mal, seit ich ihr sagte, dass ich eine Überraschung für sie habe.

„Das siehst du, wenn wir da sind", antworte ich, genau wie jedes Mal davor. Geduld war noch nie eine von Mollies Tugenden.

Im Untergeschoss des Stadions führt ein Flur um das gesamte Gebäude. Wir gehen an der Hausmeisterei vorbei, dem Elektroraum, der Familienkabine, dem Umkleideraum und zu dem schmalen Tunnel, der aufs Eis führt.

„Wow", sagt sie, als wir zur Schwingtür der Arena kommen, durch die man direkt auf das Eis gehen kann. Sie lässt mich los, legt die Hände auf das Tor und beugt sich hinüber. Ihr Blick schweift durch das leere Stadion, über die Sitzplätze und die glitzernde Eisfläche. „Das ist echt cool."

„Gleich wird es noch cooler." Ich hebe die Schlittschuhe auf, die ich vorher hier deponiert habe. „Gehen wir zusammen aufs Eis."

Mit geweiteten Augen sieht sie mich an und beachtet kaum die Schlittschuhe, die ich für sie hochhalte. „Wirklich?"

„Wirklich", sage ich lachend.

Mollie kann nicht Schlittschuh laufen. Das ist zwischen uns zum Insiderwitz geworden. Schließlich ist sie aus Südkalifornien, warum sollte sie es also je gelernt haben? Im College hatte ich keine Zeit, es ihr beizubringen, und diesen Wunsch hat sie auch nie geäußert. Über die Jahre hinweg zogen wir uns gegenseitig damit auf, dass meine beste Freundin nicht einmal Schlittschuh laufen kann. Und heute ist das sozusagen unentschuldbar.

Wir setzen uns auf die Gummimatte und ziehen die Schlittschuhe an. Ich helfe Mollie hoch und halte sie an Arm und Taille fest, während wir durch die Schwingtür aufs Eis gehen. Mollie versucht, das Gleichgewicht zu halten, doch ihre Füße driften sofort auseinander. Für mich ist es auf dem Eis nicht anders als in Turnschuhen auf normalem Boden, sodass ich Mollie weiterhin sicher stützen kann. Nach einer Weile halte ich sie nur noch an den Händen fest, gleite rückwärts und führe sie eine Runde.

Beim ersten Mal tut sie nichts weiter, als meine Hände festzuhalten. Bei der zweiten Runde traut sie sich, den Blick schweifen zu lassen. Sie merkt an, dass das Stadion leer sehr viel größer wirkt und dass sie gern einmal in die Teamloge gehen würde.

In der dritten Runde weise ich sie an, mit den Füßen kleine Gleitbewegungen zu machen.

In der vierten Runde frage ich sie, ob sie es jetzt allein versuchen möchte. Da sie ein abenteuerlustiger Mensch ist, nickt sie enthusiastisch. Vorsichtig lasse ich sie los, laufe aber weiter rückwärts vor ihr her. Sie bewegt sich wackelig, kommt aber dennoch langsam vorwärts.

Einmal fällt sie fast hin, doch ich kann sie leicht auffangen.

Freudig lachend sagt sie in meinen Armen: „Das macht Spaß. Vielen Dank dafür."

Sie schnappt nach Luft, als ich sie an mich ziehe, weiterhin rückwärts laufe und sie sanft küsse. „Gern geschehen", sage ich.

Sie möchte noch ein paar Runden laufen, doch ich habe noch eine andere Überraschung. Gespannt hebt sie die Augenbrauen, und wir laufen zur Bank, auf der die Vengeance-Spieler immer sitzen. Ich öffne die Schwingtür und helfe ihr, auf die leicht erhöhte Plattform mit der Bank zu steigen. Sie schnappt erneut nach Luft und ich muss lächeln.

Nachdem sie sich gesetzt hat, betrachtet sie, was

auf der langen Holzbank hergerichtet ist. Ein romantisches Dinner für zwei, mit Kerzen, die ich schnell anzünde, da praktischerweise Streichhölzer dafür bereitliegen. Auf den Tellern liegen auf den Punkt perfekt gegrillte Rindersteaks von meinem Lieblingslokal, Backkartoffeln und Spargel. Eiskalte Wasserflaschen stehen neben den Tellern, das Besteck ruht auf Stoffservietten.

„Wie hast du das denn hingekriegt?", fragt sie beeindruckt, während ich mich ihr gegenüber setze.

„Zwar war es meine geniale Idee, aber ohne Hilfe hätte ich es nicht geschafft. Clarke und Pepper haben sich um das Essen und die Organisation gekümmert."

Sie lächelt sanft. „Es ist wundervoll. Du bist wundervoll."

Wir essen, unterhalten uns über unseren Tag und nehmen uns vor, morgen einen kurzen Wanderausflug nach Echo Canyon zu machen. Ich erzähle ihr, wie sich das Team – abgesehen vom Sport – versteht, und sie erzählt mir, wie weit sie diese Woche mit ihrem Buch gekommen ist.

Alles läuft mit einer spielenden Leichtigkeit. Aber so war es zwischen uns schon immer. Das ist nichts Neues, was erst durch unsere Intimität entstanden wäre. Es zeigt aber, dass unsere psychische Verbindung genauso stark ist wie unsere physische.

„Ich bin satt", sagt sie, nachdem sie ihr Steak aufgegessen hat.

Ich bin schon fertig, nutze aber die Gelegenheit

und esse den Rest ihrer Backkartoffel, den sie liegen gelassen hat.

„Müssen wir das jetzt alles wegräumen?", fragt Mollie, als ich mir den Mund abwische und die Serviette auf meinen Teller lege.

„Nein." Ich lege ihren Teller auf meinen, drehe mich um und stelle das Geschirr und alles andere auf die Bank hinter mir, bis alles zwischen uns weggeräumt ist. „Ich habe einem der Männer des Stadionpersonals einen Fünfziger gegeben, damit er länger bleibt und das hier für mich entsorgt."

Mollie grinst. „Sehr schön. Drehen wir noch ein paar Runden auf dem Eis oder müssen wir jetzt gehen?"

Ich schüttele den Kopf, rutsche etwas näher, bis sich unsere Knie berühren und wir uns zueinander beugen. Mein Herz rast und der kalte Schweiß bricht mir auf der Stirn aus. Noch nie hatte ich solche Angst und war gleichzeitig so aufgeregt.

„Mollie", sage ich und ergreife ihre Hände. „Die vergangenen viereinhalb Wochen waren die schönsten meines Lebens."

„Für mich auch", sagt sie sanft und sentimental.

Mit den Daumen streichele ich ihre Handrücken. „Ich kann mir nicht vorstellen, mein Leben mit einer anderen verbringen zu wollen. Und ich kann mir nicht vorstellen, mein Leben ganz ohne dich zu verbringen."

Ich betrachte sie aufmerksam und sehe ihr an, dass sie ahnt, was ich sagen will, denn sie weitet leicht die Augen. Ich lasse eine Hand los, beuge mich zur Seite, um in meine Hosentasche greifen zu können und die Ringschachtel hervorzuholen. Am freien Tag zwischen den Spielen gegen die Dragons und die Demons war ich letzte Woche bei einem Juwelier in Los Angeles. Zwar hätte der Romantiker in mir ihr lieber einen extra angefertigten Ring geschenkt, aber der Ungeduldige in mir, der so schnell wie möglich Nägel mit Köpfen machen will, muss sich mit einem fertigen Ring begnügen. Auf Dominiks Empfehlung hin war ich beim besten Juwelier und suchte einen Ring mit einem fünfkarätigen Diamanten aus. Nichts Verschnörkeltes, nur ein simpler, zarter Platinring, der wirkt, als ob er den massiven Stein kaum halten könnte.

Mollie sieht die Schachtel, gibt einen erstickten Laut von sich und ihre Augen werden noch größer. Ich öffne die Schachtel, doch Mollie schaut nicht nach unten, sondern mich an. Lächelnd deute ich mit einem Nicken auf den Ring und Mollie senkt langsam den Blick.

Sie schnappt hörbar nach Luft. „O mein Gott!"

„Ich liebe dich so sehr, Mollie", sage ich mit aller Kraft meiner Empfindungen. „Ich möchte, dass du meine Frau wirst und dass wir für immer ein Team sind. Erweist du deinem besten Freund die Ehre, indem du diesen Ring annimmst?"

Mollie lächelt strahlend, nickt und bekommt feuchte Augen. Mir war gar nicht bewusst, dass ich Zweifel an ihrer Antwort hatte, bis mich eine wahnsinnige Erleichterung durchströmt.

Grinsend will ich den Ring aus der Schachtel nehmen, doch sie bedeckt meine Hände mit ihren.

„Warte. Erst muss ich mit dir über etwas reden."

Beim Anblick ihres besorgten Gesichts zucke ich innerlich zusammen. Eben noch hat sie meinen Antrag angenommen, doch plötzlich wirkt sie angespannt und unsicher.

„Was ist los?", frage ich.

Mit den Händen drückt sie meine hinunter und senkt damit die Ringschachtel. Ich lege die Schachtel zwischen uns auf die Bank. Mollie ringt ihre Hände, legt sie auf ihren Schoß, lässt den Blick dort ruhen und atmet tief durch. Sie hebt den Blick wieder und sieht mich entschuldigend an.

Mir wird flau im Magen.

„Ich habe ein Angebot von einer großen Firma für Outdoor-Zubehör, durch Australien zu reisen und darüber zu schreiben. Die bezahlen alles und Australien steht auf meiner Lebenswunschliste ganz oben."

Erwartungsvoll sieht sie mich an, und ich weiß nicht, was sie von mir erwartet, also frage ich: „Für wie lange?"

Mollie verzieht kurz das Gesicht. „Ein Jahr."

„Fuck", sage ich leise und blicke aufs Eis, um Mollies Ausdruck nicht sehen zu müssen. Es ist eine Mischung aus Freude über das Angebot und Angst vor meiner Reaktion. Ich könnte tagelang ihren Ausdruck analysieren, jede meiner Empfindungen untersuchen, aber stattdessen verlasse ich mich auf mein Bauchgefühl. Ich wende ihr den

Blick zu. „Ich will nicht, dass du das Angebot annimmst."

„Wie bitte?", ruft sie aus. Damit hat sie offensichtlich nicht gerechnet.

„Ich will nicht, dass du das Angebot annimmst", wiederhole ich, indem ich jedes Wort einzeln betone.

„Aber … aber das ist mein Traum."

„Und du bist mein Traum", entgegne ich scharf.

„Und ich dachte, dass ich dein Traum bin."

Mollie schüttelt den Kopf, als ob sie meinen Standpunkt nicht verstehen könnte. „Warte mal kurz. Ehrlich gesagt bin ich davon ausgegangen, dass du mich dazu ermutigst. Du hast doch immer gesagt, dass du willst, dass ich alles bekomme, was mich glücklich macht und was das Beste für mich ist."

Himmel, es macht mich wütend, dass sie so schwer von Begriff ist. Ich deute mit dem Finger auf meine Brust. „Ich bin das Beste für dich, Mollie. Ich mache dich glücklich, ich liebe dich und du bist sicher bei mir. Du konntest sechs Jahre lang deinen Träumen folgen und um die Welt reisen. Und ich warte schon sehr viel länger darauf, dass du bei mir bleibst. Also entschuldige bitte, wenn ich …"

„Warte mal … wie meinst du das, dass du schon viel länger wartest?"

„Dass ich dich von Anfang an geliebt habe. Ich wollte schon immer mehr als nur Freundschaft, und das hat sich in der ganzen Zeit nie geändert."

„Wirklich?", wispert sie. Ich spüre, dass sie noch immer nicht richtig verstanden hat.

„Verdammt noch mal, Mollie, jeder weiß, dass ich dich seit Jahren liebe. Deine Eltern, meine Eltern. Sogar Aaron hat es sofort gemerkt, als wir gechattet haben, während er bei mir war. Er hat gesagt, es sei so etwas von offensichtlich."

Mollie schüttelt den Kopf, und ihre Mundwinkel sinken. „Das wusste ich nicht."

„Und hast wohl auch nicht dasselbe gefühlt", sage ich ein wenig anklagend.

„Sag du mir nicht, was ich gefühlt habe oder nicht", antwortet sie. „Oder was ich jetzt fühle."

„Nun, was fühlst du denn, Mollie? Denn ich habe dich gerade gebeten, meine Frau zu werden, aber du willst lieber nach Australien flüchten."

„Es ist doch nur für ein Jahr, Kane. Ich nehme den Ring gern an, wenn wir heiraten, wenn ich wieder da bin", sagt sie mitfühlend.

Ohne zu antworten, wende ich den Blick ab, denn mir gefällt ganz und gar nicht, was sie da sagt.

Sie legt eine Hand auf meine. „Nur ein Jahr", wiederholt sie sanft. „Und dann werde ich nie mehr lange Reisen unternehmen. Ich werde den Minibus verkaufen. Außerdem wirst du mit dem Eishockey derartig beschäftigt und viel unterwegs sein, dass es gar keine große Sache sein wird."

Wütend entziehe ich ihr meine Hand. „Das sagst du doch jetzt nur, um mich zu beruhigen. Seien wir ehrlich, Mollie. Das Reisen steckt dir im Blut. In deiner DNA. Es ist deine ganze Liebe und

Leidenschaft. Ich weiß, dass dir mein Angebot des Teilzeitreisens nicht behagt, weil du nur die großen, herausfordernden Reisen magst. Du gehst gern an deine Grenzen. Und ein Leben mit mir kann da einfach nicht mithalten."

„Sag das nicht", antwortet sie, doch ich höre ihr die Überzeugung nicht an. Sie weiß, dass ich recht habe.

Ich stütze die Ellbogen auf den Knien ab und reibe mir das Gesicht.

„Ich schwöre es dir, Kane", bettelt sie. „Nur noch diese eine Reise. Das Jahr wird rasend schnell verfliegen."

„Für dich vielleicht", antworte ich trocken.

Ein langes Schweigen folgt, während ich alle Möglichkeiten durchgehe, wie dies enden könnte. Ich liebe sie und will, dass sie glücklich ist, aber ich will auch nicht verlieren, was wir aufgebaut haben. Auch will ich nicht sagen, was soll's. Denn ein Jahr ist mir verdammt viel zu lange.

Aus diesem Grund habe ich nie versucht, mit Mollie als Paar zusammenzukommen, denn ich wusste immer, dass ich mit ihrem Beruf und der Distanz zwischen uns nicht zurechtkommen würde.

„Falls ich die Reise mache", sagt Mollie zögerlich, „wirst du dann auf mich warten?"

Ich hebe den Kopf und starre aufs Eis. Den weißblauen Schimmer. Spüre die Kälte, die davon ausgeht. Genau so fühle ich mich im Moment. Ich schaue zur Seite und Mollie in die Augen. Sie sieht mich erwartungsvoll sowie hoffnungsvoll an. Ich schüttele den Kopf. „Es tut mir leid, aber das kann ich nicht."

Sie runzelt die Stirn. „Ist das dein Ernst?"

Seufzend schüttele ich erneut den Kopf. „Ich bin ins kalte Wasser gesprungen", sage ich und nehme die Ringschachtel von der Bank. „In dem Wissen, dass ich damit unsere Freundschaft zerstören kann, sollte etwas schiefgehen. Aber alles ist bisher vollkommen richtig gelaufen und ich bin bereit für den nächsten Schritt. Ich habe mich schwer verliebt und kann kein Jahr ohne dich sein, Mollie. Lieber mache ich jetzt einen klaren Schnitt, als dass ich es dir später übel nehme, wenn mein Leben ohne dich weiterläuft."

Entsetzt öffnet sie die Lippen. „Und ich dachte, ich hätte deine Unterstützung. Ich dachte, du liebst mich genug, um mich das tun zu lassen."

„Und ich dachte, ich hätte deine Unterstützung", antworte ich scharf. „Ich dachte, du liebst mich genug, um bei mir bleiben zu wollen."

Überrascht blinzelt sie und öffnet den Mund, als wollte sie etwas dazu sagen, aber schließt ihn wieder.

Denn was gibt es da noch zu sagen?

Kapitel 28

Kane

Das Stadion ist voll, die Fans sind am Ausrasten und wir befinden uns mitten in einem unerbittlichen Spiel gegen die Vancouver Flash. Letzte Saison haben wir in der zweiten Runde der Play-offs gegen diese Mannschaft gespielt. Zwar haben wir sie vom Eis gefegt und die Serie 4:0 gewonnen, doch sie sind trotzdem würdige Gegner. Jetzt sind wir in der regulären Saison, sodass der Druck groß ist und jeder Sieg zählt.

Leider bin ich nicht voll bei der Sache. Wenn ich das Eis betrete, bin ich normalerweise konzentriert wie ein Laserstrahl. Stets gehe ich über meine körperlichen Grenzen hinaus und gebe nie auf. Doch heute kann ich mich nicht zusammenreißen. Meine Pässe sind ungenau, meine Beine fühlen sich an wie aus Blei. Und ich habe eine derartig miese Laune, dass ich bestimmt noch vor Ende des Abends mit jemandem einen Kampf anzetteln werde.

Natürlich ist das alles Mollies Schuld.

Oder auch meine eigene.

Da bin ich mir gerade nicht so sicher.

Ich weiß nur, dass sie fort ist.

Zum ersten Mal seit Beginn meiner Eishockeykarriere habe ich meinen Schwung verloren.

Die First Line geht vom Eis und meine Line ist

dran. Ich springe über die Bande, die unsere Bank von der Arena trennt, lande schräg auf der einen Kufe und falle beinahe auf die Schnauze. Ich kann mich abfangen und skate los, um unser Tor zu verteidigen.

Die Flash dringen in unsere Zone ein, schieben den Puck vor sich her und verteilen sich, um die Passwege zu öffnen. Der Versuch, uns vom Tor fortzulocken, funktioniert zunächst nicht. Wir bleiben auf unseren Positionen, greifen den Puck an und warten auf den Moment, in dem sie einen Fehler machen oder wir einen langsamen Pass abfangen können.

Der Moment kommt schneller, als ich dachte. Der Center spielt zu seinem Left Winger, der sofort zurückspielt. Darauf ist der Center nicht vorbereitet. Er erwischt den Puck gerade so mit der Spitze des Schlägers. Jim und ich reagieren schnell. Nun ja, Jim ist schneller als ich, denn Mollie hat mir den Schwung genommen, aber er läuft auf der einen Seite und ich ihm gegenüber, während der Center der Flash versucht, mitzukommen. Es läuft auf die klassische Finte hinaus, den Goalie auf eine Seite zu zwingen. Jim und ich spielen uns Pässe zu. In letzter Sekunde entscheidet sich der Goalie für Jims Seite, und Jim schiebt mir den Puck zu. Während dieser auf mich zukommt, erhöhe ich mein Tempo mit dem Ziel, den Puck ins fast leere Netz zu hämmern. Ein kinderleichtes Tor.

Außer, dass ich sofort merke, dass ich mich leicht verschätzt habe, sobald der Schläger auf den Puck trifft. Entsetzt sehe ich zu, wie der Puck auf das Netz zu rutscht, während der Goalie immer noch auf Jims Seite fällt und diesen Puck nie hätte erreichen können, und muss fast kotzen, als der Puck am Pfosten abprallt. Sofort wird er von einem Gegenspieler ergattert, der sich damit auf den Weg zu unserem Tor macht.

Jim ist bereits wieder unterwegs, und ich brauche eine Sekunde, um zu begreifen, dass ich jetzt wieder verteidigen muss!

Gott, was für ein Desaster.

Ein Drittklässler hätte dieses Tor machen können.

Bevor ich ans andere Ende der Arena gelangen kann, wird das Spiel unterbrochen. Die Second Line skatet zur Bank. Es gibt ein Powerbreak, also geht die Third Line aufs Eis, wartet aber an der Bande, bis das Spiel weitergeht. Ich gehe durch die Schwingtür und lasse mich auf der Bank nieder. Ironischerweise genau an der Stelle, an der ich Mollie vor zwei Tagen den Antrag gemacht habe. Jim setzt sich neben mich, sagt aber kein Wort. Er legt die Arme auf die Bande und redet mit Vance Gather, einem der Third Line Defensemen. Ich weiß nicht, ob er das nur tut, um mir nicht sagen zu müssen, wie schlecht ich war, oder ob es da wirklich um etwas Wichtiges geht.

Egal.

Es sind nur noch vierzig Sekunden des ersten Drittels übrig und meine Line kommt nicht mehr dran. Ich lasse mich hängen, starre auf meinen Schläger und versuche, das letzte Gespräch mit

Mollie aus meinen Gedanken zu verdrängen.

Nachdem mein Antrag furchtbar schiefgegangen war, ging es schneller bergab, als ich auf die Bremse treten konnte. In unangenehmem Schweigen fuhren wir nach Hause, beschäftigten uns in der Wohnung und gingen einander aus dem Weg.

Irgendwann durchbrach Mollie die Pattsituation. „Du willst wirklich nicht auf mich warten, wenn ich meine letzte Reise mache?"

Verletzt und wütend warf ich ihr meine Antwort ins Gesicht. „Und du willst das Angebot wirklich nicht ablehnen und bei mir bleiben?"

„Wir haben noch den Rest unseres Lebens zusammen", knurrte sie. „Es geht nur um ein Jahr."

Da hatte sie recht.

Allerdings hatte ich auch recht.

„Weißt du, was ich glaube?", fragte ich und ging im Wohnzimmer weiter auf sie zu. „Ich glaube, dass ich für dich ein sicherer Hafen war, als du Angst vor Matthew hattest. Das machte es dir leichter, über unsere Freundschaft hinauszugehen, weil du dich beschützt gefühlt hast. Aber sobald die Bedrohung aus dem Weg war, hast du mich nicht mehr gebraucht. Zumindest nicht so wie zuvor, als Matthew frei herumlief. Und jetzt stehe ich bei dir nicht mehr an erster Stelle, sondern das Reisen. Also sag mir, Mollie, warum sollte ich warten? Worauf zum Teufel würde ich da warten? Auf eine Frau, die nicht dasselbe für mich fühlt wie ich für sie?"

Der Verdacht, sie hätte mich nur benutzt, ärgerte

sie. So hatte ich es auch nicht wirklich gemeint, aber es tat gut, sich zumindest irgendwie zu wehren. Ich hoffte, es verletzte sie genauso sehr wie sie mich. Am Ende stürmte sie ins Gästezimmer, gefolgt von Samson, und ich ging in mein Schlafzimmer. Es war ein einsames, kaltes Bett in dieser Nacht. Ich schlief kaum.

Gestern Morgen traf ich in der Küche auf Mollie, die einen Kaffee trank. Mir entging nicht, dass ihre gepackten Taschen neben der Tür standen. Samson wartete wedelnd auf sie, als ob er wüsste, dass sie wieder auf Reisen gehen würden. Er hat das Reisen anscheinend ebenso im Blut.

Es war fast theatralisch, wie sie die Tasse ins Spülbecken stellte, zu mir kam, sich auf die Zehenspitzen erhob und mir einen Kuss auf die Wange gab.

„Auf Wiedersehen, Kane."

Ich antwortete nichts, sah nur zu, wie sie ging. Einfach so … zehn Jahre Freundschaft und eine Beziehung, die ein wundervolles Potenzial gehabt hatte, waren dahin.

Der Buzzer ertönt und beendet das erste Drittel. Ich war derartig in meinen erbärmlichen Erinnerungen versunken, dass ich nicht mitbekommen habe, dass das Spiel weitergegangen ist.

Das Team skatet zur Tür zur Kabine. Wir lassen uns auf den Bänken nieder und warten darauf, dass Coach Perron mit uns spricht. Das tut er am Ende jedes Drittels. Wenn wir schlecht spielen, staucht er uns zusammen. Spielen wir gut, lobt er uns überschwänglich. Heute haben wir, abgesehen von meinem miesen Torschuss, gut gespielt und führen mit zwei Toren.

Seine Rede ist daher lobend und kurz. Er will uns Zeit zum Erholen lassen, bevor wir wieder rausmüssen. Die Pause beträgt achtzehn Minuten und geht viel zu schnell vorbei.

Ich sitze mit dem Rücken zum Team vor meinem Regal und checke das Tape an meinen Schlägern.

„Was zum Geier ist denn los mit dir?" Jims Stimme. Er setzt sich neben mich, und ich sehe ihn an, sage aber nichts. „Wenn du diesen Schuss hundertmal versuchen würdest, würdest du hundertmal treffen."

Ich schweige weiter, weil ich keine Lust habe, mein scheiß Spiel zu verteidigen. *Shit happens*.

„Du bist nicht voll auf das Spiel konzentriert. Und da ich das bei dir noch nie erlebt habe, nehme ich an, dass etwas Schlimmes passiert sein muss."

Sehr scharfsinnig. Aber ich lasse mir nicht anmerken, wie nah er an der Lösung ist. Die Sache mit Mollie habe ich bisher noch niemandem erzählt. Gestern Abend hatten wir ein spätes Training. Ich ging ins Stadion, machte meinen Job – zugegebenermaßen nicht besonders gut – und fuhr direkt wieder in meine verlassene Wohnung, in der vergeblichen Hoffnung, dass Mollie vielleicht eingesehen hat, dass sie unrecht hat, und zurückgekommen ist.

„Ist etwas mit dir und Mollie?", fragt Jim leise. Ich zucke so sichtbar zusammen, dass er weiterfragt. „Was ist passiert?"

Also gut. Ich schaue mich um, ob jemand in Hörweite ist. „Wir haben Schluss gemacht."

„Gott", murmelt er. „Tut mir leid, Mann."

„Ja, mir auch."

„Darf ich fragen, was passiert ist? Denn wenn es je ein Paar gegeben hat, das dafür bestimmt ist, zusammen zu sein, vor allem bei eurer langen Freundschaft, dann seid ihr es."

Ich seufze. Damit löse ich die innere Anspannung über den Ausgang der Situation. Ich erzähle Jim von Mollies Reiseangebot. Von dem Streit und dass wir beide feste Linien gezogen haben, von denen keiner von uns abweichen will. Und davon, dass sie ohne einen Blick zurück einfach gegangen ist.

Jim ist mein Teamkamerad. In meiner Line. Und wahrscheinlich mein bester Freund im Team. Also öffne ich mich ihm und seinem weisen Rat, den er mir sicherlich geben wird. Ich habe die Hoffnung, dass er mir den Kopf zurechtrücken kann, damit ich wieder eine Bereicherung für das Team werde.

Doch stattdessen schlägt er mir an den Hinterkopf. „Kane, du bist ein verdammter Idiot."

Ich schiebe seine Hand fort und sehe ihn finster an. „Was soll der Scheiß?"

„Du bist ein verdammter Idiot", wiederholt er. „Wegen so etwas Belanglosem lässt du die Beziehung sausen?"

Ich blinzele mehrmals und versuche, das zu verdauen. „Belanglos? Ein Jahr Trennung ist nicht belanglos."

„Du hattest wohl in der Schule schlechte Noten in Mathe, oder?"

Ich runzele die Stirn. „Was hat das mit der Sache zu tun?"

„Na, wenn man davon ausgeht, dass Mollie und du ungefähr wundervolle vierzig bis fünfzig Jahre zusammen haben könnt, dann sagt mir meine Rechenfähigkeit, dass das doch sehr viel mehr ist als ein lächerliches Jahr Trennung."

Himmel Herrgott noch mal.

So gesehen stehe ich wirklich wie ein Idiot da. Und fühle mich auch so. Das führt dazu, dass ich mich rechtfertigen muss. „Ich habe ihr einen Kompromiss vorgeschlagen", protestiere ich. „In der Saison können wir Kurztrips machen und im Sommer reise ich mit ihr."

Jim schüttelt den Kopf. So lange, dass ich ins Schwitzen komme.

„Und hast du dich damit besser gefühlt? Ihr einen Kompromiss angeboten zu haben?"

„Nein." Ich lasse den Kopf hängen.

Bin ich so davon besessen gewesen, recht zu haben, und so sicher, dass Mollie nachgeben würde, anstatt ihre Träume zu leben, dass ich etwas ganz Einfaches übersehen habe? Nämlich, dass es auf lange Sicht egal ist, ein Jahr getrennt zu sein, weil unsere Beziehung stark genug ist, das zu überstehen. Das weiß ich ganz genau, denn zehn Jahre Freundschaft bestätigen es.

„Gott, ich bin wirklich ein Idiot", knurre ich.

„Sag ich doch", antwortet Jim grinsend. „Aber ich bin ziemlich sicher, dass du das mit ordentlichem Zu-Kreuze-Kriechen wieder hinkriegst."

Das will ich hoffen. Denn wenn Mollie mir nicht verzeiht, verliere ich das Beste, das mir je passiert ist. Und ich weiß nicht, ob ich mich davon jemals erholen würde.

Kapitel 29

Mollie

„Er spielt beschissen", sagt Dad und deutet aus seinem Fernsehsessel auf das Offensichtliche.

Im Schneidersitz sitze ich im Wohnzimmer meiner Eltern vor dem Fernseher, mit Samsons Kopf auf dem Schoß. Mein Blick klebt sozusagen am Bildschirm, wenn Kanes Line aufs Eis geht.

„Er ist ganz klar nicht bei der Sache", fügt Mom hinzu.

Sie strickt auf der Couch, und weil sie das blind kann, ist sie trotzdem in der Lage, das Spiel zu verfolgen.

Ich brauche die Meinung meiner Eltern nicht, um mich noch schlechter zu fühlen als sowieso schon. Mit gesenktem Kopf streichele ich Samson, um mich selbst zu trösten. Die Ursache für Kanes schlechtes Spiel ist mit Sicherheit unsere Trennung. Es handelt sich um ein wichtiges Spiel. Letztes Jahr waren die Flash Anwärter auf den Cup und jetzt sind sie besser denn je. Zwar gleicht das Team Kanes Fehler aus, aber es ist erst das erste Drittel und noch lange zu spielen.

„O Mann, kontert doch!", ruft Dad aus und bringt seinen Sessel in aufrechte Position.

Ich schaue auf den Bildschirm. Jim und Kane schaffen es, einen Konterangriff zu starten, und jetzt ist zwischen ihnen und dem gegnerischen Tor nichts als freies Eis. Sie schieben sich Pässe zu, bis sich der Goalie auf Jim als potenziellen Angreifer konzentriert. Jim täuscht an, der Goalie lehnt sich in dessen Richtung, doch Jim schießt zu Kane, der jetzt freie Schussbahn hat.

Triumphierend werfe ich schon die Hände in die Luft, denn ich weiß, dass er das Tor machen wird. Doch dann lasse ich sie sinken, als ich sehe, wie der Puck am Pfosten abprallt, noch bevor mein Hirn begreift, dass Kane nicht getroffen hat.

„Sag ich doch. Er spielt furchtbar", merkt Mom an und macht „ts,ts" hinterher.

Ich lasse mich rückwärts auf den Teppich fallen und seufze. Fast hätte ich mir den Kopf am Couchtisch angeschlagen. Samson rutscht von mir, doch er rollt nur zur Seite und schläft weiter. „Das ist alles meine Schuld."

„Sei nicht so streng mit dir, Kind", sagt Dad verständnisvoll.

„Ich bin froh, dass du einsiehst, woran es liegt", sagt Mom zur selben Zeit.

Ich sehe über den Couchtisch zu ihr hinüber.

„Sie ist nicht für sein Spiel verantwortlich", widerspricht Dad und stellt sich parteiisch auf meine Seite.

„Aber sie ist dafür verantwortlich, ihm das Herz gebrochen zu haben", erwidert Mom. „Was direkte Auswirkungen auf seine Konzentration hat."

„Tja, ihr Herz wurde aber auch gebrochen."

„Aber momentan reden wir über Kanes Spielweise", antwortet Mom sachlich.

Gespannt lausche ich dem Wortwechsel meiner Eltern. Es verletzt mich nicht, dass Mom glaubt, Kanes schlechtes Spiel wäre meine Schuld. Das bedeutet nicht, dass sie meine Entscheidung für den Job in Australien falsch findet.

Meine Eltern haben schon immer Streitgespräche geführt. Als sie jünger waren, wurden diese manchmal recht hitzig, doch sie endeten stets mit Lachen und sexy Küssen. Als Kind fand ich das ekelhaft und flüchtete in mein Zimmer. Heutzutage sitzen sie nur noch im Wohnzimmer und werfen sich harmlos Gegenargumente an die Köpfe.

Irgendwie süß.

Der Buzzer ertönt, der das Ende des Drittels verkündet. Ich schaue zum Fernseher und bekomme ein letztes Mal Kane zu sehen, als er vom Eis läuft. Er lässt ziemlich den Kopf hängen. Ich weiß, dass er selbst sein schärfster Kritiker ist. Er tut mir unendlich leid.

Und ich mir selbst auch.

Ich greife nach der Fernbedienung auf dem Tisch und schalte den Ton ab. Daraufhin streiten sich meine Eltern noch lauter.

Ich schnippe mit den Fingern. „Okay, das reicht jetzt, Kinder!"

Beide starren mich an, doch mit einem amüsierten Funkeln in den Augen.

Zeit für ein ernsthaftes Gespräch.

Seit ich vor anderthalb Tagen nach der sechsstündigen Fahrt von Phoenix herkam, haben meine Eltern noch nichts zu der Trennung von Kane gesagt.

Allerdings habe ich ihnen auch kaum die Gelegenheit dazu gegeben. Ich erzählte ihnen, was passiert ist. Beginnend mit Kanes romantischem Heiratsantrag, bei dem Mom ins Schwärmen kam, bis zu meiner viel zu sachlichen Antwort über die Reise und meiner Erwartung, dass Kane auf mich warten wird. Dazu sagten sie mir nicht ihre Meinung, denn sofort danach erklärte ich, dass ich jetzt nicht darüber reden will.

Seither schleichen sie um den heißen Brei herum, sind einfach nur froh, dass ich bei ihnen bin, und fragen mich hin und wieder, ob es mir gut geht.

Aber ... nein, mir geht es nicht gut.

Nicht mal annähernd.

Mein Herz wurde in eine Million Stücke gerissen. Außerdem bin ich ziemlich sicher, dass es ein schrecklicher, grauenvoller Fehler war, Australien Kane vorzuziehen.

Jetzt bin ich bereit, mir anzuhören, was sie zu sagen haben.

Ich atme tief durch. „Okay. Ich dachte, ich wüsste, was ich will. Aber jetzt habe ich Zweifel. Soll ich nun nach Australien gehen oder nicht?"

Meine Eltern beginnen eine Diskussion miteinander und listen das Für und Wider auf. Ich höre genau zu, aber sie sagen nichts, worüber ich nicht auch schon nachgedacht habe. Dad hat sich darauf eingeschossen, dass Kane nicht in der Position wäre, mir diesen letzten Wunsch noch zu gönnen. Mom hingegen findet, dass Kane viel wichtiger ist als jede Reise. Und wenn er mir so wichtig ist, dass ich bei ihm bleiben will, dann müsste er auch Priorität vor Australien haben.

Dann geht beiden die Luft aus, und sie sehen mich dankbar an, dass ich sie um ihre Meinung bitte.

„Wo genau liegen denn deine Zweifel?", fragt Mom.

„Dass mir in Wahrheit nichts wichtiger ist als Kane", gebe ich zu. „Ich dachte, er wäre einfach nur egoistisch, als er mir verboten hat, zu fahren. Ich war sauer, dass er mit etwas wegnehmen wollte. Dabei habe ich genau dasselbe getan. Ich wollte ihm auch etwas wegnehmen, und zwar mich. Während ich nur eine blöde Reise nach Australien wollte, was ja im Vergleich dagegen gar nichts ist. Ich hätte nachgeben sollen."

„Ich glaube", sagt Dad mit all seiner Weisheit im Tonfall, „ihr zwei hättet darüber reden sollen, anstatt überstürzte Entscheidungen zu treffen. Du hättest nicht einfach weglaufen sollen. Denn wärst du geblieben und hättest eine Weile darüber nachgedacht, wärst du irgendwann auch zu diesem Ergebnis gekommen."

Schmerzvoll verziehe ich das Gesicht, denn er hat völlig recht. Meinetwegen haben Kane und ich zwei Tage mit gebrochenem Herzen gelitten, was wahrscheinlich mit ein bisschen mehr Nachdenken vermeidbar gewesen wäre.

Außerdem hat Kane recht. Es gibt andere Möglichkeiten, meine Reiselust zu stillen. Und im Sommer kann Kane sogar mitkommen. Und da ist noch der ganze Rest unseres Lebens. Zwar ist Kane gut in seinem Job, aber im Sport geht man viel früher in den Ruhestand, wahrscheinlich schon Mitte dreißig, vorausgesetzt, er verletzt sich vorher nicht schwer. Und von da an können wir gemeinsam um die Welt reisen.

Die Zeit ist reif.

Tief in meinem Herzen weiß ich es.

Die Zeit ist reif, dass ich mich zu dem Mann, den ich mehr als alles andere liebe, bekenne. Meinem besten Freund, Beschützer und Vertrauten. Ich hätte ihn an erste Stelle setzen müssen und werde meinen Fehler schnellstens berichtigen.

„Morgen fahre ich nach Phoenix zurück", sage ich und nicke entschlossen. „Ich werde die Sache richtigstellen."

„Das bedeutet, dass du verlobt bist", antwortet Mom sehnsüchtig und legt ihr Strickzeug ab. Sie beugt sich vor. „Dürfen wir jetzt über die Hochzeit reden?"

Lachend zucke ich mit den Schultern. „Klar, warum nicht? Vorausgesetzt, dass Kane die Entschuldigung annimmt und mich wiederhaben will."

Dad rollt mit den Augen. „Natürlich wird er das. Er ist ja kein Narr."

„Wir haben noch zehn Minuten, bis das nächste Drittel beginnt", sage ich zu Mom. „Was können wir in der kurzen Zeit schon mal über die Hochzeit besprechen?"

„Wo sie stattfinden soll", antwortet Mom aufgeregt.

„Dann bin ich jetzt mal weg", sagt Dad theatralisch, steht auf und verschwindet in die Küche.

Mom und ich lachen, stecken die Köpfe zusammen und reden über die schönsten Orte für eine Hochzeit.

Wir behalten den Rest des Spiels im Auge. Die Vengeance gewinnen mit einem Tor Vorsprung. Glücklicherweise wirkt Kane nach der Pause wieder sicherer. Er ist schnell und spielt gute Pässe. Zwar erzielt er kein Tor mehr, assistiert aber bei denen der anderen. In den Werbepausen kümmere ich mich um meine Wäsche, die ich wieder einpacken will. Gleich morgen früh will ich wieder nach Phoenix fahren.

Nach dem Spiel will ich den Minibus schon mal bepacken, obwohl es schon spät ist, damit ich früh loskann. Doch Dad schlägt vor, Moms Auto zu nehmen, das viel zu wenig bewegt wird, da sie meist von zu Hause aus arbeitet. Den Minibus kann ich bei ihnen stehen lassen. Mir gefällt die Idee, denn ich liebe zwar meinen Mercedes, aber er ist groß und unhandlich im Alltag.

Ich umarme meine Eltern heftig, als wir alle schlafen gehen.

Dann liege ich in meinem Bett, mit Samson zu meinen Füßen zusammengerollt, und in meiner Brust brennt die Hoffnung auf das, was der morgige Tag wohl bringen wird. Ich weiß nicht, wo Kane gerade ist. Wahrscheinlich ist er mit den Jungs im Sneaky Saguaro, um ihren Sieg zu feiern. Oder er ist nach Hause gefahren. Ich nehme das

Handy vom Nachttisch und sende Kane eine Nachricht.

> Ich: *Ich komme morgen nach Phoenix zurück. Fahre schon früh los. Hast du Zeit zum Reden?*

Ich starre auf das Display und warte auf eine Antwort. Kane gehört nicht zu den Leuten, die sich sofort auf ihr Handy stürzen, wenn es einen Ton von sich gibt. Also sieht er meine Nachricht vielleicht nicht sofort. Oder er sieht sie, ist aber zu wütend, um direkt zu antworten.

Aber nicht eine Sekunde würde ich denken, dass er mich ignoriert, weil er uns aufgegeben hat. Ich mag mich furchtbar benommen haben, indem ich eine klare Grenze gezogen habe. Ich mag sein Herz gebrochen haben, indem ich ihm seinen Antrag verdorben habe. Ich mag davongelaufen sein, ohne den Versuch, einen Kompromiss zu finden. Doch tief in meinem Herzen weiß ich, dass Kane mich liebt.

Dass er sein Leben mit mir verbringen will.

Mein Verhalten hat nicht zehn Jahre Freundschaft und Liebe zerstört.

So viel Vertrauen habe ich in ihn.

In uns.

Kapitel 30

Kane

Ich laufe im Wohnzimmer auf und ab und schaue immer wieder auf die Uhr. Noch nie ist die Zeit so langsam vergangen. Ich bin sogar ziemlich sicher, dass die Uhr ganz stehen geblieben ist, als mir Mollie gestern geschrieben hat, dass sie zurückkommt.

Sie wollte wissen, ob wir reden können, und darauf kann es gar keine andere Antwort geben als Ja. Ich bin so verdammt dankbar für diese Möglichkeit – Auge in Auge –, dass ich allem zugestimmt hätte.

Jim hat meine Sichtweise zurechtgerückt, was Kompromisse angeht. Ich wollte meinen Kopf sofort durchsetzen, Mollie bei mir behalten und sie nicht gehen lassen. Aber damit habe ich ihre Träume niedergedrückt. Ich habe vergessen, dass Liebe kein Sprint, sondern ein Marathon ist. Auf lange Sicht gedacht.

Bei allem, was wir planen, dürfen wir eines nicht vergessen: Egal, was passiert, das Ziel ist es, für immer zusammen zu sein.

Wenn sich Jim auch nur halbwegs an diese Regel hält, kann Ella ihm nicht lange widerstehen.

Es klopft.

Ich halte inne.

Mollie.

Ihren Schlüssel hatte sie hiergelassen. Das fühlte

sich an wie ein Pfeil mitten durchs Herz, da es das endgültige Ende repräsentierte. Und es schmerzt mich auch jetzt, dass sie nicht einfach hereinkommen kann. Die Tür ist nicht abgeschlossen, aber wahrscheinlich will sie nicht ungebeten eintreten.

Dummerchen.

Ich gehe durchs Wohnzimmer zur Wohnungstür und reiße sie so schwungvoll auf, dass ich einen Luftsog aus dem Flur spüre.

Und da ist sie. So verdammt schön. Ihr Lächeln muss ich nicht erst ergründen. Sie freut sich, mich zu sehen, genau wie ich mich freue.

Ich weiß, dass Dinge ausgesprochen werden müssen. Im Moment ist mir jedoch wichtiger, sie in die Arme zu nehmen und ganz fest an mich zu drücken. Ohne zu zögern, schlingt Mollie die Arme um mich.

Dann küsse ich sie um den Verstand und auch jetzt zögert sie nicht. Unsere Zungen tanzen miteinander und Mollie reagiert mit denselben starken Emotionen.

Wir lösen uns voneinander, denn wir wissen beide, wenn das so weitergeht, landen wir nackt auf dem Wohnzimmerboden. Doch bevor es dazu kommt, müssen wir reden. So vieles muss gesagt werden.

Ich schaue in den Flur hinaus. „Wo ist Samson?"

„Ich habe ihn erst einmal bei meinen Eltern gelassen." Sie tritt über die Türschwelle.

Mein Magen verkrampft sich. Dass sie Samson nicht dabei hat, bedeutet, dass sie nicht bleiben wird. Denn sie trennt sich sonst nie von ihm. Bis jetzt habe ich nicht daran gedacht, dass sie vielleicht nur hier ist, um einen schöneren Abschluss zu gestalten. Ihre Bitte um ein Gespräch habe ich so verstanden, dass sie besprechen will, wie wir doch noch zusammenbleiben können. Aber Teufel noch mal, wenn ich sie diese Worte überhaupt aussprechen lassen werde, falls sie nicht zusammenbleiben will.

Mollie steht vor der Couch, dreht sich zu mir um und öffnet den Mund, um zu sprechen. Ich beeile mich, schneller zu sein, bin aber zu spät, sodass wir beide gleichzeitig sprechen.

„Ich hatte unrecht."

Mollie hebt die Augenbrauen und mir klappt der Mund auf.

„Überschnitten", sagt Mollie grinsend.

Lachend schüttele ich den Kopf. „Haben wir etwa eben beide zugegeben, unrecht zu haben?"

„Ich glaube ja." Sie setzt sich auf die Couch. „Komm, setz dich zu mir. Ich fange an, nach dem Motto *Ladies first*, und dann bist du dran."

„Okay." Langsam wird mir leichter ums Herz. Ich setze mich neben sie und wende mich ihr zu.

Mollie nimmt meine Hand. „Es war falsch von mir, Australien überhaupt in Erwägung zu ziehen."

Das zu hören, sollte mir recht geben. Vor drei Tagen wollte ich nicht, dass sie diese Reise macht. Doch jetzt habe ich das Gefühl, ihr etwas zu stehlen. Und das gefällt mir gar nicht. Trotzdem höre ich ihr erst einmal zu Ende zu.

„Ich habe nur auf kurze Sicht gedacht", erklärt sie mit einem verlegenen Lächeln. „Aber ich habe begriffen, dass wir beide auf lange Sicht zusammen sein werden. Und dass ich viel Zeit habe, irgendwann Australien zu sehen. Vielleicht, wenn du nicht mehr spielst. Das könnte unser erstes großes gemeinsames Abenteuer werden. Aber vor allem habe ich begriffen, dass du für mich das Wichtigste im Leben bist. Ich will bei dir sein, dich beim Sport unterstützen und immer an deiner Seite sein. Das Reiseangebot hat mich kurz aus der Bahn geworfen, weil ich bisher nichts anderes gemacht habe. Aber mir ist aufgegangen, dass nichts mit dir vergleichbar ist. Also … hier bin ich nun und gebe zu, dass ich einen Fehler gemacht habe."

Ihre Einsichten sind wunderbar, aber sie passen nicht mehr zu meiner neuen Einstellung. Bei der Ironie dahinter muss ich lächeln und schüttele den Kopf. „Ich glaube, dass ich derjenige bin, der Unrecht hat." Ich lache in mich hinein und erzähle ihr von meinem Gespräch mit Jim. „Witzig, dass du es auf lange Sicht nennst und ich es einen Marathon genannt habe. Wir haben es beide als das bezeichnet, was es ist. Für immer! Und ich denke, da wir ja für immer zusammen sind, ist ein Jahr Australien nur ein Wimpernschlag in all den Jahrzehnten, die wir noch haben. Ich finde, du solltest das Angebot annehmen. Und das sage ich in dem Wissen, dass, wenn wir so lange getrennt sind, unsere Beziehung danach noch stärker sein wird."

Grinsend setzt sich Mollie seitwärts auf meinen Schoß. Sie schlingt die Arme um meine Schultern und streift mit den Lippen über meine. „Tja, da haben wir beide unsere Meinungen total gedreht."

„Ich glaube, die Lektion liegt darin, in Zukunft länger über die Dinge zu reden."

Sie verzieht das Gesicht. „Ich hätte nicht einfach weglaufen dürfen."

„Dafür versohle ich dir später den Hintern", sage ich erotisch heiser, werde aber gleich wieder ernst. „Mollie, du musst diese Reise wirklich machen. Das ist ein einmaliges Angebot, und so etwas wolltest du doch schon immer mal machen. Ich schwöre, dass ich auf dich warten werde."

Wieder küsst sie mich federleicht. Und lächelt mich dann süß an. „Ich liebe dich so sehr, weil du das gesagt hast. Aber ich habe schon abgesagt."

„Wirklich?", frage ich überrascht.

Sie nickt. „Deswegen habe ich Samson bei meinen Eltern gelassen. Ich möchte kommenden Monat mit dir zu den Auswärtsspielen reisen. Und nebenbei können wir ernsthaft ein Haus suchen."

Es gibt keine Worte für das Glück, das mich soeben durchströmt. Sie hat mir praktisch meinen Herzenswunsch erfüllt, indem sie auf ihren Traum verzichtet.

„Bist du auch ganz sicher?", frage ich zögerlich. „Vielleicht kannst du die Australienreise doch noch bekommen. Wenn du denen sagst, dass du es dir anders überlegt hast."

„Nein, ich werde meine Meinung nicht ändern",

antwortet sie überzeugt. „Ich habe mich entschlossen, bei dir zu bleiben, denn das ist auch mein größter Wunsch."

Ich drücke sie fest an mich und stelle fest, dass es durchaus möglich ist, sie noch mehr zu lieben als vor einem Augenblick.

Ich küsse ihren Hals. „Ich habe ein furchtbar schlechtes Gewissen deswegen. Dass du deinen Traum meinetwegen aufgibst."

„Das kannst du im Schlafzimmer wiedergutmachen", schnurrt sie.

In meiner Hose wird es eng. Weil die Idee mit dem Schlafzimmer die beste ist, die ich seit Langem gehört habe, stehe ich auf. Mollie hält sich lachend an meinen Schultern fest. Vorsichtig, ohne Mollie am Türrahmen anzuschlagen, gehe ich mit ihr ins Schlafzimmer.

Vielleicht ein wenig unzeremoniell lasse ich sie aufs Bett fallen und gehe zum Schrank, anstatt über Mollie herzufallen.

Mollie stützt sich mit einem Arm auf. „Was machst du?"

„Etwas korrigieren." Ich eile in den begehbaren Kleiderschrank an die Schublade, in der ich Dinge wie Armbanduhren und Manschetten aufbewahre.

Ich nehme den Verlobungsring aus der Schachtel und werfe die kleine Box hinter mich.

Ich steige zu Mollie aufs Bett. Sie wippt leicht, als ich die Matratze mit meinem Gewicht eindrücke. Mollie sieht, was ich da habe, und setzt sich abrupt auf. Ich lege mich neben sie. Ohne schnulzige Worte und ohne meinen Antrag zu wiederholen, nehme ich ihre Hand. Ich finde, dass sie hier ist und die Reise aufgegeben hat, ist Antwort genug.

Mollie zuckt nicht zurück. Ihre Hand zittert nicht. Ihr Ausdruck ist strahlend, voller Zuversicht und Entschlossenheit.

Der Ring gleitet leicht über ihren Finger. Kurz wirkt der Stein so groß, als ob er ihren zarten Finger brechen würde. Doch sie streckt die Hand aus, dreht sie hin und her und bewundert den Stein mit einem verzückten Lächeln.

„Er ist wunderschön. Viel größer, als ich mir je einen Stein vorgestellt habe."

„Ich bin reich und kann es mir leisten."

Mollie betrachtet den Ring lange, bevor sie mich ansieht. Sie legt die andere Hand an meine Wange. „Ich habe dir noch keine offizielle Antwort gegeben."

„Doch. Indem du hergekommen bist und um unsere Beziehung gekämpft hast."

„Aber ich möchte es dir offiziell sagen. Ich liebe dich so sehr. Du bist mein bester Freund, die andere Hälfte meines Herzens und der wundervollste Mann, den ich kenne. Es ist mir eine Ehre, deine Frau zu werden und mein Leben mit dir zu verbringen."

„Ich liebe dich auch, Nudel." Meine Stimme ist rau vor Emotionen. Ich überspiele das, indem ich Mollie neben mich ziehe.

Genug geredet.

Jetzt wird geküsst.
Und andere Dinge.
Jetzt beginnt der Rest unseres Lebens.
Zusammen.

Autorin

Seit ihrem Debütroman im Jahr 2013 hat Sawyer Bennett zahlreiche Bücher von New Adult bis Erotic Romance veröffentlicht und es wiederholt auf die Bestsellerlisten der New York Times und USA Today geschafft.

Sawyer nutzt ihre Erfahrungen als ehemalige Strafverteidigerin in North Carolina, um mitreißende und sexy Geschichten zu schreiben.

Sie mag ihre Helden stark und mit Ecken und Kanten. Wenn sie nicht gerade die Figuren ihrer Romane zum Leben erweckt, ist Sawyer Chauffeurin, Stylistin, Köchin, Putzfrau und die persönliche Assistentin ihres lebhaften Kindes sowie Vollzeitbetreuerin zweier niedlicher, aber ungezogener Hunde. Sie glaubt an das Gute im Menschen und auch daran, dass ein schlechter Tag durch ein Work-out oder ein Stück Kuchen – gern auch durch beides – besser wird.

www.sawyerbennett.com